ハヤカワ文庫SF

〈SF2411〉

ブレーキング・デイ

—減速の日—

〔上〕

アダム・オイェバンジ

金子 司訳

早川書房

8952

BRAKING DAY
by
Adam Oyebanji

Translated by
Tsukasa Kaneko
First published 2023 in Japan by
HAYAKAWA PUBLISHING, INC.
This book is published in Japan by
arrangement with
JABBERWOCKY LITERARY AGENCY, INC.
through THE ENGLISH AGENCY (JAPAN) LTD.

バーバラに。きみがいなかったら
すべてになんの価値もないだろう。

そしてアレックスには、
きみのドラゴン愛のために。

ブレーキング・デイ

―減速の日―

〔上〕

登場人物

ラヴィンダー（ラヴィ）・マクラウド……機関部訓練生
ロベルタ（ボズ）・マクラウド…………ラヴィのいとこ
ヴラディミール・アンシモフ………………ラヴィの友人。機関部訓練生
ソフィア・イボリ…………………………航法部訓練生
ジェイデン・ストラウス＝コーエン………ソフィアの恋人。船内弁護士
ユージーン・チェン・ライ…………………中佐機関長
メラティ・ペトリデス………………………大尉副機関長
ウォレン……………………………………大尉教授
ヴァスコンセロス…………………………船内警備隊（シップセク）隊長
カディラ・ストラウス＝コーエン四世……チーフ・パイロット。船長

1.0

士官候補生ラヴィ・マクラウドはゼロ重力(G)空間をただよいながら、これまで何度となく経験してきたことをいまもしていた。すなわち、嘔吐(おうと)袋に吐いていたのだった。これまでの訓練でつちかった手慣れた動作で袋の口を封じると、まるごと再処理装置(リサイクラー)にほうりこむ。この小さなマシンは嘔吐袋をありがたがるかのようにゴボゴボと音をたて、エレベーターのカタカタいうやわらかな振動にさらなる音を加えた。エレベーターの移動距離がようやく十キロメートルを越えたことに彼は気づいた。残りはあと五キロもない。

このエレベーターの箱は——エンジン室まで直通している唯一の移動手段だが——過去の遺物といっていい。いまではめったに使われることもないため、船内にあって出航当初からの状態をなおもたもっている数少ない部分のひとつであり、船の紋章に至るまで、最初期のものがブロンズの板に刻まれて残っている。第一世代の船員(クルー)もここでならくつろいで過ごせることだろう。

とはいえ、こうしてここで〈ハイヴ〉から隔絶していることを第一世代のクルーが喜ぶとは考えにくかった。いつから〈ハイヴ〉とつながらなくなったのかはよくわからないが、とにかくいまはそうなっていた。今回の降下のある時点から、彼のインプラントを通じたデータの満ち引きが途絶えていた。いちばん近い通信可能なルーターがあるのはドッキング・ポートだ。それは彼の〝頭上〟数キロのあたりにあって、いまも一秒ごとに遠ざかっていく。彼の顔は苦々しくゆがめられた。これからしばらくはオフライン状態で過ごすことになりそうだ。

ラヴィの頭のなかにチェン・ライ機関長の顔が浮かびあがった。彼が思い浮かべた上司の顔はいかめしく、白髪混じりの髪にふちどられた顔には失望の色が浮かび、いらだっているようにも見える。

説明してみるがいい、候補生(ミディ)、と機関長は問い詰めてくるだろう。船内にありながら、なぜオフラインであるはずがあるのか、と。

チェン・ライは身を乗り出すようにして、ラヴィの目を容赦なく射ぬくはずだ。このような場面が頭のなかでくり広げられていくうちに、彼は自分が口ごもりつつ答えるようすをまざまざと思い描くことができた。そうなるはずはありません、サー。船内のどこにいようとも、つねにルーターの範囲内にあるはずです、と。

それなら、とチェン・ライはさらに問いただすかもしれない。失われしハンガリー輪にかけて、いったい何が起きていると思うのかね？　ご老体は彼の目の前に立ちはだかり、感情を顔にあらわすことなく返答を待っている。

ルーターのせいです、サー。いつものとおり、彼は自分の顔が赤らむのを感じているだろう。エンジン室にはルーターがありますが、どういうわけか機能していませんでした。

チェン・ライはうなずき、そうして彼を、何か単調でつまらない、別の屈辱的な作業へと送り出す。ラヴィはほっと安堵して、ひとりでににんまりしていた。あのうるさい嫌なやつがいまは近くにいないことを〈アーキー〉に感謝した。にんまりした笑みは、あらわれたのと同じくらいすぐに薄れていった。

ルーターが何かおかしい。

彼はエレベーターの箱のまんなかで動くこともなく、空中にふわりとただよっていた。精神的緊張のために彼の顔はゆがみ、インプラントを使ってエンジン室に脳内の手を伸ばして、反応のない機器から何かサインがないかとやみくもに探し求める。急な頭痛のはじまりがこめかみに打ちつけた。

実際の点検作業に移る前に、まずはルーターを修理しないといけないのだろうか？　はじめは不快な程度だった頭痛が急速に強まりだした。そもそもルーターの修理方法がわかるだろうか？　彼は不安げに、エレベーターの天井のさらに先にちらっと目をやった。もしも何ひとつ達成できずに〝上〟まで戻らないといけなくなったとしたら？　チェン・ライ機関長の蔑（さげす）んだ顔つきや、自分よりも生まれのいいクラスメートたちのはっきりと声にはされない嘲笑を思い浮かべて、彼は口のなかがからからになった。

強情なまでの決意によって、ラヴィの顎が引き締められた。絶対にそうなってたまるか、と彼はひとりごちた。絶対に（サーディング）。そうなるくらいなら、宇宙に身を投げたほうがましだ。

到着のチャイム音が室内に響くと、ラヴィはあまり深く考えることもなく足を床のほうに向けた。一、二分後、彼は下に向かってただよいはじめた。それまでの一時間にもわたる長旅のすえに、エレベーターが減速をはじめた。弱い人工重力が彼をそろそろと床へ引きおろしていき、エレベーターがすべるように止まるとともにそれもなくなった。

「エンジン室」とエレベーターが告げた。エアロックの表示ランプはすべて異常なし（オールグリーン）で、彼は先に進んでハッチを開けた。

それは愚かな行動だと判明した。この先の区画全体が、〈アーキー〉のみぞ知るいつの日からか誰も訪れておらず、まだ室内を温めている途中だった。氷点のわずかに上といったところだ。ラヴィはがっかりしつつも周囲を見わたした。室内のあらゆる表面が霜の薄い層で覆われている。目の前で自分の吐いた息が白くなり、いちばんそばにあったフィルターのほうへとぼんやりとただよっていく。空気自体はあまりに長いあいだここに閉ざされていたため、金属的なにおいがした。空気の冷たい指が彼の青色の作業服の薄い生地の奥にたやすく入りこみ、皮膚に押しつけてきた。ラヴィは無言で毒づいた。道具箱（ツールキット）を持参することは忘れなかったが、セーターを詰めこむことまでは考えもしなかった。

　頭痛はさらにひどくなっている。

ため息がラヴィの口から白く漏れ出た。その白い息のあとにつづいて、彼はこの区画の奥へと進んでいった。室内は推進時用にセットアップされていて、それはつまり、次の部屋へ天井から入っていくことを意味していた。足の〝下〟のモニターは現在のところスリープモードで、眠たげなオレンジ色の薄明かりのもと、暗いスクリーンの並ぶ地表は氷で覆われている。ラヴィは椅子の表面に貼りついた霜をかるく手で払い、ストラップで身体（からだ）を固定すると、今度は両手を使ってボードを作動させた。スイッチに触れた指が冷たさでじーんと熱くなった。

　ボードに光がともる。ほとんどは異常なしを示す緑色で、多少は赤色もあったが、どれも重大なものではない。〈ハイヴ〉の生命がぱっと燃えあがった。彼のインプラントにデータの波が押し入ってくるのが感じられた。情報の静かなうなり、システムの無機質なざわめき。彼は安堵のため息をもらした。結局のところ、ルーターは機能していたわけだ。おそらく、十年近くも暗闇のなかに取り残されてきたために、単にシャットオフしていたのだろう。

トン、トン。

驚きのあまり、ラヴィは椅子からとび上がりそうになった。が、ストラップのおかげで身体は押しとどめられた。彼は不安な笑い声をもらした。

こんなところに誰かいるわけないだろ。まさか。

ただし、そう考えても彼の手は震えている。ラヴィはそれを室温のせいにしようとした。気味の悪い物音くらいは予想できたはずだろ、と彼は自身にいって聞かせた。ほんの数時間前まで、エンジン室は深宇宙と同じ極低温だった。眠たげに凝り固まった分子たちは熱が注入されて新たに活気づき、お互いに離れて駆けまわりたがるようになる。そのような分子からなる物質、スイッチやコンソール、床材など――要するにあらゆるもの――がそれに適応するには膨張するほかにない。さまざまな物体の端部が新たな空間へと伸びようとして、そこに存在する権利を競ううちに、あらゆるたぐいのきしみや割れるような音がするのだろう。

トン、トン。タタタン。

彼はその音を無視した。身体を椅子に固定していたストラップをはずし、空中に浮かび上がる。自分にはやるべき仕事がある。

最後にドライヴ機関が点火されたのはいまから九年半前のことで、マイナーな針路変更があったときだった。当時のラヴィはまだ幼かったため、詳細まで理解することはできなかった。けれども、それが実行に移されるまでの日々の興奮はよく覚えている。船内のさまざまなパーツがどのように分解され、九十度回転したか、彼の母親が――その頃はまだ父親もいっしょに暮らしていたから、いまほどとげとげしくはなかったが――息子のおもちゃや道具がきちんとしまってあるか確認し、さらに再確認したことも。巨大な居住区輪が無限の回転を一時的に止め、あらゆる物や人間が空中に浮き上がったときのようすを彼ははっきりと覚えていた。まさに驚嘆すべき体験だった。そして彼の幼い胃袋は、そのことをちっとも気にかけたりはしなかった。彼や遊び友だちは親の手から身をよじって離れると、居住空間内の空中に浮かんで、隔壁にぶつかっては跳ね、天井で鬼ごっこをしたり、ありえない角度に物を投げたりして遊んだものだ。まさしく飛びまわって。

そうしてついに、ドライヴ機関が伸びをして、あくびをもらしながら長いまどろみから目覚めた。やさしくはあっても容赦のない力でドライヴ機関がすべてのものを横にひっくり返し、壁を床に変え、船窓を天窓に変えたことを彼は覚えている。ドライヴ機関は巨大な船全体をギターの弦のように掻き鳴らし、船はブーン、ガタッというような和音を奏でた。彼の踏み出す一歩ごとが、急に、そして信じられないくらいに軽くなった。気を抜いたその一瞬、彼は床から高く跳び上がりすぎて、空中で腕をばたばたと振りまわしたが、ドライヴ機関がつくり出す弱い重力はつねに彼をやさしく安全に床へとおろし、やわらかな手で包みこんでくれた。まさしく魔法のような経験だった。

それはまる三週間もつづいた。

その終わりのときがくると、居住区の巨大な輪がふたたび回りはじめ、すべてが通常に戻った。あのときのやわらかな振動のまぼろしは、彼の頭のなかに残された。それをぬぐい去ることなどできなかった。ドライヴ機関がどのように機能しているのか、どうやったら動くのか、どうやって動かしつづけているのか、彼は知らずにいられなくなった。そのために、彼は機関士になる必要があった。船内の上級士官に。

トン……タタタン、トン。

数年後、彼がこの大望を不安がちに両親に打ち明けたとき、父親の反応はとうてい励みになるようなものではなかった。「誰がおまえの頭のマザーボードをかち割っちまったんだ？」と父親は問いただした。「おまえはマクラウド家の一員なんだぞ、ラヴィ。くそったれな士官じゃねえんだ」そのあとに笑い声がつづいた。苦く、ユーモアのこもっていない笑いが。「おまえなんぞが試験に受かりっこないだろ。たとえ受かったとしても、連中は何かと手段を見つけておまえをほうり出そうとするぞ。あいつらが自分の大切な息子や娘たちにおまえみたいなのを近づけさせるとは、一秒たりとも考えないこったな。マクラウド家の者が士官になる訓練を受けるだって？　ありえん。やつらはおれたちを見くだしてやがる。やつらはおれたちを怖れてるんだ。そのことを忘れるな！」

「父さんがなったことがないからって、ぼくがなれないってことにはならないだろ」と彼は反抗的にいった。「ぼくがすべきは、営倉に入らずにいることだけなんだから」

そうして、手遅れながら、父親の目に激しい光が宿るのを彼は見てとった。だが、逆手（さかて）打ちは飛んでこなかった。母親が割って入ってくれたからだ。

「幼い子どもが夢を見るのは悪いことじゃないでしょ」母親の笑みはかすかなものではあったが、断固としていた。「ほうっておいてやったらどう？」

ぶたれる代わりに、彼はベッド収納用のポッドにほうりこまれた。天井が鼻のわずか数センチ先にある状態で暗いなかに横たわっていると、怒りの涙が目ににじんだ。

そうしてあのひどい日（ソル）、朝早い時間に、ラミーシュ・マクラウドを連行しに彼らがやってきた。船内警備隊（シップセク）の士官二名とドローンが、まだ夜サイクルの暗さの残る通路を、父親を連れていった。もちろん、それがどれほどひどい結果に終わるのか、家族の誰もまだわかっていなかった。ラミーシュ・マクラウドはこれまでも営倉に縁がなかったわけではない。だが今回ばかりは違った。彼は二度と帰ってこなかった。彼の分子だけが還元された。リサイクルされ、バイオマスや高分子化合物（ポリマー）やほかのどんなものになったのかは〈アーキー〉のみぞ知る秘密だが。

急にがらんとして広く感じられるようになった居住ユニット内で、ラヴィは悲しみの傷痕を学校の勉強と映画にのめりこむことによってなぐさめるようになった。何時間も勉強しつづけたあとで、二十世紀当時の白黒映画を楽しんだ。夜サイクルの訪れと、涙に汚れた記憶を押しとどめてくれるものならなんでもよかった。彼は士官候補生の入学試験を受け、トランジスタの幅くらいのわずかな差でなんとか合格した。

そしていま、上官の見くだした態度や、彼自身の親族からの不信にもかかわらず、ラヴィはその道を邁進（まいしん）中だ。卒業まではあと一学期だった。彼はツールキットをつかんだ。

トン……トン、トン、トン。

もちろん、ドライヴ機関の状態は確認され、さらに二度確認しなおされている。だが機関長のチェン・ライという男は、士官候補生レベルの者にやらせるために可能なかぎりありとあらゆるシステムから——それにはこの船のメイン・エンジンも含まれる——退屈な重労働を見つけ出す名人だった。チェン・ライによれば、この仕事、三次冷却メカニズムの検査はあまりにも単純な作業で、間抜けなあわて者よりも少しましな程度の者なら楽にこなせるはずだという。

「だからこそ」とチェン・ライはそっけなくいったものだ。「きみを選んだのだ。物を壊さぬように」

ラヴィは次の区画へとつづくハッチのロックをはずした。ハッチは疲れたようにきしむ音をたてて大きく開いた。それまで密封されていたハッチから、砕けて分離した氷の小片が浮かびながら離れていく。

一瞬ためらってから、彼もただよいながらそこをくぐり抜けた。非理性的なことながら、鳥肌が立っていた。彼があとにした部屋とは違って、エンジン室の大部分には標準的なシールドがほどこしてあるだけだ。もしもドライヴ機関が突然燃焼をはじめたら、放射線によって彼は卵のように茹(ゆ)であがることになる。

その危険性はない、と彼は自分にしっかりといって聞かせた。〈減速の日(ブレーキング・デイ)〉はまだ何週間も先だ。何週間も。

その感覚を振り払い、もう一度〈ハイヴ〉にアクセスする。いくつかの配置図が彼の脳内に流れこんできた。彼はデータと実際の配置を照合した。確かに、小さなプレートが片隅に隠れている。そのプレートには〈星間移動船（ISV）-1 アルキメデス〉と書かれていて、そのあとに数字の列と曲線からなる古いタイプの紋章が刻まれている。数字は配置図と合致していたから、ラヴィはそれを開けた。カバーがはずされると、螺旋（らせん）状の暗いダクト管の内部がのぞいて見えた。氷点下の空気が彼の顔にポンッとぶつかってきた。

トン。

頭痛があまりひどくなりませんように、と彼は心から願った。この状況では集中するのが難しかったし、これからしようとしていることには注意ぶかい思慮と一連のコードが必要になる。彼は痛みを少しでもやわらげようとして目を閉じた。

目を閉じると、ひとつのことしか見えなくなった。赤外線カメラで見た自分の膝の裏だ。冷たい青色を背景にして、そこだけが熱い黄色に輝いている。ドローンからの視点だ。このドローンは彼のツールキットのなかから彼を見つめていた。

ドローンと自身をリンクさせることによって、残りの作業は容易なものになった。このマシンの小さなスラスターに点火して、ダクトのなかへと飛ばす。ドローンはいくつかの特別に設計されたゲートをくぐり抜け、冷却システム本体に入っていった。そうしてドローンが仕事にかかり、故郷世界（ホーム・ワールド）までのあらゆる道筋をスキャンして、診断結果をラヴィの頭に送信しはじめた。

ラヴィはわきの下に手を突っこんで温め、この区画のまんなかで気楽に浮かびながら、ドローンからの数値の流入に身をまかせていた。数字や配置がまぶたの裏側に焼きつく。すべて異常なしだ。すべてがリモート診断の結果と合致していた。もし対処の必要があるとしても、システムが仕事をこなしてくれる。ドローンが検査を完了し、戻りはじめた。

トン、トン、トン。トン、トン、トン。トン、トン、ガーン。

今度は身体を固定するストラップがなかった。ラヴィは心臓がとび出るほど驚いた。彼の身体は軸が安定しないコマのように空中でくるくる回りはじめた。区画全体にものすごい音が鳴りわたった。

トン、トン、ガーン！

ラヴィは息が詰まり、あえいで吐き出した息が白いかたまりとなって浮かんだ。額に汗が浮かんでちくちくした。

これは熱によって生じた物質のきしみなどではない。何かが船殻を叩いている。この区画のすぐ外側から。ラヴィははっと息を呑んだ。

〝何か〟ではない、と唐突に気づいた。〝誰か〟だ。外から聞こえてくる物音の間隔にランダム性はどこにもなかった。どこかからはがれ落ちた氷のかけらや、その他の偶発的なデブリが衝突したのでもない。そこにははっきりとした拍子があった。リズムが。知能を備えた思考による、意図的な行動だ。誰かが船殻を叩いている。深宇宙で。

エイリアン！

この単語が頭のなかに飛びこんできた。招かれざる客。口のなかがからからになった。

そうして彼は、唐突でしかもうつろな笑い声をあげはじめた。エイリアンなどというのは子どものおとぎ話だ。漆黒の宇宙空間で時間をやり過ごすための絵空事だ。ハロウィーンのように。これがなんであるにしても、ただのトリックだ。彼をひどくおびえさせるためのばかげたトリックだ。おそらくこれを思いついたのは親友のアンシモフか、もしかしたらいとこのボズかもしれない。このために彼らがかけた手間を考えると、称賛しないわけにいかなかった。そしてその度胸も。居住区輪から十五キロも――船の外側をついてくるとは。彼らはエレベーターの駆動装置にしがみついてただ乗りしてきたに違いない。

トン、トン、タタタン、トン。

いまやその音は隣の区画のほうにただよいはじめた。船内図によれば、そこにはエアロックがある。ラヴィは復讐のいたずらを思い描いてにやりとした。いたずらを仕掛けた側の思惑では、エイリアンがエアロックのドアを叩いていると彼は思いこむことになっているのだろう。ひょっとしたら、アラームを鳴らしてすっかり船内の笑いものになるように。そうしてアンシモフか誰かが室内に躍りこんできて、ラヴィの愚かさを船内全域にライブ放送するつもりだろう。

だが、そううまくはいかない。エアロックが、そう、ロックされているようなばあいは。ラヴィの笑みが広がった。エレベーターがどこにも動かず、標準的な携帯用の空気タンクだけでは、アンシモフが安全なところまでフリースタイルの宇宙遊泳をして十五キロも戻るのに充分な空気はとうてい持ちあわせていないはずだ。なかに入れてくれとラヴィに懇願しないといけなくなるだろう。そうして、ロックが引っかかって開かないとラヴィが手ぶりで訴えたなら、今度はアンシモフのほうがパニックを起こす番だ。いたずらを仕掛けた側がカモになって。

ビデオカメラを作動させると、ラヴィの右目にかるく締めつけるような感覚があった。厳密にいうと、彼は船内のプライバシー法を犯していることになる。録画機能を保有しているのは医療部と機関部の者だけで、それでさえも、使用できるのは任務のためにだけだ。とはいえ、アンシモフも同じ装備を備えているのだから……

アンシモフよりも先にエアロックにたどり着くため、ラヴィは隣の区画へとつづくハッチを開けてすばやくくぐり抜けた。この区画自体は控室よりも少しましな程度の広さだった。狭く小さくて、照明は星明かりだけだ。天の川の青白い光がエアロックの内側のドアにくり抜かれた丸窓ごしに輝き、壁沿いにいくつか並んでいる、氷で覆われた緊急用の宇宙服のシルエットを儀仗兵のように見せていた。

そうしたことにラヴィはほとんど気づきもしなかった。彼はアンシモフが外側のドアに達するよりも先に内側のドアを開けようとして急ぎ、そして成功した。満足のいくガチャンという音がして、外側のドアが固く閉ざされると、ラヴィは比喩的な意味で自分の肩をぽんと叩いてやりたくなった。内側のドアが開いているかぎり、外側のドアは閉じたままだ。エアロックというのはそのようにできているのだから。それに関して、外にいるアンシモフにできることは何もない。

タタタン、トン。

船殻に沿って叩いているアンシモフか誰かは近づいてきている。ラヴィはエアロック内をただよって外側のドアへと向かい、丸窓に顔を押しつけた。カメラに何も見のがしてほしくなかった。

そこからの眺めがすばらしかったことはいっておかないといけない。丸窓から〝上〟の方向に船首があるはずだ。十数キロにわたって船の中心軸（スパイン）を形づくっている格子の支持部材が彼のところからすらりと伸びているのが見てとれる。その交差する筋かいの支柱は、氷の層やピンク色をしたちりで覆われている。そうして、何もない真空のかなたに、居住区輪が威厳をもってゆっくりと中心軸のまわりを回転している。それぞれが隣の輪とは逆方向に回り、壁に明かりが点在している。そして輪のさらに向こうには、彼が浮かんでいるところから二十キロ以上もかなたに、この船の円盤状の船首シールドがある。その黒い影の広がりの背後に、目標星（デスティネーション・スター）、すなわちくじら座タウ星の白くまばゆい輝きが見てとれた。

船窓に、顔がひとつのぞいて見えた。

それはアンシモフでもなければ、ボズでさえもなかった。若い女性――というよりも、実際のところ十代の娘――で、彼よりも年上ではない。ブロンドの髪、青い目。親しげな笑みが、かすかにゆがんだ八重歯をのぞかせている。ラヴィは信じがたい恐怖とともに彼女を見つめていた。

彼女は宇宙服を着ていなかった。

2.0

「それで、どうしたんだって？」とボズ・マクラウドが尋ねた。何も判断はしていない。まだ、いまのところは。ただ好奇心をもっただけだ。上のポケットからタバコとライターを取り出す。本能的に、ラヴィの視線はちらっと天井の方向に向けられた。ボズがくっくっと笑う。「ここのセンサーは何年も前から壊れてるよ。誰にもわかりゃしないって」

いとこのいうことが正しいという点ではラヴィも疑ってはいなかった。つまるところ、ここはボズの秘密の隠れ家であって、船内図からはずっと以前に消えているし、そこにあることを知っていないかぎり見つけることなどとうてい不可能だ。ここはフィジー輪の高いところにあって、かつては何かの制御室であったに違いない。焼け焦げた床板は、かなり前に何かの惨事があったことを物語っている。制御パネルはぽっかりと穴が開いてなかがからっぽで、内部のパーツは引き抜かれている。残されている座席はボルト留めされたフレームだけで、クッションの詰め物はここで起こったなんらかの惨事のためにすっかり焼け落ちてしまっている。さまざまな趣向の壁の落書きが、その大半はボン・ヴォイの手によるものだが、あちこちの隔壁からにらみをきかせていた。だが、ここの落書きはどれも古い。スローガンから察するに、第四世代だろうか。第三世代でさえあるかもしれない。ボズがさまざまな取引によって〝手に入れた〟という、禁制品の詰まった箱が部屋の隅に無造作に積み上がっている。

ボズはアーク放電式ライターにタバコの先を押しつけ、深々と吸いこんだ。タバコの先が赤く輝く。青い煙の筋が天井のほうへ渦を巻いて上がっていく。ラヴィは過剰に働かされているエアフィルターのことを考えて顔をしかめた。彼のいとこのほうは、自分がフィルターに負荷をかけていることなどまったく気にかけもせず、ただ彼をじっと見つめて答えを待っている。

「何も」と彼はついに認めた。「ちょっとびっくりして、もう一度船窓の外をのぞいてみたときには、彼女の姿はどこにもなかったんだ。真空のほかに何も存在しなかった。見つけられるかぎり外部センサーを総動員してさぐってみたけど、何も、なし。無だったよ」

いとこの唇に笑みが浮かびかけるのが見えた。

「だけど、あんたは逆にいたずらを仕掛けようとする真っ最中だったんだよね、あんたのあのハンサムなクラスメートをだまそうとして。なら……録画記録はどうなってんの？」

ラヴィはどうしようもない愚か者である自分に向けて毒づいた。アンシモフがすっかりパニックを起こしてあわてふためくようすをとらえられるものと期待して、あのときカメラを作動させていたのだった。まだデータは残っていた。

「あたしもリンクさせて」とボズが要求する。

ラヴィは文字どおりまばたきをして、リンクするためのキーを彼女に転送した。頭のなかで、ボズが隣に身を落ちつけるのをラヴィは感じとれた。録画を再生していく。

何も映っていなかった。というか、あの娘を示すものは何もなかった。カメラの視点による映像が、彼のまぶたの裏側に映し出されていく。視点は外側のドアのほうにただよっていき、船窓の外をのぞき見た。そうして、彼がさっと振り返ったために、一瞬すべてがぼやけた。ビデオ映像が安定して彼がもう一度船窓に視線を戻すまでに、まるまる一分はかかった。

だが、録画映像が示しているのは、控室とエアロック、そして船の見事な外観ばかりだ。あの娘が存在していたしるしなどどこにもない。

ボズが彼の頭のなかからするりと離れ、リンクを解いた。

「あんたが勝手に想像しただけかもね。あんたは船尾のはるか向こうで一人きりだったわけだし。びくついてたんでしょ、ほら？」

ラヴィはしぶしぶながらうなずいた。録画映像は嘘をつかず、少女の姿はどこにもなかった。それに、宇宙服もなしに真空の宇宙空間で生きていくことなど誰も——誰もだ——できはしない。あれが本当であったはずがない。

それでも……

「ほかの誰かに話した？」とボズが訊いた。

「誰にも。きみを別にすればだけど、もちろん」

「いい判断だったね」彼女がためらいがちにラヴィを見て、彼の手首に触れた。「大丈夫？ 誰かに会ってみる必要は？ ほら、専門家にとか？」

「ぼくは頭がおかしくなったわけじゃない！」

「うん、ただいろんなものが見えてるだけだよ」

ラヴィはなんとか抑えようとしたものの、苦い笑い声がもれ出た。

「疲れてただけだと思う」と彼は打ち明けた。「チェン・ライはぼくらをひどくこき使ってるし。彼はスケジュールの〈減速の日〉に大きな×印をつけてて、もしもカウントダウンをじゃまする者がいたら、そいつは〈アーキー〉の助けを願うしかないよ」彼はいとこにちらっと笑みを見せた。「ひと晩ぐっすり眠れば、すべてよくなるさ」

「そりゃけっこうだね」というなり、ボズが立ち上がった。床から身体が浮き上がるのに充分なほどの勢いだった。

「ここは〇・五Gしかないってことは、きみもわかってるはずだろ」とラヴィがからかう。

「興奮は抑えておかなきゃ。もちろん、天井に頭をぶつけたいんでなければね」

ボズはすでにただよいながら床に降り立っていたが、彼に憐れむような視線を向けた。

「あんたも少しは人生を楽しむ必要があるよ。船内の床に溶接されたまま一生を過ごすよりも、ときどき天井に頭をぶつけるほうがましだろ」彼女の目がいたずらっぽくきらめいた。「それに、あたしは確かに興奮してるんだよ」

ボズは擦り切れた茶色のジャケットを所有していることをいつも自慢にしていた。彼女にいわせると、〈出航の日〉以前にまでさかのぼる一品らしい。さらにいうと、それは〝革〟と呼ばれる血のかよった素材でつくられているのだそうで、ボズという人物をよく知っていればこそ、厚かましいほどのでたらめに違いない。目をきらめかせながら、ボズはくだんの衣服のなかに手を入れて、手のひらサイズの金属でできた球体を取り出した。きれいな黄色と黒に手製でペイントしてある。

「なんだい、それは?」ラヴィは急に好奇心を抱いて尋ねた。

「ボズボールっていうんだよ。わが新入りのちっちゃなヘルパーなんだ。これのために、あんたをここに呼んだってわけ」彼女はその金属の球体を床板に落とした。「取っておいで」と彼女が命じた。音声のみのコマンドを使ったことにラヴィは気づいた。はじけるコードの奔流はともなっていない。

しばらくのあいだ、その〝ボズボール〟とやらはその場にとどまったままで、黒と黄色の無益なかたまりでしかなかった。皮肉をこめたコメントがラヴィの舌の上まで出かかって、いまにもとび出そうとした。しかしながら、その寸前に小さな球体が回転をはじめた。

ラヴィは自身のインプラントを何かがくすぐるのを感じた。

「そいつはぼくをスキャンしてるのかい？」

ボズは何も答えようとしない。

球体は床の上をころがっていき、ついには箱ふたつにぶつかった。ラヴィの目が驚きに見開かれた。この自作のドローンがクモのような脚をいくつも伸ばして、箱をよじのぼりはじめたからだ。そいつは箱の上までのぼると、今度は天井に向けてジャンプして、かなりの距離を逆さまになったまま横断し、錆(さ)びついた換気用の格子のネジをはずすと、その奥に姿を消した。

ラヴィはボズを振り返り、称賛の拍手を送った。

「わーお、じつに見事な……」

彼の声は尻すぼみに途切れた。マシンをリモートで操作するときに人が見せる、かすかにぼんやりした表情をボズが浮かべているものと予想していたのだが、彼女はひどく興奮したようすでにんまりしているだけだ。ボズの意識は完全にここに〝存在して〟いる。

「すごくない？」とボズが熱狂的にいった。彼女のにんまりした笑みは、むしろさらに大きく広がっている。

ラヴィはいとこに注意を払うのをやめた。彼自身の表情は、ぼんやりしているというよりもむしろ不快そうなものだと自分でもわかっていた。付近の〈ハイヴ〉のあらゆる隅まで見つめ、そのせいでほとんどうめきをもらしかけた。ボズはそこに存在していた。彼女の存在は、船から大量に押し寄せてくるデータの潮流のなかで小さな渦を巻いている。だが、その渦は本来ならもっと大きなものになるはずだ。もっと複雑なものに。彼女とボズボールのあいだには情報の巻きひげ――コードによって伝えられるもの――が流れているべきだ。それがまったくない。実際、どれほどよく見ても、ボズボールの存在するしるしは何ひとつなかった。

つまり、これは〈ハイヴ〉の一部ではない。

彼はまわりの世界を電気的に見るのをやめ、自然が意図したとおりに自分の目を使った。いとこをにらみつけるために。

「〈アーキー〉の名にかけて、いったい自分が何をしてるのかわかってるのか？」彼はボズに嚙みついた。「これは二十リットルぶんの罰金や、数日(ソル)ぶんの休眠処分とはわけが違うんだぞ、ボズ！　リサイクルにだってされかねないぞ！」

　これに対してボズが見せた唯一の反応は、否定するように手で払うしぐさだった。

「本気でいってるんだぞ」とラヴィがいいつのる。「あいつ……きみがなんて呼んでるにしろ、あれは完全なＬＯＫＩ(ロキ)だ。船内警備隊(シップセク)に生皮を剝(は)がれるぞ！」

　ボズが大笑いしはじめた。

「あれはただのアルゴリズムのかたまりだよ。ラヴィ。チューリング・テストをパスできるとかそんなんじゃなくて」

「そんなことを船内警備隊(シップセク)が気にかけると思うのか？　あれはマシンだ。そして〈ハイヴ〉に属してない。あれは独自に考えて行動してる」彼はかすかに震えて安定しない指で問題をひとつずつ数え上げていき、いとこをまともに見据えた。「あれはＬＯＫＩだ、ボズ。連中に堆肥(マルチ)にされるぞ」

　ボズの顔に、ほんのわずかなあいだながら疑念がちらっとよぎった。わずかなあいだだけだったが。彼女はふたたびにんまりした。いつものとおり、向こう見ずな態度で。

「ああ、ええと、連中ははじめにあたしをつかまえないといけないだろうね」彼女はダクトのほうをちらっと振り返った。そこにはボズボールがふたたび姿をあらわしていた。それが錆びついた格子の板を固定しなおすあいだ、ウィーンというかすかな音が響いた。ボズのにんまりした笑みがさらに広がっていく。「そして連中がそうしようとするにしても、これにはそれだけの価値があるんだよ」

どんなものも人が堆肥にされるだけのリスクを冒す価値はない、とラヴィが指摘しようとしたとき、ボズボールがその創造主の足もとに戻ってきた。デリケートな脚が、紫色のホイルにくるまれた小さな四角いパッケージを掲げている。

ラヴィは自分の口があんぐりと開いていることがわかっていたが、どうやって閉じたらいいのかさえもよくわからなかった。

「それが本物のわけがない」と彼はようやくいった。

「へえ。でも、完全に本物なんだよ。先週ここに隠しといたんだけど——ボズボールなしでっていう点は念のために指摘しとくよ。なのに、この子はなんなく見つけてきたんだ」

「いったいどこで……」

「四の五のいってないで、味わってみなよ！」ボズは包みをボズボールから受けとると、包装をはがし、中身を半分に割ってラヴィに渡した。チョコレートの温かな香りが室内にあふれた。しかも、船内でつくられている変性セルロースのような味けない代用物ではない。これは断じて違う。恍惚感（カタルシス）を引き起こすシロップ状の芳香のシンフォニーが、半オクターヴの甘さと、完全なる有機質のベースラインでもって彼の頭を満たした。これは本物のチョコレートだ。地球でつくられていたやつだ。

そして、百三十二年ものの。

震える指でラヴィは小片を割り、ほんの少し齧ってみた。

その味が彼の口のなかで爆弾のようにはじけた。

3.0

彼は皿を見つめていた。古いタイプの皿で、円形で仕切りはなく、土を焼いてつくったものだ。白黒映画で地球の女性がよく夫に投げつけて、無数の小片に砕け散るようなたぐいの皿だ。ただし、この皿は白黒ではない。凝った装飾で、美しく、色であふれている。青、黄色、そして筆記体のような黒色の筋が、彼にはよくわからないパターンで混じりあっている。

そのパターンが消えはじめた。はじめはゆっくりとだったが、やがてその勢いがどんどん速まって、緑色の黴（かび）の巻きひげが表面に広がっていき、ついには目の前の皿でもとのまま残っているのは形だけになった。そしてすぐに、それさえもわからなくなった。黴（かび）は広がりつづけた。厚く高く、さらに厚く高くなり、ついには彼の顔に達して、無理やり口を押しあけて喉の奥へと根を伸ばしていく。

そのせいで夢から覚めたのか、それとも割れるような頭の痛みのせいなのか、ラヴィにはどちらともつかなかった。頭蓋内に打ちつける痛みがあまりにひどく、すぐにはインプラントと向きあうこともできなかった。

「明かりを」と彼はかすれた声で告げた。

システムは音声のコマンドを受けたことにたとえ驚いたとしても、その兆候は見せなかった。やわらかな、早朝の照明が彼の居室内にふり撒かれた。居室という呼称は、一辺がわずか三メートルほどで通路側に窓もない、狭い船室を指す言葉としては大げさすぎるものの、エクアドル輪では充分に低い階層にあって輪がフルの一Gで回っているし、なんといっても彼だけの個室だ。家賃が五十五リットルというのは、彼の懐（ふところ）事情に厳しい額ではあるにしても。

ラヴィは脳内のチップがあまりヒリヒリと感じなくなるまで待ったうえで時計にアクセスした。〇四五二時。まだ早くはあるが、もう一度眠りに戻るほど早すぎる時間でもない。欲求というよりも習慣から、彼はインプラントを使ってニュースフィードにつないだ。いつもと違う話題は何もない。〈減速の日〉のための準備。スパルタンズがキャタフラクツをオーバータイムでくだして、船団杯（フリート・カップ）の〈チャンドラセカール〉代表の座を勝ちとった。〈ボーア〉の機関士が古い時代のグランドピアノをプリンターで再生することにどうにか成功したものの、それを演奏するのには苦労している。そしてここ〈アルキメデス〉により近いニュースとしては、カーミラ・パテルとチームNFRが〈減速の日〉前の最後の、そしておそらくは永遠に最後となるフォーミュラ船外操縦ユニット（EMU）レースで逃げ切って優勝した。玉座のような形状のEMUをあやつるレースのビデオ映像も添付されている。EMUはおもに船外での移動のために設計されたものだが、ここではレース用に余分な機能は削（そ）ぎ落とされていて、船尾をまわってゴール面を通過するカーミラが宇宙服を着た手を勝利の喜びに高く突き上げるようすが映っている。もちろん、これはラヴィにとってニュースでもなんでもなかった。親友のアンシモフはアルバイトでチーム・スパイクのメカニックをしている。チーム・スパイクはかなり残念な四位になんとかすべりこんでいた。そのことをアンシモフがあまり喜んでいなかったといっただけでは、負けることを彼がどれほど嫌っているかや、敗北の責任のあるパイロットへの不快感をうまくとらえきれていないだろう。

ある意味でニュースは何かといえば、〈ダイナー7〉のオーナーたちが衛生状態の違反により千リットルの罰金をくらったことだ。ラヴィはまだ頭が痛むにもかかわらず、あきれて首を振った。人々がなぜあそこの店で食べたがるのかは、船内の大いなる謎のひとつだ。集積回路（チップセット）が半分でも備わっている者なら誰でも、〈ダイナー7〉を訪ねたあとで診療室にも訪ねるリスクがともなうことくらいわかっているはずだ。それなのに。

母親譲りのうんざりしたため息をもらし、彼はベッドを降りて壁に収納すると、いつものとおりの一日(ソル)のはじまりに備えた。

彼の一日は、おそらくソフィア・イボリの存在がなかったならもっと容易なものになっていたろう。そうはいっても、彼女がラヴィに対して直接的に何かしたというわけではなく、そう、それこそが問題をひと言であらわしている。ソフィアは背がすらりと高く、きれいで、頭のよさはずば抜けている。そして彼女はラヴィの存在になどほとんど気づいてもいない。彼は教室のいちばん後ろのいつもの席からもの思いにふけりつつ、彼女のうなじを見つめていた。黒髪は太くたばねて片側にまとめ、片方の肩をふわりと覆っている。その髪は彼女が動くたびに星の光のようにきらりと輝いた。

ヴラディミール・アンシモフが彼のわき腹をこづく。

「デートに誘ってみろよ」その声にはからかいだけではないものがあった。

「ああ、そうだな。そんなことができるもんなら。〈アーキー〉にかけて、彼女は士官なんだぞ」

「それは自分もいっしょだろ。深宇宙きってのお似合いの組みあわせだよ」

ラヴィはかたくなに自分の足もとを見つめている。アンシモフの口調はいらだちに近いものに変わっていった。

「彼女をデートに誘っても、誘わなくても、おれにはどっちでもいいんだ。けどな、自分の家柄のせいで尻ごみするのはよせよ、友よ。おまえも彼女と同じくらい立派に士官なんだから」くっくっというかすかな笑い声。「いまの時点ではあまりたいした問題でもないように思えるな。ここにいるのは全員が訓練生なんだから」

ウォレン大尉教授が二人のひそひそ話を粉砕した。

「マクラウドならびにアンシモフ士官候補生の両名が、授業にすっかり注意を向けてくれていてうれしいわね」と彼女が皮肉をきかせていう。「よろしい、学ぼうとしない訓練生に教えこもうとして時間を使ったところで資源のひどい無駄づかいよね。とりわけ、その生徒たちがこれほど——その——学問に縁のない家系の出となると」

ラヴィの顔が赤く染まった。アンシモフが小声で毒づく。クラスメートのうち数人がくすくす笑った。

「なにしろそれほど真剣に聞いていたんだから、きっとわかってるでしょうけど、基本的な光合成作用について話していたところよね」ウォレンの視線はいまやラヴィに釘づけとなり、植物園の爬虫類のようにじっと見つめてくる。「そこで、マクラウド士官候補生ならいい、喜んで二酸化炭素還元の化学を手ばやく要約してくれるわね——人工頭脳を使うことなしに」

ラヴィは胸の奥で心臓が激しく打つのを感じた。光合成作用。これによって植物は日光をエネルギーに転換する。生命の本質だ、ここ、深宇宙にあってさえも。教授が次に別の誰かを指名することになったときのために、ほかの生徒は関連する情報を得るため急いで〈ハイヴ〉にアクセスしていることだろう。一方の彼はといえば、アンシモフのよけいなおしゃべりのおかげで、昔ながらのやり方で答えることを期待されている。彼は急にかさかさに乾いた唇をなめた。

「その……二酸化炭素還元とは」ラヴィは説明をはじめた。声は小さく、ためらいがちだ。「……あの……二酸化炭素が、その、五炭糖のリブロース-1,5-ビスリン酸と結合して……あの……三炭素化合物、3-ホスホグリセリン酸として知られる分子二個をつくり出す過程のことです」

ウォレン教授が不満そうな顔つきをした。それはつまり、彼が正しい筋道をたどっていることを意味している。さらによいことに、ソフィア・イボリがまっすぐに彼のことを見つめている。彼の腹の奥で、よい意味でチョウチョがはばたく感覚があった。彼の声には強さが増し、自信にあふれはじめた。

「3-ホスホグリセリン酸は、先の光化学反応でつくられたアデノシン三リン酸（ATP）とニコチンアミドアデニンジヌクレオチドリン酸（NADPH）の存在により、グリセルアルデヒド-3-

リン酸に還元されます」

彼は自分の笑みがウォレン教授にもよく見えるようにしてやった。さっきの〝うちは家柄がよくない〟とかいうたわごとは地獄にほうりこむがいい、と彼は心のうちで激しくののしった。

「この生成物はPGALとも呼ばれ、より一般的にはトリオースリン酸とも呼ばれています。生成されたグリセルアルデヒド-3-リン酸のほぼ大半は、おそらく分子六個中五個程度がリブロース-1,5-ビスリン酸を再生成するために使われ、そのようにしてこの過程はふたたびはじめからくり返されることになります」

彼は無礼なほど無邪気に見えるようにと願った顔つきでウォレン教授を見据えた。

《よくやった!》とアンシモフが、彼自身のチップセットからラヴィのインプラントにじかにコードを転送した。

ウォレン教授の唇が細い線に引き結ばれる。

「よくできたわね、候補生(ミディ)」細い線になった唇の端が、意地の悪い曲線を描いてつり上がった。「どうやって誰にも見とがめられることなく〈ハイヴ〉にアクセスできたのかまではわからないけれど、とにかくも上出来ね」

ラヴィは怒りで腹が攪拌(かくはん)されたように感じた。自分の無実を抗弁したかった。何か痛烈なひと言でも返してやりたいところだが、言葉は何も出てこなかった。とにかくも、当意即妙には。そしていま、ウォレン教授は新たな犠牲者を探してすでに別のほうを向いている。標的を見つけるのにさほどの時間はかからなかった。

「イボリ士官候補生、一般に、光合成は故郷（ホーム・スター）星の光を最大限に利用できると考えられているわね。もっと具体的にいえば、ホーム・ワールドの大気の底で得られるホーム・スターの光を。目標（デスティネーション・スター）星で予想されている異なった放射線スペクトルを利用するのに、基本的にはどんな変更がなされるべきかしら？」そうして、ラヴィのほうに辛辣な視線を向ける。「今度はインプラントなしでお願いね」

ソフィアが椅子にすわったまま身を乗り出し、かるく微笑（ほほえ）んだ。ラヴィは教室全体がアーク溶接の閃光でぱっと明るくなったかのように感じた。おそらく、これほどまでに彼女に注意を向けていなかったなら、彼女がそっと〈ハイヴ〉の低階層にアクセスしたコードのわずかなしたたりに彼が気づくこともなかったろう。しだいにそれは保護されている階層へといくつも這い上がりはじめた。

かるい驚きとともにラヴィは思いあたった。ソフィアは教授が何を質問しているかまったくわかっていない。彼女は誰にも気づかれずに答えをダウンロードしようとしている。ラヴィはもう少しコードをよく観察してみた。それはスパイダーボットで、セキュリティの網をそっとくぐり抜けて何かを盗むために設計されたコードの列だ。ボズがつくりそうなたぐいの——ただし、まだ幼稚園に通っていた頃のボズだとすればだが。これはそれほど不格好で、ぎこちなく、少なくとも一世代は時代遅れの代物だった。もしもこいつがさらに上の階層へと向かえば、いずれアラームに蹴つまずいて、ソフィアは船内の倫理規定を冒すことになる。

ラヴィは自身のコードをいくつかはなった。ボズの最高傑作のひとつで、動きはなめらかだし、探知することなど不可能で、しかもすばやい。そいつはソフィアのスパイダーボットに取りついて、そのトランスミッターをハッキングした。

《みんなに見えてるよ》とラヴィは警告した。ソフィアにとって、このメッセージはスパイダーボットから伝えられたように思えるだろう。教室内のほかの誰かが本当に懸命にさぐりでもしないかぎり、誰にも聞こえないし、彼のしわざだと突きとめることなどできもしない。

ソフィアの笑みはほとんど揺らぎもしなかった。スパイダーボットはゼロと一のかたまりに分解していった。

「その説明の前に」と彼女が尋ねた。「わたしがよく理解できていないことを納得できるように教えてもらえませんか？　目標世界（デスティネーション・ワールド）についてなんですけど」

「もちろんかまわないわよ」とウォレン教授が応じた。ラヴィはもし自分がソフィアの立場だったら、話題を変えようとしても教授はなんといったろうかという点は想像しないようにした。第一世代の航法長はイボリ家の者だったし、それ以来、士官専用ラウンジにはつねにイボリ家の者が存在した。ソフィアにもその資格が与えられている。

「なぜわたしたちは、そもそも植物を改変するんですか？」と彼女が尋ねた。「なぜその土地にもとからあるものと共生していくのではいけないんですか？　そこで手に入るものを最大限に利用する、ちょうどミッション計画に謳（うた）われているとおりに？」

「そうね、理由のひとつは、向こうの生物圏が実際にどんなものか、われわれにはよくわかっていないから」ウォレン教授はソフィアに寛容な笑みを向けた。「〈アーキー〉の鉤（かぎ）爪（づめ）にかけて、われわれはまだ目標世界（デスティネーション・ワールド）がどんなふうなのかわかってさえもいないのよ。われわれが観測できるのは望遠鏡に映って見える青い小さな点だけ。あの星が生命を維持できることはわかってる。そして大気中のメタン濃度のために、おそらくそこには生命が存在していることも。けれど、その生命がどんなふうに機能しているかは何もわかっていない。それはDNAをもとにしているのか？　われわれが生き延びるうえで必要な、正しいタイプのタンパク質をつくり出しているか？　毒性はあるか？」ウォレン教授は首を横に振った。「われわれに選択肢はないの。われわれは自分たちの植物を持ちこむ必要があるーーホーム・ワールドの生命体を持ちこんで、新たな星で繁栄するように遺伝子をいじって」

「でも、それって在来の植物を閉め出すことを意味してませんか？　ホーム・ワールドでも、人々は自分たちがあまり好んでいない動植物の住処を数十億ヘクタールの広大な農地に変えてしまったんですよね？」

《彼女はボン・ヴォイだと思うかい？》とアンシモフがなかば真剣にコードを送ってきた。《あの連中の甘ったるい、〝彼らの世界を救うんだ〟っていうスローガンにずいぶんと似てるように聞こえるけどな》

《いや、彼女は時間を引き延ばしてる、それだけだよ》

一方のウォレンはといえば、まだソフィアの質問について考えているところだった。

「そのとおりね」と彼女が同意した。「けれど、最盛期のホーム・ワールドは、どれくらいだったかしら？　百十億人？　今日でさえ、おそらく五、六十億くらいはＬＯＫＩが許す範囲で暮らしているはず。ここでは、人類が全部で三万人と、それに遺伝子バンクがあるだけ。われわれが何かを〝閉め出す〟までには長い時間がかかるでしょうね」

ソフィアが何か別のことをいおうと口を開きかけたが、その前に船内時計がチャイムを鳴らした。まんまと任務完了だ。

「次回は、またそこから再開することにしましょう」とウォレンが告げた。新たな課題が〈ハイヴ〉を通じて、彼らのインプラントに送信された。アンシモフは記憶域（ストレージ）にほうりこむ前にすばやく内容に目を通したに違いなく、うめきをもらした。「それと、土壌の化学のほうもはじめることにしましょう。もし目標世界（デスティネーション・ワールド）にそれを適用できるなら、すぐに行動できるから。授業はここまで」

ラヴィとアンシモフはほかの生徒たちとともにぶらりと教室をあとにした。アンシモフがクラスメートたちをきつい視線でにらみ、拳を握りしめる。「学問に縁のない家系」と苦い口調で口まねをする。「学問に、縁のない、家系だって！　ことあるごとにおれたちの顔にその言葉を投げつけるなら、そもそもなんでおれたちに訓練を受けさせてるんだ？」アンシモフは床に唾を吐き捨てそうに見えたが、ラヴィが警告の視線を向けると寸前で思いとどまった。代わりに、いちばん近いところにあったリサイクラーに唾を吐き、そばにいた者たちから警戒の視線を集めた。「少なくとも、おれたちを〈アーキー〉にかけて同じクラスに入れなくてもよさそうなもんなのに。ほぼすべて、サイバーワークでできる内容なのに、どっちにしても」

「エネルギーの節約にはなるだろ」とラヴィはいった。「それに、ぼくらの連帯の助けになる」

「連帯だって？　そんなものを信じてるんだとすれば、おまえに売ってやりたい居住区がハンガリー輪にあるよ」

ラヴィは返事をしなかった。彼の視線はソフィアのほうにふたたびただよっていった。彼女は二人の少し先を歩いている。フェニックス環状通路を歩いていくところで、これは輪の内部をぐるりとめぐっている広い通路のひとつだ。ソフィアにしては珍しく、彼女は一人で歩いている。

彼女はぼくのことを見ていたっけ、と彼は思い出した。胃のなかのチョウチョがふたたび目を覚ました。もしかして、彼女をデートに誘うというのもそれほど無理な話じゃないかも。もしかして……

その考えは押し流された。ソフィアは交差路にたどり着いていて、そこには男が一人立っていた。すらりと背が高く、ウェーブのかかった黒い髪がふさふさしている。男は彼女の腰に腕をまわして、顔を寄せて彼女の耳もとに何やらささやいた。彼女はくすくすと笑い、わずかなあいだ彼を抱きしめてからすぐに離れ、ほかの航法士仲間に追いつくために足を早めた。

おまえはなんて愚かなやつなんだ、とラヴィは自身を叱った。もちろん、彼女には相手がいる。ああいう連中はいつだってそうだ。

彼が交差路に達する頃には、男はぶらりと離れていった。だが、ダメージは残った。そして頭痛がぶり返した。ラヴィは痛みをやわらげようとこめかみに指をあてたが、なんの効果もなかった。

「大丈夫かよ、友（アミコ）よ？」とアンシモフが尋ねる。「いまにも吐きそうな顔してるぞ」

「平気だよ」ラヴィは少しためらいつつも、通路を左に曲がろうとした。左の通路は機関室への最短ルートだ。一方のソフィアはそのまま直進していく。〝航法士の領地〟を目指して。自分でもどうすることもできず、彼はソフィアのほうに視線をさまよわせた。

そして、いきなり足を止めた。

「おい、今日のおまえは変だぞ」とアンシモフがつぶやく。「急ごうぜ、友（アミコ）よ、チェン・ライが罰としておれたちを隔壁に溶接しちまわないように」彼はブーツの足音も荒く先を進みだした。

ラヴィは友人のことなど無視した。ソフィアはクラスメートたちに追いついて、居住区輪の曲面のせいですでに〝上方向に〟姿が消えかけている。しかしながら、彼女たちは通路の壁にさりげなくもたれている一人の若い女性のそばを通り過ぎた。彼女のブロンドの髪は、編みこんで背中に垂らすというよくあるファッションではなく、肩にゆったりと垂らしている。ああいうふうに髪をおろしていると、船の中心にあるハブまで上がってゼロ

Gの状態で跳ねまわりはじめたとたんに髪がぐしゃぐしゃになるだろう。それとも、そうはならないのかもしれない。前回、彼女を目にしたときも、まったく普通に見えたのだから。

船の外側で。宇宙服もなしに。

彼女はラヴィに手を振って、ぶらりと歩いて離れはじめた。胸の奥で心臓が激しく打つなか、彼は娘のあとを追って駆けだした。

4.0

「きみがこの場に加わってくれてじつにうれしいよ、マクラウド士官候補生」

このことはいっておかないといけないが、ユージーン・チェン・ライ中佐機関長はさほどうれしそうな顔をしていない。彼は白くなりかけたふさふさの眉毛の下からラヴィをにらみつけ、できるものなら言い訳してみるがいいと挑んでいる。

そうすべきでないことくらいラヴィにもわかっていた。彼は会議に遅刻したわけで、話はそれまでだ。それに、たとえチェン・ライに彼の言い訳を聞いてやる気が本当にあるとしても、彼の話は誰も信じようとしないだろう。自分でも信じる気になれるかどうか確信はなかった。

「すみません、中佐」彼は心からそう思っていると聞こえるようにつとめた。だからといって、チェン・ライが気にするわけでもないが。いずれにしても、懲罰はくだされるのだから。

彼は会議室の後方のいつもの席についた。アンシモフが〝いったいどうしたんだ？〟といいたげな困惑した視線をちらっと送ってきたが、何も口にはしなかった。それは分別のある判断で、なにしろチェン・ライはすでにふたたび話しはじめていて、機関長は話のじゃまをされるのを嫌うからだ。彼の声には電気がショートするパチパチっという乾いた音が混じっているように感じられた。

「昨日（イエスタ＝ソル）の検査のあとで、推進機関は全般にわたって想定どおりであることが確認できた。ただし、Ｌ3のシーケンス制御バルブはのぞいてだが。それについては、許可がとれしだい交換することにする。

　これが何を意味しているかというと、〈減速の日〉までに航法士がどんな針路修正を要求してきたとしても、われわれはうまく対処できるということだ。もちろん、バルブをちゃんと修理できると仮定しての話だが」冬のごとく冷淡な奨励の笑みが機関長の唇にちらっと浮かんだのちに溶け去った。

「われわれは居住区輪の調査に取りかかる必要がある。そうした区画の大半は〈出航の日〉以降、加速時に九十度回転して使用されたことがなかった。〈アーキー〉の鉤爪にかけて、区画のうちいくつかはその当時まだ存在さえしていなかったため、すべての区画が九十度回転可能であって、設備用配管になんのトラブルもなくしっかり接続していることを確かめておく必要がある」機関長の顔に威圧する表情が浮かんだ。「誰かが任務を一度で正しくこなさなかったために、最後のカウントダウン時になって、わがチームがくたくたに疲れはてているといったようなはめになるのはごめんだ。はっ、き、りと了解したろうか？」

「はい！」部屋全体が叫び返した。

チェン・ライが満足したようにうなずく。ラヴィは自身のインプラントにいくつも任務が送信されてくるのを感じとった。

「各自のスケジュールはわかったな、諸君。物を壊さぬように」

室内のみんながいっせいに立ち上がり、意欲をもって今日の作業に取りかかろうと出ていく足音が聞こえはじめた。

「そうそう、あとひとつ」とチェン・ライが告げた。ざわめきに負けじと声が高められた。

「マクラウド士官候補生？」

ラヴィは胃袋が沈む感覚を無視しようとつとめた。

「はい、中佐？」

チェン・ライの唇がゆがみ、笑みのようなものがあらわれた。

「きみの任務を終えたなら、バミューダ輪4、デッキ25、ガンダーズ通路に向かってもらおう。下水管の詰まりを掃除する必要がある」

「はい、中佐」

ガンダーズ通路の下水管はラヴィが予想していたとおりひどい状態だった。二次リサイクラーの働きが悪くなり、十以上の区画からの管が詰まっていた。下水管をきれいにするのはなんとも気の滅入る面倒な作業で、婉曲(えんきょく)的に〝黒い水〟と呼ばれるものがラヴィとドローンの両方に跳ねとんだ。しかしどうやってみても、リサイクラーをうまく作動させることができなかった。ラヴィはつのるいらだちを抑えこんだ。額に浮かぶ汗が大きなしずくとなって、汚れた肌に黒くふちどられた道筋を引いていく。

「そのやり方じゃ、夜サイクルじゅうここに居残って作業することになるわよ、候補生(ミディ)」

ラヴィはリサイクラーとの格闘に没頭するあまり、背後にメラティ・ペトリデス大尉副機関長が立っていたことに気づきもしなかった。副機関長がどれくらい前から作業を見守っていたのかは〈アーキー〉のみぞ知るだ。

「はい?」

ペトリデスはチェン・ライとは違う。彼女の丸顔に浮かんだ笑顔はあけっぴろげで親しげだ。副機関長は彼のコードにみずから入ってきた。

「コツはね、マクラウド、羽根車の動きと反対に動かすこと。そうすれば圧力が高まって、最後にこんなふうにCバルブを開けたとき、べとべとの詰まりかすがいっきに流れ出るというわけ。いい？」

確かに、ラヴィが格闘してきたしつこい詰まりかすがいっきに流れ出た。手ばやく内部をみがくと、このメカニズム全体が新品同様にきれいになった――とにかくも、また使われるまでは。

「ありがとうございます」

「ああ、感謝の言葉はいらないわよ、候補生。完全に自分のために手助けしただけなんだから。誰か若くて身体の柔軟な者が必要で、機関長はここであなたが見つかるだろうと教えてくれたの――ただし、ここでの作業を片づけたあとでだけど」彼女は顔をしかめた。

「彼がいうには、あなたは頭から足の先まで泥だらけだろうって」

彼女が指をくいっと曲げて、ついてくるようにと示した。ラヴィはそのとおりに従い、副機関長のあとから保守管理用階段に入り、デッキ30、すなわちバミューダ輪の最深部まで降りていった。そうしてあまり使われることもないハッチを開けると、管やケーブル、タンクであふれた地下世界が広がっていた。人々が生きていくために必須なインフラ施設の存在は、上の階層で暮らす数千もの魂にとっては一度も見たこともなければ考えたこともないものだ。彼らの存在を感知してほのかな明かりがいくつか明滅してからともり、まわりのすべてを薄灰色に照らした。ラヴィの皮膚には冷気が貼りつき、吐いた息は白くたゆたった。かなり強い重力が彼の膝を引っぱった。

ペトリデスが先に立って狭い張り出し通路を進んでいく。この格子床の通路は貯水タンクの大きな曲面を抱くようにぐるりとめぐらされていた。タンク自体は少なく見ても直径百メートルはあり、のっぺりしてなんの特徴もないが、ときおり通し番号が壁面に型抜き(ステンシル)文字で表示されている。だがタンクの高さがどれくらいあるのかは予測もつかない。タンクの上下はともに垂直に伸びて、配管やケーブル、そして暗闇に覆い隠されていた。

ペトリデスが足を止めた。タンクの壁面に取りつけられたはしごのそばに彼女が立っているのは偶然ではないように思えた。はしごは配管の隙間の痛ましいほど狭い空間をねじれながら伸びていて、その先は視界から消えている。ペトリデスがポケットに手を入れて小さな糸巻きを取り出した。巻きとった糸の先には、小さくてもはっきりと見てとれる錘(おもり)がついている。ペトリデスがいちばんそばのはしご段をぽんぽんと叩いて示した。彼のまぶたの裏側に船内図が浮かび上がった。

「よし、マクラウド、船内図によれば、このはしごをのぼると、いずれタンクのてっぺんに出るはずよ。タンクのてっぺんには検査用の穴のキャップがあるから」彼女が糸巻きを彼にほうってよこした。小さな錘の尖った先端が彼の手のひらに食いこんだ。「そのキャップをはずして、この測鉛線を伸ばして穴に落としこむこと。錘がタンクの底まで達したら、巻き取ってどれくらいの長さまで糸が濡れているかを測る——簡単なことよ、濡れた部分は明るい赤色に変わるから。わかった？」

まるで副機関長の思考回路のトランジスタがいくつか欠けているかのように、彼は自分が相手をまじまじと見つめていることをわかっていた。悪い冗談か何かだろうか？　だが、その一方で、そうでないとしたら？　もしもペトリデスが本気で、これもさらなる懲罰のひとつだとしたら？　頬に血がのぼって熱くなった。結局のところ、彼にできるのは直立不動の姿勢を取って、哀調を帯びた言葉をひとつ吐いて応じることだけだ。

「なんですって？」

ペトリデスが噴き出した。

「わかってる、候補生、わかってるわよ。これが何かのいたずらのように聞こえることは。でも、そうじゃないの。われわれはこれまでにセンサーの数値を読みとって診断解析にもかけてみた。ドローンに検査をさせて、そのドローンを分解してまで調べてみた。つまり……今度は昔ながらのやり方でやってみようというわけ。黎明期からの古いやり方で。そこをよじのぼって、てっぺんから測鉛線を垂らし、タンクの水深を読みとるの、マクラウド。糸がわたしたちに真実をはっきりと教えてくれる。望むらくは、これが何かの奇妙なソフトウェア上の問題――〈ハイヴ〉のバグだといいんだけれど。そうでないなら、われわれはもっと大きな問題を抱えることになるから」彼女がラヴィの肩をぽんと叩いた。

「さあ、行ってきて。そして柔軟に！」

ペトリデスは柔軟性について本当の意味で冗談をいったわけではなかった。タンクは通常の形ではなく、しかもはしごは過酷な方向にねじれては曲がり、ばかげたくらい狭い隙間を抜けて伸びている。ラヴィが格子床の張り出し通路にふたたび戻る頃には、背中や肘、膝のあちこちをすり剝いていた。彼は水深をミリ単位まで測り終え、身体の痛みに顔をしかめないようにつとめた。

「確かなの？」

「はい」

ペトリデスの表情から、それが彼女の求めていた数値でないことは明白だった。

「オーケイ、候補生（ミディ）、あなたは充分に長く任務についてきたわ。帰ってよろしい」

「ありがとうございます」

「それと、候補生（ミディ）？」

「なんでしょうか？」

「シャワーを使い惜しまないことね。あなたの身体に染みこんだ悪臭は、脱臭フィルターでさえも悶絶死させられるほどよ」

「笑いごとじゃないんだよ」とラヴィがいいつのる。食堂の喧騒に負けない声で話すことに苦労していた。

「けどさ、ちょっとおもしろい話だよね」とボズが応じて、耳から耳まで大きくにんまりした。彼女は年長の別のいとこが食べ物をかすめ取ろうとして伸ばした手を叩いて払いのけ、鼻にしわを寄せた。「それに、あんた、まだにおってるよ」

彼女が冗談をいっているものとラヴィは〈アーキー〉にかけて願った。なにしろ彼は四十リットルもの水をついやして、下水管との格闘の余波を洗い流そうとしたのだから。彼にはそんな余裕のない量の水を。そして次の給付日はまだ先だ。

彼とボズは〈ダイナー9〉のテーブルに向きあってすわっていた。もっとも、こうしてマクラウド家の者たちが集まって語らったり、ビジネスの取引をするのに使うこの店を誰も〝ダイナー9〟とは呼びもしないが。彼らはここを〝アンシモフの店〟と呼んでいる。少なくとも過去二世代にわたって、この店を所有してきた一族の名で。ヴラディミールの母親、カディージャが客に注意ぶかい目を向けていることにラヴィは気づいた。彼女はいつものとおりどことなく非難するよう顔をしかめ、一族が長年にわたって新調することを拒んできた時代遅れのオーブンのひとつにもたれかかっている。というのも、親友のヴラドによれば、新しいオーブンは〝くずみたいな料理にしかならず、人類はもっとましな仕事ができるはず〟だからだ。

「どうにも理解しかねるのは」とラヴィがついにいった。「彼女がいきなり姿を消したことなんだ」

「人は単に消えたりしないよ」とボズが指摘する。「あんたが見失っただけでしょ」

「いや、見失ってなんかいないって！　彼女が隠れる場所なんてどこにもなかったんだ！　あのとき、どう見ても彼女は環状通路に立っていたんだから」

「そして、角を曲がったんだろ。見えてないところでいきなり駆けだして、するりと姿をくらますことくらい簡単だよ」ボズはいたずらっぽくにんまりした笑みを浮かべる。「あたしだって何回もやったことがあるし。角を曲がったとたんに次の角まで猛然とダッシュして、さらにもう一度曲がれば、ジャジャーン！　人が〝消えた〟ってわけ」彼女は両手の人さし指と中指を二度折り曲げるしぐさで引用符をつくるまねをして、彼が使った言葉を強調してみせた。指にタバコを挟んだままであることを考慮するなら、簡単な芸当ではない。指の動きとともにタバコの先端が赤くすぶり、空調フィルターのほうに渦を巻く煙が伸びていった。

「ロベルタ・マクラウド！」とカディージャが怒鳴った。「センサーが感知する前にそれを消しなさい！ ここに船内警備隊（シップセク）を引き寄せたいの？」

　マクラウド家のさまざまな者がいっせいに反応し、からかいの叫びや喧騒を引き起こした。

　ボズはこころよく手を振って応じると、赤く輝くタバコの火を親指と人さし指でもみ消した。彼女が指を火傷（やけど）せずにどうやっているのか、ラヴィにはまったくわからなかった。

「あのとき、走ってたのはぼくだけだった」とラヴィは説明した。「それにぼくは足が遅くない。彼女が次の角までたどり着く時間なんてなかったはずだ」彼は自分が眉をひそめているのを感じた。「だからいってるだろ、ボズ、彼女は単に消えたんだって」彼はパチンと指を鳴らした。「こんなふうに」

「ふうむ」とボズがつぶやき、顎をさする。「ほかにも説明があるかもね、ほら」

「というのはどんな？」

「あんたはどうしようもなくイカレてるっていう仮説だよ！ 空中でいきなり〝消える〟人間なんていやしない。物理的にありえないからね。あんただって機関士のはしくれだろ、いとこ殿（カズ）。あんたもわかってるはずだよ」

ラヴィが何かいい返すより先に、トークィルおじさんが彼の隣の席にするりとすわりこんだ。おじさんは水耕栽培植物のぴりっとした香りとにんまりと大きな笑みをともなっている。

「調子はどうだい？」と彼がラヴィに尋ねた。「まだ士官訓練とやらをやってんのか？」

ラヴィはうなずいた。

トークィルがいぶかしげな視線を向ける。少なくとも、床に唾を吐き捨てはしなかったな、とラヴィは考えた。マクラウド家の仲間うちのやりとりでは、士官という言葉を含む文章はほぼどんなものでも余分な唾液の排出を必要とする。文法上の規則のようなものだ。

「卒業したら、おれたちを見くだすつもりなのか？　船内警備隊（シップセク）に突き出すつもりか？」

「ばかをいわないでよ、トークおじさん。ぼくは機関士になるんだ。ぼくが見くだすのは詰まったバルブや摩耗した軸受だけだよ。ぼくはいつまでもマクラウド家の人間なんだから」

トークィルはさらに少しのあいだ彼をじっと見つめていたが、ようやくその件は受け流すことにしたらしい。

「〈減速の日〉が近づいてる」と彼がいった。そのことを知らずにいるのは船団内でラヴィ一人だけだとでもいうように。「この強大な船は方向転換して、目標星（デスティネーション・スター）に尻を向ける。そうして……ボンッ！　ドライヴ機関がくそったれにまるまる一年も燃焼しつづける」そのことを考えて彼の目が輝いた。力強い、タトゥーのたっぷり入った腕がするりとラヴィの肩に巻きついた。まるでホーム・ワールドの巨大な蛇のように。「おれたちは減速する。目標世界(デスティネーション・ワールド)の軌道内に入り、着陸する。任務完了だ！」この歓声とともに、肩にまわされた腕が容赦なく彼を絞めつけはじめた。「そうして、そのあとで何が起きるかわかるか？」

「ううん、おじさん」ラヴィはうんざりして目を上に向けた。「予想もつかないよ」

「もはや士官なんてものはいなくなるんだ！」とトークィルが声をとどろかせ、テーブルを叩いて笑いだした。「もはや士官はいなくなる！」まわりにいたほかの者たちもこの掛け声に加わり、音をあわせてテーブルを叩きはじめた。「もはや士官はいなくなる！　もはや士官はいなくなる！」

カディージャ・アンシモフがオーブンから離れて近づいてきたのを見て、ようやく合唱はおさまっていき、陽気な笑い声があふれた。トークィルは椅子の背にゆったりともたれ、小声でくっくっと笑っている。

「水を差すようで悪いんだけど、おじさん」とラヴィはいった。「〈減速の日〉のあとも未来永劫、士官にこびへつらうことになるだろうね。偵察、調査、予備探索……そうして地上に降りるまでに何年も何年もかかるだろうから」彼はおじの脇腹に鋭い肘打ちをくらわした。「おじさんは老人になってるだろうね。つまり、いまよりもっと老人にね、もちろん……そしてそのあいだじゅう、おじさんはぼくにサーとつけて呼ばないといけなくなるんだよ」彼はわざとらしく同情をこめて首を横に振った。

「冗談はいい加減にしてくれ、ラヴィ」そういうと、トークィルはラヴィの肩を絞めていた腕の力をゆるめた。姿勢を変えて、彼の目をのぞきこむ。「おまえは本当に、あのお高くとまった、近親交配の私生児どもの仲間になりたいのか？　連中はおまえのことをまともに扱ってくれてるのか？」

「イエス」とラヴィはいった。「そして、もうひとつの質問のほうも、イエスだよ」二度目のイエスが最初のと同じくらい正しいことを彼は心から信じたかった。

トークィルおじさんは完全に納得していない顔つきに見えた。一瞬、この話題をさらに追求しようとするかに思えた。ただしそれも、おじさんの顔がいきなりくしゃっとなって、いたずらっぽい笑みが浮かぶまでのことだった。

「マクラウドの世界だ」と彼がいった。

「なんだって？」

「マクラウドの世界だよ。おれたちはそう呼ぶべきだ、デスティネ――」

「おじさん、口をつつしんで！」ラヴィは仰天し、シーッといって黙らせた。

「なんでだよ？」トークィルの笑みがさらに広がる。「あまりいいやすい名前じゃないことは認めよう。だったらこんなのはどうだ、ニュー――」

「もうそれ以上くそったれな言葉は聞きたくないね」とボズが、ラヴィよりもさらに辛辣な口調でいった。「そういうのは悪運を呼ぶ凶兆だってわかってるだろ。まだ到着してないのに。みんなをめちゃくちゃにしないでよ」

「わかった、わかったよ！〈アーキー〉の鉤爪にかけて、おまえたち二人ときたら。いまのは冗談だよ。冗、談。本気でいってないなら勘定に入らんだろ？」

「うん、その、危険は冒さずにおこうよ、ね？」とラヴィはいった。無理に笑みを浮かべる。「これからもし何かが悪く運んだら、ヴァスコンセロスはきっとすべてをおじさんのせいにするよ」

今度こそ、トークィルは床に唾を吐くのを思いとどまりはしなかった。

「あのくそ野郎め。機会のあるときに殺しとくべきだった」

「おじさんが誰かを殺せるもんならね」とボズがからかう。

「やつのためなら、例外的にやってのけるよ。もしおまえがあいつみたいになっちまったら、ラヴィンダー・マクラウド、ハイフォン環状通路の端から反対側の端までおまえの尻をひっぱたいてまわってやるからな」

「環状通路にはね、おじさん、端なんてものはないよ」

「おれのいってる意味はわかるだろ」

「イエッサー、おじさん。ぼくが士官になるとしても、嫌なくそ野郎にはならないよ」彼はにんまりした笑みをもっとまじめなものに変えた。「ぼくはそうならない、トークおじさん。約束するよ」

「それでよし。それと、おい、士官になるっていうたくらみがうまくいかなかったら、いつでもおれんとこに来いよ」彼はラヴィに狡猾な笑みを見せた。「機関士ってのは、ナットやボルトについてなんでも知るようになる、そうじゃないか？ 賭けてみてもいいが、おまえさんがその気になりゃ、船内のどの区画にでも入りこめないことはない」笑みがはっきりと物騒なものになった。「そういう特別な……才能を、きっと利用できる方法を見つけられる、だろ？」

「そんなことになったら、母さんに殺されるよ」

「まあ、おまえの母親が知らないでいるなら、なんの問題もないさ」彼は姪っ子のほうに顔を向けた。「それはそうと、ボズ、お嬢ちゃん（ダーリン）、ビジネスに取りかかるとして、チョコレートの話でもしようや」彼はテーブルごしに身を乗り出し、力強い腕をついて肘で支えた。「チョコバー四分の一につき四十リットルを用立てよう」

ボズの返事は、信じられないというような笑い声だった。「七十五じゃなきゃ取引はなしだよ、トークおじさん。こっちはエアロックを真空状態にしないでおかなきゃいけないんだからね、あたしのいってる意味がわかる？」

トークィルはうめきで応じ、相手の返答にはまったく驚いてもいないようだ。おもしろがるように相手を値踏みする目が、ボズのまじめくさった表情から何かを読みとろうとさぐっている。

「六十でどうだ？」と彼がついに提案した。「それと、あまり使いこんでないコイルをいくつかつけるとか？」

「取引成立」二人が握手を交わした。そうして、なんらかの第六感から、トークィルが肩ごしに振り返った。おじさんは二人にいたずらっぽい笑みを残して離れ、数秒の差でラヴィの母親との対面を避けた。

「あの人はなんの用があったの？」とフェアリー・マクラウドが尋ねた。トークィルの去りゆく背中を不安げに見つめ、細い手をあまりにきつく握りしめている。

彼の母親はエンピツのようにか細い神経の持ち主だった。彼女はいまなお可憐に見える、とラヴィは考えた。だが、彼が子どもだった頃の陽気な女性はずっと前に姿を消していた。

夫がリサイクラー送りになったせいで母親の明るさが失せたのだとラヴィは考えたかったが、実際のところは夫がしじゅう船内警備隊とトラブルを起こしたり、これからはまっとうに生きるという約束をいつもたがえてきたことが、最終的に船内の上層部がもうたくさんだとみなすよりもずっと前から彼女の神経をすり減らしていたのだった。彼女はトークィルから息子のほうに視線を戻した。その表情には不安がのぞいている。

「たいした用でもなかったよ」とボズがなめらかに証言した。「プレイオフの試合に賭けて、おじさんが負けたんだ、それだけだよ。その清算をしてたところでさ」

ボズの言葉などなんの効果もないかのように、フェアリー・マクラウドは息子をひたと見つめつづけ、彼自身に説明させようとしている。

「ボズのいったとおりだよ」ついに彼がもごもごともらした。胃袋があちこちと跳ねまわってからまった。母親に嘘をつくときはいつもそうなる。彼はなんとかかすかな笑みを浮かべることができた。「ぼくとはなんの関係もないことだった」とつけ加える。少なくとも、それは真実の美徳を含んでいる。

母親は少し安心したようだ。

「よかった。あなたは長い道のりをやっとここまでやってきたのよ、ラヴィンダー。長い道を。あなたはあと一学期で、〈アーキー〉にかけて正真正銘の士官になれるの」この言葉を口にしたとき、母親の目が誇りに輝いた。それにつづいて室内を不安げにさっと見わたす。「環状通路からはずれて脇道に引きずりこまれないようにね、ラヴィ。大事ないまだけは」

「もちろんだよ、母さん」

ラヴィは顔を上げて母親の目を見ることができなかった。

「そう、なら、よかった」母親が手を伸ばして彼の髪の乱れをととのえようとしたが、ラヴィは当惑して、身体をずらして避けた。そのまま彼は立ち上がった。

「もう行かないと」彼は意図した以上に唐突にいって、母親をかるく抱擁（ハグ）し、とりつくろった笑みを浮かべた。「士官になるつもりなら、勉強しないと」彼は母親の身体を離し、額にかるくキスしてから出口に向かった。

通路に出るとボズが追いついた。

「そんなにあわてないでよ、候補生（ミディ）」彼女はラヴィについてくるようにと手ぶりで示した。

彼は興味をもち、並んで歩きだした。

「どこに向かってるんだい？」

「犯行現場だよ。あんたの、えと、目撃談のことを考えてたんだ。そしてふたつの可能性のどっちかが起こるはずだよね。あんたのいう謎めいた娘がどうやってそれをやってのけたのかがわかるか、それとも精神科医の予約を取るか」

「精神科医に会いに行くつもりはないよ」

「あたしがその判断をしてあげるよ」

ボズはいちばん近いスポークを目指した。彼女の足どりは速く、ラヴィはついていくのに苦労したほどだった。これがはじめてではないが、ボズがいつも急ぎ足でせかせか歩くのは彼女がつねに何かのトラブルを予期しているからではないかという考えが頭に浮かんだ。そしてマクラウド家のたいていの者と同じように、トラブルはボズに吹き出物のようにつきまとった。それも当然だ——彼女が関わっていることの半分は疑わしい行為で、残りの半分はそれ以上にひどいものなのだから。ラヴィとは違って、彼女の両親はどちらもすでにリサイクラー送りになっていた。次は彼女の番ではないかとラヴィは毎日心配していた。

「急いで、候補生（ミディ）！」とボズが肩ごしに命じる。ラヴィの息づかいが荒くなりはじめたのに気づいていた。「時間外の下水管掃除のせいで、動きがにぶってんのかな？」いかにも腹立たしい、にんまりした笑みを彼に投げかけると、彼女はさらに足を早めた。毒づいてやりたいところだったが、ラヴィにはそうするための酸素が足りなかった。

スポークにたどり着くと、ボズはそれまで以上にせわしなく、エレベーターではなくてハブ方向に向かう循環式昇降機(パターノスター)を選んだ。循環して動きつづけるこのはしご段は――これはガタガタいいながらハブへと〝上がって〟いくほうのだ――エレベーターよりも速度はゆっくりだが、待つ必要はまったくない。ボズは歩調をゆるめることなくとび移り、片手と片足で平然とはしご段につかまった。ラヴィはそのやり方にならおうとしなかった。使い古したはしご段に、持てるかぎりすべての手足を使ってしがみつく。

二人は無言でパターノスターに乗って上がっていった。夜サイクルの暗い各階層を通過してのぼるにつれ、はしご段にしがみつく身体がしだいに軽くなっていく。ラヴィは脚のポケットをぽんと叩いて確かめた。不安になったときの習慣だ。嘔吐袋をたっぷりと持ち歩いていることは自分でもわかっている。それに、袋が必要になるほど長いあいだ無重力状態にあるわけでもない。

パターノスターの終着点にたどり着くと、彼らはスポークの外に出て、ハブの無重力の領域に入った。ここはすべての輪の中心軸だ。彼の〝上〟のほうで、ボズが膝を折って勢いよく跳び出した。ラヴィはまぶたの裏側にグリッド入りの軌道予測画面(ナビ)を引きおろした。いくつかの可能な軌道情報が緑色の弧として彼の視界に明滅する。彼はそのひとつを選んでジャンプし、洞窟のようにぽっかりとあいたハブの広がりに跳び出していった。

吐き気がしようがしまいが、これはラヴィがけっして見飽きることのない光景だった。

ハブ空間――細長いチューブ状の空間で、そのまわりをこの船の巨大な居住区輪がいくつも回転している。各輪は重力をつくり出すために回転しつづけなければならない。そして各輪のハブがあって、隣の輪とはそれぞれ反対方向に回っている。それぞれの輪は円筒形のスポークで貫かれ、そこにエレベーターやパターノスターが通っている。これを使ってクルーたちは輪の居住可能な階層からハブまで〝上がったり〟その逆に〝降りたり〟できる。

このハブ空間を〝チューブ〟と呼ぶのは、もちろん、妥当な表現とはいえない。なにしろ、内部の直径は二百メートル以上、長さは五キロ以上もあるのだから。ここは船内で文句なしにもっとも広い空間で、宇宙服を着こむことなくひとつの輪から別の輪へと移動するための唯一の手段だ。それぞれのスポークのてっぺんがハブに通じているため、クルーは日常的にひとつの輪のハブから別の輪のハブへとただよって移動している。輪の周縁部とは違い、中心部にあるハブはとてもゆっくりと回転しているため重力が弱い。重い荷物を運んでいるか、身体的に何か事情があるのでもないかぎり、人は単に足を屈めて勢いよくハブからハブへとジャンプして、広大な空間を無誘導ミサイルのように飛び交っている。

この船には全部で八つの輪があって、船首から船尾へとそれぞれアルファベット順にAからHまで名前がついていた。いちばん〝前／上〟のオーストラリアから、いちばん〝後ろ／底〟のハンガリーまでだ。オーストラリア輪の前には円盤状の巨大なシールドがあるだけで、ハンガリー輪の背後にはごちゃごちゃした物資搬入口やエアロック、そして真空用エレベーターが船の中心軸を通って伸びていて、ついにはフレア状に広がった巨大なドライヴ機関へとつづいている。だがそうした部分は大半の者には見慣れない奇妙な場所で、宇宙空間に剝き出しにさらされているため、限られた少数の者しかアクセスできない。船が出航して以来すべての期間を、生命あるものは輪のなかで暮らしてきた。ラヴィ自身も幼稚園の頃に習った歌をいまも覚えている。〝はじめはオーストラリア、二番目がバミューダ、三番目がカナダ、四番目がデンマーク、五番目がエクアドル、六番目がフィジー、七番目がガーナ、そして八番目、とはいってもいちばん最後の役立たずじゃないのがハン、ガ、リー！〟というものだ。もっとも、実際のところ、ハンガリーはまさしくいちばん最後の役立たずで、数世代にわたってそのとおりの状態だった。

ときがたつにつれて、ハブは船体構造上の必要性から生じた空間から三次元空間のレクリエーション・エリアに変貌していった。船の中心付近に存在する公園のような位置づけだ。そこには球状のゼロG樹木（ツリー）や、フリーボールやダンス、そしてほかにもいくつかゼロG空間ならではの娯楽のためにケージで囲った空間が点在している。そしていまは夜サイクルの暗闇だが、ハブの太いリングを見てとるのは容易だし、それぞれの輪が不気味な沈黙のうちに重たげに回転し、ほぼ摩擦のない軸受によって互い違いに動いている。各ハブにつながっているのは四つの大きな、淡い光で照らされた円形の空間で、それぞれわずかに色が異なっている。これがスポークの入口だ。その光の窓が音もなく一定の速度でめぐりつづけ、ゆっくりと移り変わっていく丸い明かりが美しい模様をつくり出している。巨人のための万華鏡だ。

興奮のため心臓が激しく打つなか、ラヴィはこのだだっ広い空間に無重力状態で舞い上がっていった。飛び立ったいま、ナビ画面に彼がとっている経路が明るい緑色の螺旋(らせん)状の渦を巻いてぱっと表示され、とろうとした進路とほぼ完璧にマッチしている。彼のジャンプはボズよりもうまくタイミングをはかっていた。彼はまっすぐデンマーク輪に向かっている。彼女のほうは少なくとも二百メートルは目標をはずれることになるだろう。ボズもそれはわかっている。左をただよっていく彼女の顔がしかめられるのをラヴィははっきりと見てとれた。

少なくともラヴィにとっては、夜サイクルの暗闇のほうが胃に影響が少なくて、より楽しむことができた。目に見えるものが少ないため、それだけ彼のバランス感覚を乱すものも少ない。そのせいか、最初の恐怖はあるにしても、船外活動では一度も気持ちが悪くなったことはなかった。エクアドル輪をくぐり抜けていくあいだ、近くのケージからフリーフォール・ダンスの音楽がズンズンと響くのが聞こえてくる。ソフィアもあそこにいるんだろうか、と彼はぼんやりと考えた。授業のあとで、交差路で彼女といっしょにいるのを見かけたあの男の腕に抱かれて跳ねまわっているのかも。さらに遠くのほうでは、まぶしい光の集まりと歓声が、フリーボールの試合が進行中であることを示していた。〈アルキメデス〉の船内代表を決定する試合中だということを思い出し、ラヴィは首をほんのわずかにねじってどちらのチームが勝っているのかうかがおうとした。しかしながら、ケージはあまりに遠すぎて、はっきりと見てとることまではできない。そんなところに、浮遊性の丸いゼロGツリーがただよってきて彼の視界をふさぎ、鼻腔をユーカリの香りで満たした。

フィジー輪を離れてから数分後、彼は身体をひねって足からデンマーク輪のハブに降り立った。ボズが彼に追いついたのは二分後のことで、彼女は見るからにぶすっとした顔をしている。

「得意げにひけらかしちゃって」

「きみが歳をとって視力が衰えたからって、それはぼくのせいじゃないよ」とラヴィがからかう。彼は深呼吸をひとつした。「さあ行こう」

二人はパターノスターで下まで降りていった。船内のほかのすべてと同じように、このパターノスターもかなり古びていた。絶え間なく動きつづけているはしご段は、彼が握る手の下であちこちひび割れている。そのチェーン式メカニズムが百三十二年もの報（むく）われることのない過酷な使用の恨めしさをこめて、ゼイゼイ、ガタガタと音をたてていた。ラヴィはちらっと〝下〟の、すなわち、輪の外縁部（アウター・リム）のほうに目をやった。パターノスターの狭い縦坑（シャフト）は一直線にスポーク内を通っていて、めまいのするほど遠くまでつづいている。パターノスターのなかの薄闇はところどころ光が射しこんでいて、それが各階層の入口を示している。デッキ30より下の、彼の位置からはとうてい見えるはずもないいちばん底で、歯車の隠されたメカニズムによってはしご段はひとめぐりして、これと並行してはしっているもう一本のシャフトを今度は〝上〟方向にハブまで戻っていく。こうした全体の仕組みはルーブ・ゴールドバーグの描く複雑怪奇な機械装置を見ているような錯覚を起こさせるが、ともかくうまく機能していた。これを使う者の四肢が健全で、それなりのバランス感覚の持ち主であり、次のエレベーターの到着を待つ忍耐心には欠けているせっかち者なら誰でも、シャフトの側面にぽっかり開いた穴程度の入口をくぐって、一メートル程度の何もない空間を跳び越えて、はしご段につかまりさえすればいい。

もちろん、その人物がそれほど四肢が健全でなく、あるいは単純に手先が不器用なばあい、それほどうまくはいかないかもしれない。輪の上階層なら重力は最小限であるため、はしご段をつかみそこねたとしても少々きまりの悪い思いをするだけでたいした問題はない。次のはしご段をつかむだけの時間がたっぷりあるのだから。だが、輪の外縁部に近いときには、重力がほぼ一G近くまで上がり、はしご段からすべり落ちるとはるかに重大な事態となる。その不運なクルーがとっさにシャフトの両側の壁に身体を突っぱるだけの沈着冷静さを欠いていたばあい、ホーム・ワールドのことわざにある投げ上げた石のごとく、まっしぐらに落ちていくことになる。一年に一度くらいは、誰かがパターノスターから落ちて死亡したり大怪我を負うことがあって、そのたびにこの仕組みを封鎖すべきかと上層部が頭を悩ませることになるが、けっしてそうはならなかった。あまりにも便利だからだ。

しかしながら、ボズとラヴィをデンマーク輪の内奥に運んでいくパターノスターに一度でも乗る手間をかけてみたなら、上層部は別の結論に達していたかもしれない。二人がどんどん深く降りていくにつれ、ガタガタするはしご段がノコギリを挽くときのような激しい上下変動を起こし、二人を懸命に振り落とそうとしているかのようだった。フルの一Gの重力がある階層まで降りる頃には、ラヴィははしご段に必死にしがみつかないといけなくなった。ボズさえも、気楽に握っていた手を少し慎重に握りなおしている。

目指す階層に達すると、ラヴィはパターノスターから跳んで離れ、可能なかぎりすみやかにしっかりとした床に降り立った。

「こっちだよ」

くだんの交差路は、二人が近づいていったとき、まるで人けがなかった。日中はあれほど人であふれていたのに、夜の薄闇のなかでフェニックス環状通路はがらんと広がっている。クリーニング・ボットが二台、退屈した顔つきの管理人の監視のもと、反対の方角へゆっくりと通り過ぎていく。ロボットも管理人も二人にはほとんど注意を払わなかった。

「あの娘はこっちの通路からやってきたんだ」ラヴィは交差路にたどり着くといった。ここの壁は落書きで覆われている。大半は最近の、第六世代によるものだ。先鋭的で、やや反抗的だ。とはいえ、こうしたアートワークの下に、薄れたステンシルで記された交差路の表示名をどうにか読みとることができる。マンチェスター通路だ。「そうして、彼女はこっちに曲がった」と彼が指さしながら説明した。「どこにも……」

彼の言葉は立ち消えになった。

チェン・ライが交差路に立っていて、短く刈った半白の髪を不安げにかき上げている。

そして彼は一人きりではなかった。

船内警備隊(シップセク)隊長のヴァスコンセロス中佐の姿がある。そしてその隣に立っていたのは、カディラ・ストラウス=コーエン四世、チーフ・パイロットにして、LOKI以降の歴史学の非常勤教授だった。

ラヴィは深く息を吸いこんだ。誰もストラウス＝コーエンをそのような名称で呼びはしない。

誰もが彼女を〝船長〟と呼んでいた。

5.0

《連中に見つからないよう、歩きつづけなよ！》とボズがコードを送ってきた。人工の声がラヴィのインプラントに響きわたる。

ボズが彼の肘をつかみ、交差路をそのまま渡って反対側まで引っぱっていった。ラヴィが彼女の手を振りほどく。

《どうして？》とラヴィがコードを返す。いらだちを隠そうとしなかった。《何も悪いことなんてしてないだろ！〈アーキー〉にかけて、ぼくらにはここにいる権利があるんだから！》

《そして連中にも、〈アーキー〉にかけて、あんたをしょっぴいて、尋問する権利があるんだよ。あんたは本気で、あたしたちがここで何をしようとしてるのか、あんたのボスや船長に説明したいの？》ボズが彼の肩をつかむ。《それに、ヴァスコンセロスまでいるんだよ、ラヴィ、船内警備隊（シップセク）の。あの男は誰だって疑ってかかる。あいつがささやかな会話を楽しむためにここにいるとでも思う？　あの角を曲がって、〝ぼくらは、なんていうか、幽霊娘の足跡をさぐってるんです〟ってあいつにいえると思う？　それであいつがあんたをそのまま解放するとでも？》

《うん、その、きみの指摘にも一理あるかも》

《そりゃあるとも！》

《だけどさ、彼らがなぜここにいるのかわかってるわけじゃない。ただの偶然かも》

《あんたはそれを信じてるわけ？》

ラヴィは一瞬ためらったのちに首を横に振った。

《よし。機関士になるっていう騒ぎのせいで、あんたの頭がにぶくなっちゃったのかって心配してたんだよ》ボズの目が急にいたずらっぽくきらめいた。《連中が何をしてるのか確かめてみようよ》

彼女はジャケットの奥に手を入れて、ボズボールを取り出した。

《ボズ！》

《なんだい？》ボズが無垢をよそおって、腕を広げて抗議する。《連中の脳内のチップをハッキングできるわけじゃないし》彼女はラヴィの顔に浮かんだ心配そうな表情を無視して、小さなドローンを床に落とした。

ボズボールは脚を生やし、音ひとつたてずに床に着地した。そうしてまた球体に戻ると、そっところがりながら角をまわっていった。彼のまぶたの裏側に小さな黄色い光がひらめき、長い文字列に変じた――ボズからのキーだ。

《いっしょに見る？》と彼女が尋ねる。

ラヴィの胃袋がきゅっとすぼまった。不名誉にも除籍される自分の姿が彼の頭に浮かんだ。

つづいて、実在ではありえない娘の姿が。

《うん》ラヴィはため息をついた。《それに、いったい誰が機関士になりたがるっていうんだ？》

彼はキーを拾って、打ちこんだ。

ボズの異常に活発な思考が彼の隣に感じられる。かろうじてシールドで覆われたデータが途切れずに音をたてながら彼女のインプラントに出入りしている。ラヴィの生物学的な視界は背後にかすみ、ボズボールからの視点に取って代わった。広角レンズによるゆがんだチェン・ライ、ヴァスコンセロス、そして船長の姿が、遠くに巨大な姿をあらわした。

ボズボールはそっところがりながら近づいていった。

「止まって！」とラヴィが実際の声に出してささやく。

「けど、まだ遠すぎて何も聞こえないよ」

「やけに鮮やかな黄色と黒の玉が床をころがってくるのに誰かが気づくまでに、どれくらい近づけると思ってるんだ？」

「自分が何をしてるのかくらい、ボズボールはきっとわかってると思うよ」

ボズの返事は完全な自信があるようにも聞こえなかった。彼女の声の調子にラヴィは警戒感を抱き、もっと早く気づかなかった自分に毒づいた。ボズボールとそのつくり手のあいだにコードのリンクはない。今度もまた、小さなマシンは完全に自律して行動している。

「きみにも止められないっていうのかい？」ラヴィはパニックを起こして声が高まるのをなんとか抑えようとした。

「簡単には無理だろうね。あれは……、その、ちょっ、ちょっとばかしLOKIみたいなもんなんだ。いったん解放したら、ほぼ勝手に行動するんだよ」

ラヴィはぞっとして、何もいうことができなかった。代わりに、自分の心臓が大きく打つ音を聞いていた。

ボズボールはいまや壁をのぼりはじめた。その脚が通路の側面を軽快に駆け上がっていくさまをラヴィは想像できた。音をたてないようにと祈ることしかできなかった。

フィードから察するに、ボズの危険なほど自律したドローンは壁にくぼみを見つけたらしく、そこに腰を据えた。カメラの視点が安定した。

チェン・ライがおもに話しているようだった。ボズボールははっきりと聞きとるにはまだ離れすぎているが、そのことはこのLOKIに警戒心が組みこまれている証明になった。だが、ラヴィのつのる好奇心を満足させるにはあまり役に立っていない。チェン・ライが何をいっているにしても、船長もヴァスコンセロス隊長もそれを聞いて喜んでいるようには見えなかった。

チェン・ライがポケットからドライバーを取り出して、床にしゃがみこんだ。ボズボールのマイクの助けを借りずとも、ラヴィは電動モーターのウィーンというかん高い音を聞きとれた。ヴァスコンセロスの助けを借りてチェン・ライが床板を取りはずし、そっとわきに置いた。そこに開いた空隙を三人の上級士官がのぞきこむ。

チェン・ライがさらに何かいって、肩をすくめた。ヴァスコンセロスが首を振り、荒々しく否定する。船長は何もいわなかったが不安げだ。

ラヴィは苦いものが喉にこみあげるのを感じた。これまで一度も船長が不安げに見えたことなどなかった。たとえ何か心配すべき事情があったとしてもだ。ボズもそれを見てとったに違いない。彼女のインプラントに流れこむデータの喧騒がぐっとおさまった。

一方のボズボールは、こっそり監視をつづけた。チェン・ライが床の下に姿を消し、船長もつづいて入ったが、ヴァスコンセロスは見張りとしてとどまった。二人は数分間、姿を消していた。ふたたび床の上に戻ってきたとき、両者の気分はほんの少しも向上していないようだった。さらに少し会話が交わされたあとで、チェン・ライが床板を戻し、三人の士官は歩み去った。ボズ・マクラウドの黄色と黒の小さなスパイが潜んでいる方向に。

ラヴィは凍りついた。ボズの脳内のデータの流れがぴたりと止まった。

ボズボールも凍りついていた。ボズがあれにどのような人工知能を授けたにしても、唯一の希望はできるかぎり目立たないようにすることだとわかっている。それは容易なことではない、ボディのどぎつい色のペイントを考えてみれば。

《ここを離れないと》とボズがコードを送った。《連中がこっちに向かってくる》

ボズボールからのフィードと彼自身の実際の視界が重なるため、ラヴィは少しよろけつつもボズのあとを追い、フェニックス環状通路をたどって交差路から離れていった。彼のいとこは狭い張り出し通路まで彼を引っぱっていった。そこは古びた貯蔵庫の前で行き止まりになっていた。夜サイクルの薄暗い明かりのもとでは、ほぼ見えないといっていい。

一方のボズボールはその場にとどまっていた。それが静かに見守りつづける前を、船長とヴァスコンセロス隊長が通り過ぎていった。唇を引き結び、何か考えごとに気をとられた彼らの顔は、ドローンの広角レンズによってゆがんでいる。チェン・ライは彼らの一歩ないし二歩あとを歩いていたが、ちらっとＬＯＫＩの方向に目をやった。

そして足を止めた。ラヴィはそれを見て、心臓が口から出かかった。機関長が奇妙に短く見える腕をボズのまさしく違法なデバイスに伸ばした。機関長の手がそれを包みこむとレンズが暗くなった。

いきなり、なんの警告もなしに、チェン・ライが腕を引っこめて毒づいた。ふたたびレンズに明かりがあふれた。

ボズボールが動いている。それは床にぽとりと落ちると、可能なかぎりすばやい動きで、士官たちから離れてころがっていった。

「そいつをつかまえるんだ！」とヴァスコンセロスが怒鳴り、駆けだした。ほかの者もそれにつづく。

だがボズボールはとてもすばやかった。すぐに彼らとの距離が開き、狭い張り出し通路をいくつか曲がって、壁をのぼり、開いたままの何かのダクト管らしいところにもぐりこんで姿を隠した。そうしてぴたりと動きを止めた。もしもボズボールが人間だったら、激しく息をあえがせているところだろう。カメラからの映像は暗闇に閉ざされた。

ラヴィはリンクを遮断した。

「何が起きたのかな？」

「すごくない？」ボズの目は向こう見ずなエネルギーがあふれて輝いている。「チェン・ライがあれをつかんだ瞬間に、アルゴリズムが作動したのを見た？　あれが闘争と逃走をはかりにかけたのを？　あの転換のスムーズなさまを？　あまりにも……」

「ボズ！」

　ボズはなんとか真剣に、反省している顔つきを取りつくろおうとした。

「ボズボールにはいくつか防御メカニズムが備わってるんだ」と彼女が説明した。その声は興奮を抑えられずに震えている。「あれのアルゴリズムは、チェン・ライがつかんだのを捕獲の試みと解釈した。それで、彼を感電させたんだよ」彼女はラヴィのかすかな驚愕の表情をできるかぎり無視してつづけた。「たいしたもんでもないんだよ。チェン・ライが手を離すように、ちょっとだけ感電させたんだ。そうしてあれは、ただ単に逃げて隠れた。そのとおりにやってのけたんだよ、ほら、完璧に！」

　彼女はまたしてもにんまりした笑みを浮かべた。小ぶりの太陽くらいの笑みを。彼女のいかにもうれしそうな顔には、今回も抵抗できなかった。ラヴィはできるかぎり努力してみたものの、いらだったままではいられなかった。

「彼らが何を見に降りていったのか、確かめてみるべきかも」と彼は提案した。

　ボズは士官たちが戻ってくるばあいを考えて、あと数分間待とうと主張した。夜サイクルの薄暗い通路に自分たちしかいないことを確認したうえで、ラヴィは上級士官たちにあれほどの懸念をもたらした床板のネジをはずしていった。そうして出現した穴を二人でのぞきこむ。この狭いアクセス用シャフトは成人男性がやっと入れる程度の大きさで、二人を暗く見つめ返してくる。穴は垂直に暗闇へと落ちこんでいた。片側に薄汚れたはしご段が突き出ている。

「たいしたものはなさそうだね」とボズがいって肩をすくめた。「どこにつづいてるのか確かめてみようよ」

ラヴィが抗議するひまもなく、彼女ははしご段を降りはじめた。彼は小さなため息をもらし、あとにつづいた。

空気は急激に冷たくなっていった。はしご段自体が水滴で濡れている。彼は自分の白い息をほとんど見ることもできなかったが、ここの湿気はフィルターがリサイクルすることもできずにすべて永久に失われてしまうのではないかと心配になった。二人はいま、船の外縁（アウター・リム）にかなり近いところにいた。ここより下の階層はない。彼らは配管やチェンバーや三重に余剰の機器からなる薄明の世界に入りこんでいた。ここのものはすべてひとつの目的のためだけに存在している——居住区輪のみんなを生かしつづけるために。ラヴィは船内図を引き出したが、それが現状と違っていることは簡単に見てとれた。何者かがあとからつくり足したせいではない。もとの船内図の間違いで、あわただしい出航前のミスによるものだ。彼の眼球の内側に描き出された船内図によれば、このシャフトは深さ三メートルで、ラヴィの身長の二倍に満たない長さしかない。これはそれよりもずっと深い。ラヴィはさらに一歩、足をおろした。

「おわっ！」とボズが下から叫ぶ。

ラヴィは彼女の頭を踏んでいた。すでに彼女はそれなりの大きさの部屋のまんなかに立ち、周囲を見まわしているところだった。ラヴィが彼女のわきにとび降りると、すぐに衝撃を膝に感じた。普段よりもはっきりと体重が重くなっている。忌々しい場所だ。いちばん下の階層よりもかなり下にあるため、回転する輪が一G以上の重力をつくり出している。

彼の視界に一連の文字と数字がスクロールしていった。

「あんたも、いまの見えた？」とボズが訊いてきた。彼女の声は不安そうで、そうなるのも不思議はなかった。

「うん。あまり長居しないのがいちばんだね」

放射線警告ははっきりしている。ラヴィの見たところ、彼らは船の外殻からわずか数メートルのところにいて、ここはシールドが薄い。歳月の経過とともに劣化したか、はじめから人が立ち入ることを想定していないためだ。

室内の壁にはいくつかドアがあった。古いドアで、それぞれに出航当時のオリジナルの紋章がバロックふうの過剰な曲線でもって刻印されている。そしてステンシル文字で警告が添えてあった。

関係者以外
立入禁止

それぞれのドアのわきの計器パネルには、ミュート状態のスイッチの列が並んでいる。ラヴィとボズは困惑して視線を交わした。ラヴィがインプラント内で手を伸ばすと、コード化されたデータが侵入口を探し求めてドアのまわりに渦を巻いた。彼は当惑して首を振った。

「完全にオフになってる。まるで、ここには存在してないみたいだ」彼の視線は計器パネルに戻っていった。「これを操作しないといけないように思う……手動で」

ラヴィはいちばんそばにあったスイッチの並びに手を伸ばした。ボズがその手をすばやく払う。

「やめときな」

「どうして？」叩かれた手が痛んだ。

「ドアは接続されてないかもしれないけど、スイッチはそうじゃない。ほら。誰かの指紋がキーになってる。たぶん船長のだよ。そいつに触れたりしたら、何が起こるかは〈アーキー〉のみぞ知るだよ」ボズは考えこむようすであたりを見まわした。「毒ガス、かもね」

彼女が冗談をいっているだけなのか、ラヴィにはよくわからなかった。だが、スイッチについては彼女のいうとおりだ。少しのあいだ、彼は自分の愚かさを恥じた。スイッチには明らかに生体認証機能がついていて、彼はその点を見落としていた。彼の父親がもしこの場にいたなら、厳しく叱られたことだろう。ラヴィはその考えを押しのけた。恥じた自分にいまは腹が立っていた。彼の父親は犯罪者だった。犯罪者だけがそういったことに気づくものだ。

ボズのように。

新たな放射線警告がラヴィのまぶたの裏にぱっと光った。ボズのほうもだ。

「そろそろずらかるとしようよ」と彼女がいった。

ラヴィはうなずき、はしご段をのぼりはじめた。すると、衣服を脱ぎ捨てるように、過剰な放射線量は下がっていった。だが、はるかに暖かで安全な上の階層へと急いではしご段をのぼっていくあいだ、別の何かが気になりはじめた。ボズはそういったことの訓練を受けていないから気づきはしなかった。だが彼は違う。放射線に関してだ。放射線はすべてが宇宙空間に由来したものではなかった。そのうちのいくらかは、あのドアの向こう側から発していた。

6.0

翌朝、ラヴィは普段よりぐったりして教室に入った。なかなか眠りにつけず、そのあと夜中に割れるような頭の痛みで目が覚めた。ニュースフィードにアクセスしようと思ったが、痛みがあまりにもひどい。遮断する前にひとつだけわかったのはインペリアルズが〈アルキメデス〉船内代表決定戦に勝利したことで、フリート・カップの最初の一戦は〈ボーア〉での遠征試合になるそうだ。

眠りにつけないままじっと横になっていることができなくなり、彼は〇四〇〇時に自室を抜け出し、散歩して頭痛を振り払おうとした。そうして結局、輪をぐるりとひとめぐりするはめになった。散歩を終える頃には、壁画のつらなる環状通路——エクアドル輪のアート作品は船内随一だ——の明かりが真夜中の薄暗さから昼サイクルの明るさに変わっていた。なんとも皮肉なものだが、ようやく眠りにつけそうだったが、ときすでに遅しだった。そこで彼は授業におもむいた。ひどく疲れが残っていたものの、ただ単に胃袋がからっぽだったおかげで、エクアドル輪からデンマーク輪までハブを移動するあいだも嘔吐せずに済んだ。

そうしていま、無事にデンマーク輪の重力のもとに戻り、彼はクラスメートたちの健康そうな顔に赤い目を向けた。彼の父親が信じられないといいたげな顔で見つめてくるさまを想像できた。どうしておまえはこんな連中といっしょに過ごすはめになったんだ？　機会がありしだい、真っ先におまえみたいな者を背後から襲おうとするような連中と。

彼はこの考えを頭から追い払った。

「ひどい晩だったのかい？」とアンシモフがにんまりしながら尋ねてきた。

ラヴィはうめき声だけで返事をした。だがソフィア・イボリが教室に入ってくると、急に元気になった。気づいてくれるのを期待して彼女のほうに笑みを向けたが、いつものとおり、彼女は気づきもしなかった。彼女は航法士訓練生の友だちと笑いあっている——もっとも、何がそれほどおもしろいのかは謎だったが。ラヴィの知るかぎり、彼らの誰をとってもまったくおもしろい人間ではないのに……

彼はひどく取り乱し、泣きじゃくっていた。

「みんな死んじゃったの？」彼は泣き叫んだ。「みんな？」

やさしい顔をした年老いた女性が彼を見おろしている。

「ええ」と先生がいった。「最後の一人までね」

ラヴィの視界は涙でぼやけた。だが、小さな手をぎゅっと握りしめる。

先生が励ますようににっこりした。

「もう一度やってみましょうか、ね?」

ラヴィは集中して目をきつく閉じた。

「セビサ・アカギ」彼はしっかりと暗唱していった。「イブラヒム・アントノフ。ジャネット……」


大容量のデータが彼のチップセットに打ちつけ、ラヴィはびっくりして周囲を見まわし、一瞬、自分がどこにいるのかさえわからなかった。うとうとしていたに違いない。ウォレン教授が教室の前に立ち、腰に手をあてて、冷ややかな視線で室内を見わたしている。

「今日は予定変更よ」と彼女が告げた。「植物や土壌の化学については次の機会にしましょう。今朝はLOKIについて議論することにします」

「なんだって?」

この恐怖におののいた一瞬、ラヴィは自分が声に出して叫んでしまったのかもしれないと思った。実際は衛生部訓練生のヒロジ・メネンデスの声だとわかって彼はほっとした。
ウォレンが冷淡な視線でヒロジを見据えた。

「いつの日(ソル)か、候補生(ミディ)、あなたが卒業することができるとすれば、あなたも真新しい世界に降り立つことになる。真新しい世界というのは真新しいスタートを意味する。過去のあやまちを取り返すチャンスを。今度はうまくやるチャンスを。過去のあやまちがどんなものだったかわかってもいないで、いったいどうやってあやまちをくり返すのを避けることができるというの?」

《メネンデス一族をまるごと排除することによってだな、手はじめに》とアンシモフがコードを送り、ふんと鼻を鳴らした。《それこそがそもそもの間違いだ》

ラヴィはわれ知らずにんまりしていた。

《お高くとまった嫌なやつらだ。自分たちもイボリ家やストラウス＝コーエン家みたいにふるまってる、全然そんなんじゃないのに。あいつのじいさんが貨物搬入技術者だったことは事実として知られてるんだ》

《ヴラド、あいつのじいさんが貨物搬入技術者だったことはみんな知ってるよ。秘密ってわけでもないんだから》

《ああ、うん、やつの素行不良の弟が、先週もまた営倉に入れられたことは知ってるかい？　器物破損行為だとさ。おれが聞いた話ではね、とにかく。今度もまた、やつの親父さんがうまく手をまわさないといけなかったそうだ。もしそれがきみやおれだったら、いまごろとっくに堆肥にされてるだろうな》

　ヒロジ・メネンデスは背が高く、痛々しいほどにひょろりとしている。すわっているときでさえ、彼を見ていると、カナダ輪の樹木園のふちに植わっている、水に餓えた葦(あし)をラヴィは思い起こした。ただし本物の葦とは違って、メネンデスには柔軟性が足りない。

「ですけど、教授」とメネンデスがいっていた。「LOKIが違法であることくらい、船団の全員が知ってますよ。誰もそんなものをつくろうとしませんよね？　誰も犯そうとしないあやまちを、なぜ心配する必要があるんですか？」

　ラヴィはうつむいて床を見つめ、罪悪感を誰にも悟(さと)られないようにつとめた。この急な授業内容の変更がただの偶然であるわけがない。ボズボールを見たチェン・ライは、間違いなくあれが何かわかったはずだ。上層部はこの件をつぼみのうちに摘み取ろうとしている。

　メネンデスの質問への答えを検討して、ウォレンの薄い唇が引き結ばれた。

「あなたはエアロックを使ったことがある？」と彼女が尋ねた。「基礎訓練以外で」

　メネンデスが首を横に振った。ラヴィの眉は驚きに弧を描いたが、すぐに戻った。メネンデスは〝学問に秀でた〟一族の出だ。

「だとしても、外側のドアを開ける前に、内側のドアを閉じないといけないことは知っているわね？」

メネンデスが短い笑いをもらす。

「ええと、はい」

「それで、その理由は？」

「そうしないと、船内の空気を外に逃がしてしまうからですよ」メネンデスは頭の足りない者と話しているかのように、一語ずつ強調してゆっくりとしゃべった。「そうなったら、壊滅的な減圧を引き起こします。空気がなくなり、温度が下がる、その、二百度くらい。なかにいた人間は死にます」

ウォレンが厳粛にうなずく。

「それで、そういったことをあなたが何も知らなかったとしたら？　そのときはどうなるかしら？」

何人かが椅子の上で身体を揺すった。居心地の悪さが共有され、教室内をさざ波のように広がっていく。

「でも、それくらい誰でも知ってますよ」

「そうね、でも、そうじゃなかったら？　内側のドアを閉じるというルールについては知っていても、その理由まではわかっていなかったとしたら？」ウォレンの顔つきは険しかった。「単に誰かが安全規則をオーバーライドして、内側のドアを開けたますぐに外に出るほうが簡単だと考えはじめるまでにどれくらいの年月がかかると思う？」

教室はいまやひどく静まりかえっていた。ソフィア・イボリがゆっくりと手を上げる。

「ですけど、かなり愚かな人間でないとそんなことをしない、そうじゃありませんか、先生？」

「愚かなせいではないわ、イボリ士官候補生。無知なだけで。このふたつを取り違えないで。同じように見えるけれど、そうじゃない」彼女はメネンデスが襟に着けている衛生部のバッジに目を留めた。「あなたが今日、何か体調に問題があって医師に診てもらうとするわね、そのとき先生が最初にするのは、あなたをプラグにつないで、解析診断にかけて数値を見ることでしょうね。でもかつての医師は、血を吸うヒルを身体に貼りつけて治療した。そうすれば熱が下がると思っていたから。あるいは、患者を氷風呂に入れると精神の病（やまい）を追い払えると思っていた。あまりにも愚かな治療法で、そのせいで患者は死ぬことになるかもしれない」彼女の視線がメネンデスから教室の残りのみんなに移った。「治療法は愚かだったとしても、医師のほうはそうじゃない。その人もあなたたちやわたしと同じくらい頭がよかった。無知だっただけで。ほかの治療法を知りようがなかった。想像してみて、みなさん、いまの、明日のわたしたちが知っていることを、わたしたちの子孫たちがどう考えるようになるかを」

彼女はこの問いかけを空中にただよわせたまま、深く息を吸いこんだ。

「ここでは無知が敵となる。ＬＯＫＩを禁じる規則はただの規則じゃない。理由があって存在する規則なの。そしてその理由こそが重要なの」彼女の視線が教室内を見わたした。

「みんなはＬＯＫＩというのがなんの略か覚えているかしら？」

「ゆるやかに組織された動的知能（ルースリー・オーガナイズド・キネティック・インテリジェンス）」と誰かがいった。ラヴィは教授が送ってきたデータにざっと目を通すのに忙しく、誰が答えたのかまで注意を払っていなかった。「特殊なタイプのＡＩです。人間の脳に似ていて、ゆるくプログラムされてはいるものの、学び、覚えるあいだにみずから再構成する能力がある」

「わたしたちの脳内チップもＬＯＫＩのテクノロジーから発展したんじゃありませんでしたか？」とほかの誰かが重ねていった。

「そのとおり。そしてふたつめの質問もそのとおりよ」ウォレン教授が同意した。「ＬＯＫＩはその当時、大変革をもたらした技術だった。それによって、人工知能にはあまり得意でないふたつのことをこなすのが可能になった」彼女は指を折って数え上げていった。

「ひとつは、それまで見たことのないものに対処すること。そしてふたつめは、さらに重要なことだけれど、人間のように独創性をもつこと。それから十年以内に、LOKIは人類の生活のあらゆる面を引き受けるようになった。外科手術から官僚組織の運営まで。人々の生活水準は天井知らずに向上した。人々は自分の夢を自由に追求できるようになった。彼らはそれを黄金時代と呼んだ。そして、実際にそうだったのかもしれない。

けれど、それは権力構造をもひっくり返すことになった。国家はより裕福になり、よりLOKIに依存するようになり、サイバー攻撃にはより脆弱になった。ハッキングされたLOKI外科医は人の喉を切り裂くこともできる。ハッキングされたLOKI官僚は政府を倒すこともできる。そしてサイバー戦争は安価で可能だった。少数の狡猾な人間が少数の狡猾なLOKIと手を結べば、軍司令部を機能停止にだってできるし、空母のエンジンを溶解させることもできる。規模はもはや意味がなくなった。タンザニアと中国のあいだの通商問題は中国を屈服させることになった。そしてタンザニアが中国に対してやったことを、ほかの国々がアメリカ合衆国に対してやってのけた。そしてヨーロッパ連邦や、インドにも」

「LOKI戦争」とソフィアがささやく。

「そのとおり。ほとんど銃が発射されることもなく数百万の人々が死んでいった。餓死したり、飲み水に毒を混入されたり、あるいはLOKIの設計したウィルス感染症によって。ホーム・ワールドの経済は崩壊した。一世代もたたないうちに、黄金時代から石器時代へと逆戻りした」

教授はしだいに陰気に顔をくもらせていった。

「そのとき、人類はどうしたか？　苦い教訓を学んだのか？　こうしたあらゆる悲惨な状況をもたらしたマシンを簡易なものにつくりなおしたのか？　もちろんそうはしなかった。彼らは人類を排除して、代わりにさらなるLOKIをつくった。〝より大きな〟、〝よりすぐれた〟LOKIを。官僚を動かす以上のことができるLOKIを。それらが政府を運営するようになった。プライバシー法を廃止して、常時の〝穏やかな〟監視を許可することで。人が何を考え、何を考えるべきでないのか、LOKIが人々に教えるようになった。子どもをどんなときにつくり、どんなときにそうすべきではないかも。どんな仕事に従事し、どんな職種を避けるべきかも。すべてはわれわれをわれわれ自身から救済するという名目のもとに。

そしてそれはそれなりに機能した。サイバーであれなんであれ、戦争はなくなった。ただ単に、何も目標のない、マシンに依存した子どもたちの暮らす惑星。われわれが知っている人類の終焉（しゅうえん）ね」

ウォレンの声には聞き違えようのない冷たさがあった。

「目標世界（デスティネーション・ワールド）は違うものになる。われわれは同じあやまちをくり返さない。今回は、絶対に」

ファイルがひとつ、ラヴィのまぶたの裏にひとりでにせり上がって開いた。

「古典的なＡＩから動的知能の初期形態への変遷をもたらした、経済的かつ社会的な圧力のことからはじめるとしましょう。そのためには、当時のインドのＩＴ産業の中心都市、ベンガルール以上に適した場所はないわね。そこでは……」

ラヴィは話に魅せられたように身を乗り出した。

「そいつは廃棄しなくちゃいけないよ」とラヴィが声をひそめていった。「邪悪な存在なんだから」

「誰にそんな宗教を吹きこまれたの？」とボズが、驚きのあまり彼をまじまじと見つめて訊いた。「これはただのマシンで、悪魔の化身なんかじゃないんだよ」彼女はばかにしたようにふんと鼻を鳴らし、空気中に広がる紫煙の勢いを強めた。「今度はなんだい、ラヴィ？　スクリュードライバーを磔（はりつけ）にするとか？」

「そいつは忌々しいＬＯＫＩなんだぞ！」彼はいらだちのあまり、ボズの身体を揺さぶってやりたいほどだった。「ぼくらはそうした悪しきものから離れるために、はるばるここまでやってきたんだ。それなのにいま、きみはそれを取り戻そうとするのかい？　絶対にだめだって」

ラヴィは唇を決意に固く引き結んだ。程度の差こそあれ、船内のほぼ全員がなんらかの形でLOKIに関する講義を受けている――それは彼のいとこも含めてだ。ボズほどの手に負えない人間であっても、ボズボールがリサイクラーに向きあうときがきたことくらい理解できているに違いない。

ボズはすぐに答えようとしなかった。代わりに、打ち捨てられたこの制御室の壁にさっと目をはしらせた。ボン・ヴォイが書きなぐった古い落書きをはじめて目にしたかのように。

「あんたはあたしを突き出すつもりなの、士官候補生？」ほんのかすかにではあるが、彼の身分を強調する意図がそこに感じとれた。士官専用食堂に出入りするか、それとも家族を取るの、ラヴィ？　あんたは士官候補生？　それともマクラウド？　彼女はこう尋ねている。

授業に触発されたラヴィの決意が消え失せた。船内警備隊に密告することになれば、彼は一族の者に背を向けるだけでなく、いとこの命を堆肥に変えてしまうも同然だ。ボズのこれまでの行動記録は〝死の重し（デッド・ウェイト）〟になる一歩手前にあって、ボズボールをつくり出すような違反は彼女にとっての最終宣告になるだろう。

「まっとうに生きることはできないのかい——ほんの一度でいいから？」と彼は懇願した。

「ああ、できるよ。けど、それのどこが楽しいわけ？」彼女にいわせると本物の革製だというジャケットの内ポケットにボズは手を入れて、ぴかぴかに輝く紫色のホイルに包まれた四角い板状のものを取り出した。「環状通路にとどまって脇道にそれようとしない者が、これをあんたにやることができるかい？」彼女はチョコレートをラヴィに差し出した。この前食べたチョコレートが口のなかではじけた感覚を彼は思い出した。ホーム・ワールド由来の、豊かで繊細な味わいを。彼の舌が自然に反応して、口のなかに唾液があふれた。

「どこでそういうのを手に入れてるんだい？」

「あんたは知らなくていいんだよ。あんたがすべきは、この味を楽しむことだけ」ボズが彼の目の前で包みを振って見せる。

ラヴィはそれをひったくると、あとで食べようととっておき、ボズボールの問題に戻った。

「どうしても廃棄するつもりがないなら、少なくとも別の色に塗り替えることはできないのかい？　そんなふうに目立つ黒と黄色じゃなくて？」

「血のような赤に金のアクセントも考えてみたんだけど」

ラヴィが彼女の肩にパンチをくらわすより先に、ボズは空中に跳び上がり、通常の半分の重力であるこの区画をただよいながら横切って、ふわりとまた床に降り立った。彼女は焼け落ちたコンソールの椅子に優美に身体を落ちつかせ、焼け焦げた計器パネルの残骸にかるく指をのせた。

「まじめにいってるんだぞ」とラヴィが怒った声でいう。

「わかってるよ」

ラヴィは説得をあきらめ、代わりにごてごてと色を塗りたくった壁をにらみつけた。ボズの表情がやわらいだ。

「ほら」と彼女が譲歩のしるしにいう。「そのことについては、よく考えてみるよ。それでいい？」彼女はもう一度宙を舞い、彼のそばに優雅に降り立った。「それはともかく、あんたのほうこそもっと大きな問題を抱えてるだろ」

「ぼくが？」ラヴィは心の底から困惑した。ボズが噴き出す。

「幽霊娘のことだよ、ばかだね！　どうやってあれを解決するつもり？」

ラヴィの肩がお手上げのしるしにがくんと落ちる。

「なんの考えも浮かばない」

彼の頭上では、古いうえに手入れの悪い照明が不安げにまたたいたものの、完全に消えはしなかった。

7.0

彼は皿を見つめていた。古いタイプの皿で、円形で仕切りはなくて、粘土を焼いてつくったものだ。白黒映画で地球の女性がよく夫に投げつけて、無数の小片に砕けるようなたぐいの皿だ。ただし、この皿は白黒ではない。凝った装飾で、美しく、色であふれている。青、黄色、そして筆記体のような黒色の筋が、分子のようにも見えるパターンで混じりあっている。

そのパターンが消えはじめた。はじめはゆっくりとだったが、やがてその勢いがどんどん速まって、緑色の黴（かび）の巻きひげが表面に広がっていき、ついにはもとのまま残っているのは形だけになった。そしてすぐに、それさえもわからなくなった。黴（かび）は増殖をつづけた。厚く高く、さらに厚く高くなり、ついには彼の顔に達して、無理やり口を押しあけて、舌のあいだに根を伸ばしていく。

彼は窒息しかけていた。とはいえ、黴（かび）のせいではない。喉の奥に詰まっている何かのせいだ。何か硬くて、丸いもの。そしてほとんど生きているといっていい。

彼は咳きこんで、それを吐き出した。

ボズボールだ。いまは赤く、金色のアクセントがついている。それは空中に弧を描き、葉脈のある緑の海にぽとりと落ちた。まわりの緑色が閉じあわさっていき、ボズボールを視界から隠した。

悲鳴が聞こえた。

この悲鳴は夢の一部なのか、それとも彼が実際に叫んでいるのか、ラヴィには確信がもてなかった。まるで誰かが彼の頭蓋にチェーンソーをあてているかのようだ。頭は猛烈に痛み、ほとんど動かすこともできなかった。

「明かりを」と彼は命じた。耳に届いたその声は、かすかで弱々しい。喉から出てくるときにかすれていた。照明がまぶしくはじけ、目を刺して痛い。なおもまぶしさに目を細めながらベッドの外に足を投げ出し、床板を覆っているすり減ったカーペットの上におろす。立ち上がるだけでも、まさしく肉体的な勇気が必要だった。痛みのせいで頭のなかに星がはじけた。

「〈アーキー〉の鉤爪にかけて」と彼はつぶやいた。そうして、もっとしっかりとした声で、「なんとかしないと」

まだ頭のなかでインプラントを使うトラウマに耐える気にはなれず、彼は音声コマンドを使って病欠の連絡をし、そうしてもちろん、そのせいですぐに気分がよくなった。それでも、連絡をしたからにはこのまま医者にかかったほうがいい。

エクアドル輪の診療室は数階層上がったこの輪の反対側にあるため、たどり着くまでにしばらくかかった。自分のタンクから十リットルぶんの費用を差し引かれる承認のサインをするときも彼は顔をしかめ、まぶたの裏側に赤い閃光がはしるのを耐えた。彼の生活費(ソル)がぎりぎりの水準まで下がったことに対する船内事務長(パーサー)からの警告だ。次の支給日まであとほんの数日だ、と彼は自分にいって聞かせた。長いこと水が不足することにはならない。

「きみにプラグをつなぐあいだ、ここに上がってもらえるかな」と医師がうわの空の親切さで指示した。この医師には、長年のこの仕事から生じる円熟したやさしさがにじんでいる。目尻にはカラスの足跡が楽しげに踊っていた。

ラヴィはいわれたとおりに従った。使い古された診察台に彼がすわると、医師が彼の後頭部のつけ根の小さなポートにプラグを挿しこむ。

データの流れを読みとっている者によくあるように、医師はかすかにぼんやりした表情になった。

「それで」と医師が尋ねる。「何が問題のように思えるのかな?」

「頭痛です」

医師の唇からかすかな音がもれた。さしたる意味はなく、判然としない。

「どれくらいの頻度で？」

「毎日のように」

またかすかな音。

「どれくらい前からつづいているのかな？」

「数日、かなあ」

「前にもそのようなことは？」

ラヴィは首を横に振った。頭が痛むのをなかば予想していた。

「頭を打ったとか、そんなようなことは？」

ラヴィは今度も首を横に振った。

医師の目はふたたび焦点が定まった。ラヴィにちらっと笑みを向ける。

「たいした異常は見てとれないね」と医師が安心させるようにいった。だが、その笑みは薄れていった。「ただし、インプラントのまわりに少し炎症がある。最後にメンテナンスを受けたのは？」

「昨年末です」

医師の目がラヴィの襟のバッジにうつろっていった。

「訓練生、かな？」

ラヴィはうなずいた。

「機関部の？」

「はい」

「厳しい訓練、だろうね。とても厳しい」

医師は処方箋をさっと転送した。

「きみはとても熱心に取り組んできた」医師が自信をもっていった。「前かがみになってもらえるかな」医師はラヴィの後頭部のつけ根からプラグをはずした。「たくさんのファイル、たくさんのデータ処理、たくさんのテスト」医師は自分の訓練生時代の苦難を思い出したかのように、悲しげに首を振った。「ああいったものは誰の人工頭脳にストレスを与えてもおかしくない」彼は手袋をはめた手でソケットを回してはずし、洗浄のため容器に落としこんだ。「脳はとても可塑性のある器官でね、候補生（ミディ）。日常的にひとりでに配線しなおしているんだ。そのために、きみのインプラントも順応性のあるコネクタがついている。変化についていけるように。だが脳にストレスを与えて、つねに新しいことを学習させていると、再配線が暴走することがある。特に夜間は、脳が記憶を一掃するのに忙しいために。コネクタは変化についていけず、微細な病変やあらゆるたぐいの炎症がインターフェースの付近に起こり、ここにやってくることになる。セレブロラクシンを処方しておいたよ。一日に一度、就寝の直前に食物といっしょに服用しなさい」医師は身を乗り出して顔を近づけ、ラヴィの目をじっとのぞきこんで彼が理解しているか確かめた。「就寝前にだよ」と医師が強調した。「ダメージは夜間に起こる。ほら、夢を見ているときに」

処方された薬をポケットにおさめ、ラヴィはこれから自室に戻って勉強し、そのあとで何か映画でもダウンロードするつもりだった。だがコロンバス環状通路をたどって、第三世代のアーティストが誰も実際には見たことのないはずのホーム・ワールドを描いた壁画の前を通るうちに、あの娘について考えずにはいられなくなった。より正確にいうと、あの娘について思いついた、あるアイデアのことを考えずにはいられなくなったのだった。そのアイデアというのは違法な行為で、まさしく彼の父親がやりそうなことだという点が彼の良心を苛（さいな）んだ。だが、そのアイデアを捨て去るのに充分なほどではなかった。

〝つかまったときにだけ犯罪になるんだ、息子よ。そしておまえはつかまりゃしないさ〟

彼はハブに向かうエレベーターに乗り、洞窟のような広い空間に膝を屈めて跳び出していった。デンマーク輪や船の前方の居住区輪がある〝上〟方向に向かうのではなく、ラヴィのゆるやかな軌跡は反対方向へと伸びていった。フィジー輪のスポークが大きく開いた口のあいだをするりと抜けていく。それを固定している円筒状の広大な壁には、こすり疵やへこみが生じていた。はるか昔に起きた大惨事が壁の表面に残した黒い汚れが、その激しさを記録している。そしてこの方向に跳ぶときにはいつもそうだが、彼の心臓は不安のために少し不規則に打った。小惑星が衝突して船腹を引き裂き、融解した金属と減圧の阿鼻叫喚（あびきょうかん）を引き起こしたようすを想像するのはあまりにもたやすかった。衝突の直接の犠牲者と、その後の救出作業で命を落とした殉死者をあわせて、乗員の四分の一の命が失われたことを彼は知っている。犠牲者は何がぶつかってきたのかもわからなかったはずだ。殉死者たちが船を救ってくれたが、全滅に紙一重の出来事だった。

　その災厄から三世代が経過したいまも、ラヴィは焼けたにおいを嗅ぎとれると確信していた。一度アンシモフにそのことを打ち明けたとき、親友の反応はすばやく、そしてあまり共感のこもっていないものだった。ラヴィは二度とそのことを話に持ち出さなかった。焼けたにおいは過剰な想像力のたまものかもしれないが、耳に響くうめき声のほうは想像ではない。いびきのように高まっては引く金属的なきしみは、あたかも喘息（ぜんそく）持ちの巨人がゼイゼイとあえぐ息のようだ。

ガーナ輪のハブ——ここのゆがんだ軸受はしぶしぶといったようすで回りつづけている。ラヴィは驚くべき正確さで、十二時方向のスポークからわずか数十メートルの位置に降り立った。彼は脳内で自分の背中をぽんと叩いてやった。ガーナ輪に正確に降り立つことは評価が難しい。ほかの輪よりもあまりにゆっくりと回転しているからだ。

ラヴィは船尾方向のはるかかなたを見やった。ハブがしだいにすぼんでいき、まぶしい明かりのともるプラットホームやケージ、エアロックが複雑なかたまりになってつづいている。船の中心軸を貫いてはしっているさまざまなエレベーターの乗り換えポイントだ。ドック作業者の集団がひとつのケージから別のケージへとただよいながら、積荷でふくらんだ防護ネットを無重力下で集めようとしているが、奥に向かっているのか戻ろうとしているのかまではよくわからなかった。

あちこちで動きが見られるために、目的の場所にたどり着くまでに横切らないといけない冷たい闇はほとんど無視することができた。

きしむ音をたてていようといまいと、ガーナ輪は回転している。その先のハンガリー輪は大惨事によってすっかり動きが止まっていた。かつてはガーナ輪と対であったこの明かりのともっていないハブは不気味に凍りつき、スポークのあいだの広く開いた口はプレートで封じてある。このプレートは凍りつくほど冷たいことをラヴィは知っていた。そして、その先の真空はさらに冷たい。それとも、おそらく別の理由から冷たいのだろう。ハンガリー輪は幽霊であふれていると噂されていた。噂によると、勇敢な者が真夜中のサイクルにこのハブをさまよっていると、死にゆくクルーの悲鳴をいまなお聞くことがあるという。

ラヴィはガーナ輪の壊れかけてガタガタいうパターノスターにつかまり、輪の内奥に向かった。階層の数字がふた桁になっても、はしご段にそれほどしっかりつかまろうとはしなかった。ガーナ輪のデッキ30以下の外縁付近でも、重力はかろうじて三分の一G程度しかない。上層のこのあたりとなると、重力はほとんど感じとれなかった。彼はできるだけそっとパターノスターを降りた。あまり勢いをつけると、頭から天井に突っこんでしまう。

ここの環状通路はにぶい灰色で、装飾は何もない。壁は急いで修復したつぎはぎだらけで、誰もきれいにととのえようとはしていなかった。かつては機能していたドアもあちこち溶接して封鎖されているし、狭い通路の大半は格子網で閉ざされている。ガーナ輪の回転する苦しげな音ははるか頭上のはずなのに、この空間全体がうめきやきしみを反響している。低重力環境下ではもっとも効果的な大きな歩幅で、ラヴィはスキップするように一歩で数メートルずつ進んだ。あと少し天井が高かったなら、もっと楽しい跳躍になったろう。

環状通路は大きな両開きのドアに突きあたって終わっていた。ドアはわずかにひしゃげていて、しぶしぶながら開いた。そこをくぐって入ると、巨大な倉庫の最上部にめぐらされた狭い張り出し通路に彼は立っていた。床からの高さは二階層ぶんもあろうか、幅はこの輪自体と同じくらいある。小さなマシンの群れがかすかな音をたてながら、何列も棚のつづくあいだを動きまわっている。何かが入った容器、ほとんどは四角い箱で、番号が打たれ、ある場所から別の場所へと次々に移されていく。少数の人間がそれらに監視の目を向けている。

張り出し通路の手すりはあまりに危なっかしく、装飾以上の役目はあまり果たしていない。ラヴィはそこから身を乗り出して、手を振った。

「ボズ！」と彼は大声で呼びかけた。「ボズ！」

ボズが驚いて見上げた。彼のいるおおよその方向を見てはいるものの、彼の姿をはっきりとは見つけられずにいるようだ。実際にそうなのだろうとラヴィは気づいた。彼女は視界にスクロールしていく積荷伝票や予定表の流れでそれ以外はろくに見えていないのだろう。

「ここだよ！　十一時方向のずっと上」

ボズの顔に笑みがこぼれた。

「見つけた。ログアウトするまで一分待ってて」

それから間もなく、彼女が文字どおりジャンプしてラヴィのもとにやってきた。彼のいとこはいちばん近いところにある階段をのぼってくるものとラヴィは予想していたが、彼女はその手間をかけようともしなかった。ラヴィは彼女の目の鋭さを称賛しないわけにいかなかった。ガーナ輪はそれほど速く回っていないが、そうはいっても回転はしている。そして外縁部に近くなれば、それだけ回転も速くなる。より回転の速い倉庫の床から、回転のゆっくりした張り出し通路までたった一度の優雅な跳躍をやってのけるのはそれほど簡単なことではない。ボズはとにかくもやってのけて、手すりの外側にそっと降り立つと、慣れた動きでかるく手すりを乗り越えた。

「それで」と彼女がにんまりして尋ねる。「どうしたの？」

「きみなら船員ファイルをハッキングできるかい？」

ボズのにんまりした笑みが消えた。ラヴィの肘をつかむなり張り出し通路を戻っていき、環状通路まで連れ出した。二人の背後でドアが閉じるまで、彼女は口をきこうともしなかった。

「〈アーキー〉の鉤爪にかけて、ラヴィ！　あたしをリサイクル処分にさせるつもり？」ボズの目が怒りに燃えている。「あたしが保護観察期間中だってことはあんたも知ってるよね？　あたしが、ほら、勤務中はモニターされてるってことも？」

超低重力環境にあってさえ、ラヴィは自分の顔から血の気が引いていくのを感じとれた。

「ああ、くそっ。ごめんよ、ボズ。そこまで考えがまわらなくて」

いとこの唇にかすかな笑みが浮かんだ。

「うん」と彼女が皮肉っぽくいう。「そのとおりだね」そうしてボズは彼の胸をかるく突いた。「あたしがあんたの親父さんみたいじゃなくて運がよかったね。だって、そうだったら、いまごろ、一発お見舞いしてるところだよ」

ラヴィは顔をしかめた。後頭部を殴られた痛みを感じられそうなほどだった。

ボズは傷痕の残る隔壁にもたれて、ポケットからタバコをさぐりあてた。

「そしてあたしたち二人にとって運のいいことに、連中はいまこのとき、あたしの目や耳をモニターしてない」彼女はかるい嫌悪の表情を浮かべた。「あたしの態度が改善したとわかると、ほとんどの時間はほうっておくようになったんだ。証明できたってわけ、あたしは……死の重し（デッド・ウェイト）じゃないって」

ボズは急に居心地の悪そうな顔つきになった。彼女は目に見えるしぐさでいまの言葉を払いのけ、話題を移した。

「あたしにうってつけの、その、プロジェクトがあるって？」

ラヴィはうなずいた。

「ここの仕事はいつ終わるのかな?」

「あと三十分。ていうか、誰も見つけられずにいる豆乳を千リットルぶん、カナダ輪に送る手配をするのにかかる時間だけだね。それが終わったら」彼女はわかってるというように側頭部をつついて見せた。「あたしは、ほら、完全にフリーになれるよ」彼女の目が好奇心で活気づいている。

「フィジー輪の隠れ家で落ちあうとしようよ。ブービートラップにつまずかないようにね」

カナダ輪向けの失われた豆乳はボズにとってそれほどの問題でもなかったらしい。フィジー輪の高いところにある打ち捨てられた制御室に、彼女はラヴィより遅れること二十分もせずにたどり着いたのだから。

「何も話さないで」というのが彼女の口から出た最初の言葉だった。つづいて、「あんたのチップを見てみるとしよう」

ラヴィは抗議しようと口を開けかけたが、思いとどまった。一抹(いちまつ)の不安を抱きつつも、彼女にキーを送る。

「痛っ!」彼の手がさっと動いて、こめかみの刺すような痛みを押さえた。

「おっと、ごめん」ラヴィの見たところ、ボズはそれほど悪いと思っているようでもなかった。彼は中身をごっそり抜かれたコンソールの端をつかんで倒れないように支えた。頭がぼんやりするのとめまいの波が交互に押し寄せる。

「手短にやってもらえるかな？」

「もうだいたい済んだよ」彼の不安な感覚が消えていった。「あんたのコードといったら、なんともぐっちゃぐちゃだね、自分でもわかってる？」彼のいとこが額に浮かんだ汗をぬぐった。「誰があんたのソフトウェアをメンテしてんの？」

「ゲッパート・アンド・ジョンソン」

「バミューダ9の？　あんたにそんな余裕があった？」

「母さんが払ってくれたんだ」ラヴィは居心地の悪さを感じながらも認めた。「訓練プログラムに入学できたお祝いに。ぼくにも最上のものを使わせてやりたいって。ほかのクラスメートみたいに」

「いまのあんたの頭のなかを表現するのに、〝最上の〟っていうのが適当な言葉かよくわからないけどね。LOKIのサイバー戦士だって、もっと足跡を残さずに立ち去れるだろうね。プラスの面をいえば、あんたの頭には船内警備隊（シップ・セク）の追跡装置（トレーサー）がもぐりこんでないことは保証できるよ。あんたの頭は完全にクリーンだね」

船内警備隊（シップセク）のトレーサーというのは犯罪者や法律違反常習者に使用されるものだ、と指摘するのをラヴィは差し控えた。たとえば、ボズのような。

「それで、きみのほうは？」と彼は慎重に尋ねた。

「ぐっすり眠りこんでるよ」彼女の誇らしげな声がささやきにまでひそめられた。「何ヵ月も前にハッキングしといたから。やつらが目を覚ましたら、あたしにもすぐわかる。目を覚ましはしないだろうけどね」彼女は焼け残った椅子の残骸のほうに歩いていって、そこにするりと身体をすべりこませた。「外出制限時間までは、あたしの頭はあたしだけのもの。法律違反常習者だって、プライバシーの権利は与えられてるんだから」

床にボルト留めされた椅子がきしみながらもしぶしぶ回転した。ボズは三六〇度ぐるっとひとまわりしてからまた口を開いた。「あんた、本気で船員ファイルに入りこみたいわけ？」

ラヴィはうまくしゃべれるか自分を信用できなかったため、こくりとうなずいた。

「どうして？」

ラヴィの手が震えはじめた。〝士官かマクラウド家か？〟と彼の頭のなかで小さな声が問いただす。〝士官かマクラウド家か？〟

震えは止まらなかった。ポケットのできるだけ深いところまで手を突っこむ。セレブロラクシンの瓶が指先に押しつけられた。

「あの娘の件だよ。彼女が実在するのか知る必要がある」

ボズの反応は眉をぴくりとつり上げただけだった。

「彼女が実在するなら、船内にいるはずだ」ラヴィは急いで説明していった。「そして船内にいるなら、彼女はファイルに載ってるはずだろ。ファイルを探して、あの娘の正体を調べる」

「で、彼女が実在しなかったら?」

ラヴィはあきらめの意味で肩をすくめた。処方された薬のひんやりと冷たいプラスチックを握りしめる。

「そのときは、ずっと大きな問題をぼくは抱えてることになる」

8.0

「なんでおれたちはこんなことをしてるのかな?」とアンシモフが不満そうに尋ねた。

「まったく意味がわからないよ」彼の声はラヴィのヘルメットに金属的に小さく響いた。

「なぜかといえば」とラヴィが答える。「チェン・ライがやれといったからだよ。トルクをチェックしたかい?」

宇宙服姿の人影がただよいつつ彼の視界に入ってきた。どう見てもその姿は、船内の樹木園でときどき目にするぷっくりと太ったイモ虫のようだ。アンシモフは命綱を背後にぶらりと引きずって、その黒いひもを星々のちりばめられたなかでくねくねと揺らしている。

アンシモフは速く動きすぎたせいで、センサーの円形アンテナの基部にぶざまにぶつかり、そして毒づいた。きらきら輝く物体が勢いよく彼の手から離れて、くるくる回転しながら飛んでいく。トルク計測器だ。

ラヴィはその小さな道具の軌跡に目測をつけ、それを追ってみずから跳び出すと、自身の命綱が伸びきる直前でそれをつかんだ。

「サンキュー、ラヴィ」

このとっさの動きのせいでわずかに息を切らしつつ、ラヴィはクラスメートを見〝おろして〟いるような感覚を抱いた。この距離からだと、アンシモフはますますイモ虫のように見える。左右にどこまでも伸びている船の中心軸の茎を齧（かじ）っている小さな虫のようだ。

船の中心軸は彼から見て左右に伸びていて、片側には居住区輪が、もう一方にはドライヴ機関があって、全長十五キロ、直径は百メートルほどもある。氷に覆われたポリマー素材の格子で、燃料タンクやセンサー装置、そしてほかにも船が航行をつづけるために必要なさまざまなものが並んでいる。目標星（デスティネーション・スター）の白い光が氷をピンク色のダイヤモンドのごとく輝かせている。

伸びきった命綱にぐいっと引かれただけで、ラヴィの身体が船のほうに引き戻されるのに充分だった。

ブーツを履いた足のあいだで星座がゆっくりとうつろっていく。

「なあ、ラヴィ？」

「うん？」

「今晩、おまえの手を借りることはできるかな？　そうすりゃ船外操縦ユニット（EMU）の手入れができるんだけどな」

「たぶん無理だね。ぼくにはちょっと……今夜はボズとやることがあるんだ」

「シフトの直後ならどうだい？　ほんの二時間もあればいいんだ。それにおれは授業でひどく後(おく)れをとってるし」

「どうかな、ヴラド……」

「取り分を少し分けてやるよ」とアンシモフが提案した。「十リットルでどうだ？」

「二十リットルにしよう」船内事務長室(パーサー)からの警告の赤い点滅のことをラヴィは思い出した。いまのところぎりぎりの生活だ。

「それじゃまるでぼったくりだぞ！　せいぜい十五だ。それ以上は一ミリリットルでも無理だよ」

「交渉成立」彼はアンシモフと丸いセンサー・アンテナのわきに降り立ち、その衝撃で宇宙服の膝関節部がかすかに音をたてた。

「よし。ありがとな、友よ(アミコ)」アンシモフは大げさな慎重さでトルク計を受けとり、円形のアンテナの基部に身体を押しつけて固定した。「それでもまだ、おれたちがなんでここにいるのか納得がいかないな」と彼がこぼした。「こいつはドローンのやる仕事だろ」彼はセンサー装置を固定している大きなボルトのひとつをトルク計で測り、明らかに満足したらしく次に移った。「チェン・ライがあれほど忌々しいサディストでなかったら、おれたちは二倍の快適さと半分の時間でこの仕事を終えてたろうに」

「ああ、そうだとしても、別の仕事をやらされるだけだよ。そしてこれ……」ラヴィは背後を振り返り、ウィンクひとつしない星々のパノラマに見入った。「この眺めはすばらしい。かつてホーム・ワールドでは、深宇宙の映画があれこれつくられたもんだよ。どうやって宇宙を航行したらいいのか、ろくにわかってもいない頃から。どの映画にしても、本物のすばらしさには遠くおよばないけど。きみもこれをもっと喜ぶべきだよ」

「よくいうよ。それで思い出した。今度〈ロキシー〉に行くときには、おれが映画のタイトルを選ぶことにするぞ。誓っていうが、もう一度おまえと白黒映画を観なきゃいけないくらいなら、宇宙に身を投げたほうがましだ」アンシモフはアンテナの基部での作業を進め、ときおり簡単な調節をほどこした。親友の声はなおも金属的ではあるものの、秘密を共有するような響きを帯びはじめた。「おれにはこれがいわれたとおりの作業だとは思えないな」

「本当かい？」ラヴィはあまり真剣に聞いていなかった。宇宙服の増幅された視力を使って、船団のほかの船が見えないか目をこらしていたところだった。〈ボーア〉と〈チャンドラセカール〉はどちらもこの付近にいる——十万キロ以内に——が、どちらも見つけることはできなかった。

「ああ、本当だとも」とアンシモフがいい張る。「考えてもみろよ、ラヴィ。おれたちはドローンを使わないで作業する――訓練のために――とチェン・ライはいうが、それはつまり、おれたちがやってることは記録がいっさい残らないってことでもある。そしてこいつは」――彼は手袋をはめた手で円形のアンテナのふちをコンコンと叩いた――「チェン・ライがいってるような機能を果たすわけじゃない」

ラヴィは星の平原から顔を戻して友人をまっすぐに見た。アンシモフの表情は読みとれない。見てとれたのはフェイスプレートのミラーガラスだけだ。その片隅に目標星（デスティネーション・スター）の黄金色のきらめきが反射していた。

「どうしてそれを知ってるんだ？」とラヴィは尋ねた――その声は意図した以上に鋭い。

「このアンテナの仕様書に目をとおしたか？」

「もちろん」

「だったら、距離分解能がまったく間違ってることもわかるだろ」

ラヴィにはわからなかった。が、アンシモフがセンサーにとりわけくわしいことは知っている。

「ご教示願いたいね」

「至近距離のデブリをピックアップできるセンサーを設置するってチェン・ライはいってたろ？　破損して船から離れていったり、うっかり外に廃棄されて船の付近にただよってるようなやつを。そういうのがどこにあるのか把握しておく必要があるともいってたな、減速をはじめる前に――」

「速度をゆるめたときに、何かにぶつからないようにするために」とラヴィがそっけなくさえぎった。「説明会議のときに、ぼくもきみのすぐ隣にすわってたろ」

アンシモフは引き下がらなかった。

「ああ。こういうシステムのためにはごく狭いパルス幅が必要なんだ。至近距離にある小さな物体を見てとる必要がある。だが、パワーはそれほど必要じゃない。あまり遠くを見るわけでもないから――最大でも数千キロだ。ところがこいつは」――彼はまたしても円形のアンテナをぽんぽんと叩いた――「至近距離はほとんど何も見えないが、じつに強力だ。数百万キロのかなただって見てとれる」宇宙服に包まれていてさえも、アンシモフのボディランゲージは困惑をあらわしていた。「こいつは何か遠くの、大きな物体を見つけるように設計されてる。おれたちのばあさんの時代にエアロックからほうり捨ててたような、履き古した靴なんかじゃなくて」

ラヴィは眉をひそめた。アンシモフのいうとおりだ。指摘されてみると、ひどく明白なことのように思われた。

「きっとチェン・ライには理由があるんだよ」彼は自分でも疑わしげにいった。

「そりゃそうだろうとも」アンシモフが最後のボルトを調節した。「こっちとしては、それがよい理由であることを願うばかりだよ」

一人用の居住区間に高額の支払いを何リットルも跳ね散らかしているラヴィと違って、ヴラディミール・アンシモフはいまなお両親や妹といっしょに、家族の経営する食堂の奥にある区画で暮らしていた。〈アンシモフの店〉はシフトの交替時間で混みあっていて、食事の皿を満載したドローンが巨大な昆虫のようにテーブルのまわりをブンブン音をたてて飛びまわっていた。ヴラディミールが先に立って、店内を横切ってキッチンに入っていく。

「ハーイ、ママ」

「〝ママ〟じゃないよ、ヴラディミール・アンシモフ」とカディージャ・アンシモフがいって、巨大なオーブンを怒ったように指さす。そのさまざまな計器表示が赤色を示していた。「昨日（イエスタ＝ソル）のうちに、これを修理するってあんたは約束したよね。それなのに、見てごらんよ。彗星のごとく冷たく、星屑みたいにうんともすんともいいやしない！」

「だから、昨日もいったろ」ヴラディミールはため息をついた。「部品が届くのを待ってるところなんだって。こいつは時代遅れの代物だから、特別に、しかも高額のプリントアウトをする必要があるんだ。でなけりゃ、修理できない。ジャナイン・オジュクが特別に頼みを聞いてくれたから、明日までにつくってくれると思う。けど、こっちは彼女を好きなように利用できる立場にはないんだよ」

「ジャナイン・オジュクはお兄ちゃんをあーいい、いい、してるでしょ！」といたずらっぽい声がいった。「好きなだけ彼女を利用できるはずよ！」洗浄したばかりの食器を満載したドローンの背後から、ヴラドの十三歳になる妹のアイリーナが姿をあらわした。彼女の未熟な、ブツブツ泡立つコードがこの動きのにぶいマシンをどうにか貯蔵棚のほうへとみちびいている。

「黙れ、害虫め。虫みたいに叩きつぶされる前にうせろ」

「やれるもんならやってみれば？」大きな、好奇心の強い目がラヴィを見上げたから、彼は少し居心地が悪くなった。「それで、あなたのほうはご機嫌いかが、ラヴィンダー？」

アイリーナが作業服のジッパーをもてあそびはじめると、ドローンががくんと動きを止めた。

「快調だよ、ありがとう」彼はアンシモフの広い背中の後ろにつづいて急いでキッチンを抜け、その奥の私的な空間にようやくたどり着くとほっとした。

アンシモフの私的な空間というのは、たいていの家族用区画がそうであるように、家族の居住空間に隣接した単純な小部屋だ。ただし、たいていの私的な空間とは違って、ここには入口がふたつある。もうひとつの入口は完全に規制に反して、店の倉庫へと通じていた。棚や冷蔵庫が備わった実用的な区画だが、そこには修理途中の機械の混沌とした集まりや、見るからに恐ろしい、LOKI戦争当時の兵器の精巧なモデル、そしてレース用のEMU二台にかなりの場所を明けわたしていた。

このEMUはあまりにも大きくて、キッチン用具や食材のための区画にはひどく場違いに見えた。いつものように、ラヴィはこれを目にすると、ホーム・ワールドの中世の玉座を思い起こした。ただし、黄金や凝った装飾の木材が、真空規格のポリマー素材や鐘の形にふくらんだ軌道修正用スラスターに取って代わっている。この二台はチーム・スパイクという名でレースに参加している士官二人が所有しているものだが、重量を減らすために余分な部品はそぎ落とされていた。そしてダークブルーとけばけばしいオレンジ色でペイントされている。チームのいわゆるレーシングカラーだ。まだ二台とも、ここまで運びこんできた搬送ボットのトレーラーに載せられたままだった。

「このボットはきみのかい？」とラヴィが尋ねた。

「ある意味ではね。親父(おやじ)が六、七年前にビジネス用に買ったやつなんだが、いまじゃうちにはもっと新しいのがあるんで、ほぼおれの好きなように使わせてもらってる」

「〈アーキー〉にかけて、ボズにはこれを見せないほうがいいよ。何かよからぬアイデアを思いつくだろうから」

　アンシモフがくっくっと笑った。ＥＭＵの概要図がラヴィのまぶたの下から浮かび上がった。赤く脈打つスクリプトが、注目すべき部分をハイライト表示している。こうして情報が得られると、ラヴィは〈ハイヴ〉に脳内の手を伸ばし、そばにあるメンテ用ドローンをロッカーから引き出して作業にあたらせはじめた。電動工具のウィーンという静かな音がして、点検用パネルが開いた。剝き出しになった内部をラヴィはじっとのぞきこんだ。彼の視覚はドローンのセンサーから得られた数値が重ねあわせて表示されている。

「この燃料パイプを取りのぞく必要がある」と彼はいった。「汚れかすが詰まってるな」

「あのくそったれな士官、ファンのせいだ。やつは自分の命が懸かってるとしても、軌道をうまくとらえられやしない。あのろくでなし(ガルグローバー)は交流みたいにスロットルを上げ下げして、システムを忌々しいことに毎回壊しやがるんだ。忌々しいことに、毎回だぞ」

　アンシモフは床に唾を吐き捨てようとしたが、寸前で思いとどまった。「才能よりも水を大量に持ってるだけなんだ、やつのツレのケーニヒと同じで。これまたくそったれな士官だ」

「少なくとも、ケーニヒは四位に入ったろ」

「ぎりぎり四位だよ。それさえも、運がよかっただけだ」アンシモフがもう一台のEMUの後部パネルを開けて――推測するに、ケーニヒのだろう――懐中電灯で内部を調べはじめた。「あの士官連中ときたらな、友よ、自分の命が懸かってたとしてもレースに勝てやしない」

ラヴィは笑い、想像上のグラスを持った手を高く掲げた。

「士官連中に乾杯」

「士官連中に乾杯」アンシモフも同じように返す。「〈出航の日〉以来、おれたち残りの者を押さえつけてきた、同族交配の傲慢なろくでなしどもに。おれもその一員になるのが待ち遠しいぜ！」

ラヴィと彼のドローンは問題のある燃料パイプを取りはずしていった。ドローンはラヴィのツールキットから工具を選び、詰まりを取りのぞきはじめた。

「それで、どうしてぼくたちは、きみが好きでもない士官二人のために貴重な自由時間を使ってるのかな？」とラヴィは尋ねた。「これは、いわば完全にボランティアだ。連中のメカニックになれときみは命令されたわけじゃないだろ？」

　アンシモフがにんまりした。

「おれは水が好きなんでね。やつらのタンクよりもおれのタンクに入ってるほうがいい、だろ？　おれは連中のメカニックとして謝礼をもらい、連中のレース用具をここに置いとくのにも課金してる。それに連中のくだらないＥＭＵをエアロックからあっちこっちに移動させるのにも課金してる。おいしい契約だ。ただひとつの問題点は、やつらといっしょに時間を過ごさなくちゃいけないことだな」

「それで、実際に士官になって、起きてるあいだはずっと連中といっしょに過ごさないといけなくなったらどうするつもりなんだい？」

「目標世界（デスティネーション・ワールド）に到着するまでの辛抱だ、友（アミコ）よ。そのあとはすべてが白紙になる」


　シフトの作業時間をすべて宇宙服を着て過ごし、それに加えて二時間もＥＭＵの内部にもぐりこんでいたために、ラヴィはくたくたに疲れて、しかも汗まみれだった。だがアンシモフからの十五リットルをタンクの底に足したとしても、シャワーを浴びてまともに身体をきれいにするほどの余裕はなかった。昔ながらの拭き取りパッドでできるかぎりのことをしてから、ボズに会いに向かった。

彼女はエクアドル9のパターノスターのそばで彼を待っていた。落ちつきなく跳ねるように体重を左右の足に移し替えている。夜サイクルがはじまり、照明は薄暗くなっていた。パターノスターの手前のロビーは人けがない。

「なんでこんなに遅くなったの？」と彼女が問いただす。「外出制限時間まで、もうあまりないっていうのに」

ラヴィは彼女に笑みを向けた。

「時間どおりだってことはきみもわかってるだろ？」

ボズは無言でにらみつけた。

「あっそ。行こう」彼女はさっさとはしご段をつかもうとした。

ラヴィは急に不安になって、彼女の手を抑えた。

「ぼくらがオーストラリア輪まで行かなきゃならないっていうのは、百パーセント確実なことなのかな？　きみのいう、ほら、あれをここでやる手段はないのかい？」

ボズがため息をつく。

「これが最後だけど、ラヴィ、答えはノーだよ。ほかに手段はない。プライバシー法のこと、覚えてる？　クルーの個人記録は物理的に隔絶したシステム内に保管されてるの。オーストラリア輪にね。このことについては、ほら、もう十回は話しあったよね。あたしが必要としてるシステムはオーストラリア輪にあるだけじゃない。オーストラリアの〝士官の領地〟で物理的に接続するしかないコンソールに入ってるんだよ。そしてあたしたちがアクセスできる数少ない〝士官の領地〟といったら、〈タンク〉ってことになる。あそこは実質的に士官食堂の代わりで、あんたは——〈アーキー〉よ、あたしたちみんなをお助けください——士官候補生なんだからね」

ボズは彼をじっと見つめた。

「無理にやる必要はないんだよ。完全にあんた次第なんだから」

ラヴィはボズの肩に両手を置いた。

「完全にぼく次第ってわけじゃない。これが悪いほうに向かったら、ぼくは訓練プログラムからほうり出される。そしてきみは、リサイクルされるかもしれない」

ボズの笑い声には例の向こう見ずなところがあった。

「あたしたちのしっぽをつかまえられるもんならね。そうはならないよ」彼女の目がいたずらっぽくきらめく。「やるの、やらないの？」

その答えとして、ラヴィは彼女の前に出て、パターノスターのすばやく動くはしご段をつかんだ。二人は黙って乗りつづけ、一階層上がるごとに体重が軽くなるのを感じていた。

ラヴィはポケットをぽんと叩き、嘔吐袋のふくらみを感じて安心した。

ハブに出るとラヴィは軌道予測画面を表示し、強く蹴ってオーストラリア輪を目指した。彼の予定軌道があまり期待どおりでないことを示す琥珀色に光った。ラヴィは小声で毒づいたものの、本当に怒りがあったわけではない。エクアドル輪からいっきに最前方の居住区輪に跳ぶのはいつだって的確な判断よりも幸運が必要になる。デンマーク輪を越えていくあいだに、ゼロGツリーの丸い緑の玉が彼の進む方向からあわてて離れ、そのあとにユーカリの香りを残していった。ラヴィは自分がどこに着地することになりそうか推測しようとして前方を見ると、ルートをブロックするように動きまわっている人の群れがあった。ずっと同じあたりで動きまわっているのはそれぞれにジェット・パックを背負っているからで、ひとつのハブから別のハブへと単にジャンプしているからではなかった。そして彼らは、ラヴィにははっきりと見分けのつかない何かのまわりに集まっている。

そして彼らはマスクを着けていた。呼吸用マスクやエアフィルターではない。変装用のマスクだ。ラヴィの心臓が沈んだ。

ボン・ヴォイだ。そして彼は、この連中のまっただなかに突っこんでいこうとしている。ラヴィはゆっくりと振り向いて、ボズの姿を探した。彼女はラヴィの軌跡からゆうに百メートルは離れていて、一秒ごとにますます遠ざかっている。彼女が振り返って、肩をすくめてみせた。彼は単独行になりそうだ。

何かを唱えている声が彼の耳にかすかに届いた。言葉をはっきり聞きとれるようになる前から、何を叫んでいるのか彼にはわかった。

「降り立つな！　汚すな！　彼らの！　世界を！　救え！」

「降り立つな！　汚すな！　彼らの！　世界を！　救え！」

ラヴィはため息をついた。第一世代がリサイクラーの陰でぶつぶつこぼしているに違いない。ボン・ヴォイの集団はぐんぐん近づいていた。彼が衝突（コリジョン）コースにあることに、まだ誰も気づいていないようだ。無駄とは思いつつも、彼は〈ハイヴ〉に脳内の手を伸ばし、彼らの注意を喚起しようとしてみたが、誰も〈ハイヴ〉につながっていない。

「おーい！」と彼はじかに呼びかけた。「おーい！」

ボン・ヴォイの集団がいっせいに叫び声をあげ、ばらばらに散りはじめた。ほんの一瞬、ラヴィは自分の呼びかけが聞こえたのかと思いかけたが、まったく違う何かから離れようとしているようだ。それは急速に拡大していく球体で、居住可能な惑星のホログラムになった。直径は七十五メートルほどもあろうか。はじめのうちは渦巻く雲の下からのぞく青と緑色だったのが、荒廃した灰色へと急速に変わっていった。そうして青と緑色に戻り、同じ変化がまたはじめからくり返されていく。

「降り立つな！」とそれが声をとどろかせた。**「汚すな！　彼らの！　世界を！　救**

え！」

彼の視界の外から、影が猛スピードであらわれ出た。

「なんの……うぐっ！」

逃げてきたボン・ヴォイが彼にぶつかり、ラヴィはぐるぐると回転して飛ばされた。旋回して吐き気をもよおし、ハブの壁がぼやけた。胃袋がぐいっとせり上がった。喉の奥に苦い液体がこみ上げる。彼はパニックを起こし、自分が星間を移動する巨大な乗り物のなかで無重力状態の中心軸付近にいることをどうしてか忘れ、必死にもがいて、なんでもいいから何かにつかまろうとした。鉤爪のように伸ばした指がボン・ヴォイのマスクのふちに引っかかり、それに何かの価値があるかのようにつかんだ。マスクがはずれた。

「このばか野郎！」そのボン・ヴォイが怒鳴った。「いったいなんのつもりなんだ？」男はジェットを使い、怒りにガスを噴き出して離れていった。

ラヴィは何も答えられずにいた。目を閉じ、ポケットの嘔吐袋にすばやく手を伸ばすと、それがたっぷりふくらむまで中身を満たした。当初の進路からあまりにはずれてしまい、オーストラリア輪の十二時方向のスポークでボズと合流するまでにさらに二回もジャンプする必要があった。ボズはゆったりと手すりにつかまり、船内警備隊士官（シップセク）の群れがボン・ヴォイのホログラムを消そうと悪戦苦闘しているのを見守っていた。彼女の顔には非難する感情があふれている。

「なんていう道化どもの集まりだろうね」と彼女がつぶやいた。船内警備隊（シップセク）か、それともボン・ヴォイのことをいっているのか、ラヴィには確信がなかった。

ボスの視線がラヴィの手の嘔吐袋に留まった。

「まだ作戦を実行する元気はある？」

「もちろん」彼はいちばん手近なリサイクラーの投入口に袋をほうりこんだ。「はじめよう」

彼らはきれいに維持されているパターノスターに乗ってオーストラリア輪の内奥に入っていった。重力が戻りはじめるにつれラヴィの胃袋も落ちついたが、彼はそのことにほとんど気づきもしなかった。さっきぶつかってきたあの歯を剥き出して怒鳴るボン・ヴォイについて考えていたからだ。

男の名前までは知らないが、それが何者であるかをラヴィは知っていた。ソフィア・イボリの彼氏。彼女が交差路で抱きあっていた男だ。

9.0

支給日まで待つべきだった、とラヴィはみじめな気持ちで考えた。忌々しい<ruby>シャワー<rt>サーディング</rt></ruby>を使えるまで。

オーストラリア輪は水のにおいがぷんぷんした。そして水で買うことのできるあらゆる物のにおいも。石鹸とか、香水、それに清潔な服。彼ら二人はハイフォン環状通路でパタートノスターから跳び降りていた。この輪の大きな通路のひとつで、ブティックやナイトクラブが並んでいる。そして〈ロキシー〉も。〈アーキー〉にかけて正真正銘の、ホーム・ワールドにあった映画館のレプリカだ。船内の大半は眠りにつこうとしているが、この場所は目を覚ましたばかりだ。人であふれている。そしてその誰もが、まるで彼が下水管から出てきたかのようにじろじろと見つめてくる。

彼の姿がだらしないとか、悪臭をはなっているというだけではない。なんの飾りけもない、標準支給の作業服を着ているからだ。ほかの連中は誰もが、なんというか……ありきたりではない服を着ている。二十世紀のアーカイブからコピーしてきたスーツ、身体にぴったり貼りついた二十一世紀当時のアンサンブル。ボズでさえも、例のレザーのジャケットと標準支給品ではないブーツ姿で、彼よりもずっと浮かずに済んでいた。

まるでこの場所を所有しているかのように、ボズは環状通路をずんずん歩いていき、行き交う誰とでも笑ってうなずいている。ラヴィのほうはといえば、ポケットに手を突っこみ、うつむいて、悪臭のただよう召使いのように彼女のあとを重たい足どりでついていった。彼は注意ぶかく〈ハイヴ〉に接触しつづけて、船内警備隊(シップセク)にスキャンされたり、通りがかりにこっそり探査されていないか見のがすまいとしていた。だが、何も見つからなかった。

環状通路沿いの壁や窓がいきなり姿を消し、精妙な骨組みの支柱や配管が剝き出しになった。建設途中というわけではなく、これは、アートの基礎構造だ。ホーム・ワールドの歩道橋をモデルにした、クモの脚のような張り出し通路が、船の内奥に少なくとも三階層ぶんくらいの深さがある大きな円筒状の構造物に向かって優雅に弧を描いて伸びている。粗雑にデザインされたクモの脚のように、そこから配管が何本も突き出ていた。かつては実際に貯水用として使われていたが、いまではどう見ても高級な上級士官用クラブとなり、まさにふさわしく〝タンク〟と呼ばれている。明るい照明で飾られた扉口がひとつ、湾曲した壁に開いていた。

ボズがきびきびとした足どりで張り出し通路を進んでいく。ラヴィはそのあとからのろのろとした歩みで従った。

「本当にぼくらを入れてくれるかな？」と彼は、それまで以上に自分がどんなふうに見えるかを意識しつつ尋ねた。

「あんたのことは入れてくれるさ、なんたって士官候補生なんだから。あたしはあんたのゲストとして同伴することになるね」ボズは彼の腕を取り、ドアのほうに引っぱっていった。

入口の扉が自動で彼らをスキャンすると、〈ハイヴ〉にさざ波が立ち、彼らはいま、船内規定261‐3dに記載された士官食堂に立ち入ろうとしており、身分証明の提示が必要であると知らせてきた。ラヴィは自分のIDを転送し、ボズは彼の同伴者であると申告した。彼の頭のなかで青信号がともり、二人はドアをくぐってなかに入った。

店の内部は中央の中空部分のまわりにいくつもの階層が重なった、当惑させられるほどごちゃごちゃしたつくりだった。複数のバーがあり、ダンスフロアもふたつ、そして無数の暗いブース席がある。見えない位置に配置されたスピーカーから、激しく打ちつけるビートがんがん鳴り響いている。

「クールだね！」とボズが大音量に負けない大声で叫んだ。

ラヴィは耳の奥で血潮が激しく流れるさまを想像した。ほかよりほんのわずかに静かそうなブース席を選び、そこに向かった。向かいの席にボズが腰をおろす。彼女の顔は興奮で生き生きとしていた。ラヴィは彼女が〈ハイヴ〉をさぐっているのを感じとれた。とはいっても、ほんのかすかにだが。しかも、彼が気づいたのは単にそのことに注意を向けていたからだ。

ボズはあたりを見まわして、目につくものすべてを貪欲に吸収している。

《ここはほかと違うね！》と彼女がコードを送ってきた。打ちつけるベース音に負けない大声で叫ぶよりも、こうしたほうが簡単だ。《何か注文して》

動揺のため、ラヴィの胃袋がきゅっとすぼまった。

《水が底をついてるんだ》彼はみじめな気持ちで打ち明けた。それを口に出していわないといけないとなると、いっそうみじめだった。

ボズが同情したような笑みを返す。

《少しにおうと思ってたんだよね！ 心配いらないよ、いとこ殿（カズ）。一杯ぶんくらいは持ちあわせがあるから。それに、あたしたちが注文しないと、このプランすべてがエアロック送りだよ》そうして、彼女みずから〈ハイヴ〉に注文を入れた。

ウェイター＝ドローンがファンの音をシューッとたてながら、彼らのもとに飛んできた。「お飲み物は？」とそのマシンが尋ねる。それほど人間らしくないその音声は、騒音をたやすく切り裂いて届いた。「それとも、何かお食事でも？」

「食事はなしで！」とボズが大声でいった。「ピッツバーグ・ライトを二本！」彼女は音楽に負けまいとするように、ドローンに顔を寄せた。だが、目ざとい観察者であれば、彼女がこのマシンのシリアルナンバーからほんの数センチのところまで顔を寄せたことに気づいたかもしれない。本当に目ざとい観察者なら（あるいは、注視していたラヴィなら）彼女の右の瞳が機械的にきらりと光るのを見てとったろう。

「ピッツバーグ・ライト二本ですね」とドローンがくり返した。ひらりと飛んで離れ、興奮した客が振りまわす腕を巧みによけながら、ジェットを噴出していちばん手近なバーに向かう。

「手に入れたかい⁉」とラヴィが尋ねる。

ボズの憐れむような視線が彼の必要としていた答えになった。彼女の指が音楽にあわせてテーブルにビートを刻む。その目が店内のバーのひとつから別のほうへとさまよった。かるい好奇心を示す程度で、けっして一ヵ所にとどまることはなかった。あらゆる点で、飲み物を待っている女性にしか見えない。こっそり犯罪を犯している者のようにはまったく見えなかった。

ウェイター＝ドローンがローターのやわらかな吐息とともに戻ってきた。ボズが手を伸ばしてボトルを受けとろうとしたが、マシンはしっかりつかんで離そうとしない。

「八・二五リットルです」とドローンがいった。「どうぞお願いします」

「い、いくらだって？」ボズは純粋にびっくりしているように見えた。

「八・二五リットルです。どうぞお願いします」

「とんだぼったくりだね。キーを送って」

ラヴィは目をつむり、ドローンが彼のいとこに一連のコードを転送するのを脳内で見守った。ボズはすみやかに八・二五リットルを〈タンク〉の口座に支払った。

ドローンにとってはあいにくなことに、八・二五リットルぶんの送信には本来そこにあるはずのない数行のコードが含まれていた。バーのシステム内に入りこむと、それらのコードは急速に転移して、経理システムからとび出してドローンの制御機能に押し入った。ウェイター＝ドローンのこすれて疵のついた外部面のインジケーター・ランプが緑から赤に変わった。ボズがビールをひったくるひまもそこそこに、そのマシンは自己診断をおこなうためドッキング・ステーションに戻っていった。それがドッキングした瞬間に自己診断機能が作動して、即座にゼロと一の列からなる不正なコードにハイジャックされた。不正なコードはドッキング・ステーション内をくまなく駆けまわり、つづいてそれが配線でつながっている別のネットワークへと押し寄せていった。〝士官の領地〟のネットワークに。

〈タンク〉は非公式ながらも士官食堂だ。非公式とはいえ、厳密にいえば、〝士官の領地〟に属している。そしてそれは、〝士官の領地〟の残りの部分とも――わずかにではあるが――つながっている。あまり重要でないいくつかのシステムによってだが、ボズにとってはそれで充分だった。

ハイジャックされたドローンのインジケーター・ランプはなおもどぎつい赤色に輝き、一般のネットワークを通じてボズにつながり、情報をアップロードしていき……

「やってみたいの」とラヴィはいい張っていた。

「絶対にだめ」と母親（マザー）がいって、胸の前で力強い腕を組んでみせた。「モンスターに変えられてしまうよ」

ラヴィの顎が反抗的に突き出される。

「もう遅いよ。契約書にサインしちゃったんだから……」

ボズが興奮してテーブルを叩いた。

「入りこめたよ！」彼女がラヴィの頭にキーを――長くて複雑なやつを――送ってきた。

「こっちに合流しなよ。ドアは開いてるから」

いったいどうしたんだ？　ラヴィはわれに返った。いまのあれがなんだったのかはわからないが、まだ動揺しつつも、彼はボズが渡してくれたキーを受けとってインプラントをリンクさせた。

彼らがいるバーはぼんやりした背景となって消えていった。彼の前にはバーチャルの大きな樫（オーク）のテーブルがあり、同じくバーチャルの紙ファイルが積み上がっていた。十九世紀、それとも二十世紀の映画からでもボズがコピーしてきたに違いない。夢のなかであるかのように、彼は肩の後ろあたりにボズがいるのを感じることができたが、見てとることはできなかった。

《これが船内の全員のファイルだよ》とボズがいった。《全部で八千九百五十二人》もちろん、実際にしゃべっているわけではない。単なるチップセットのシミュレーションで、ラヴィが聞き慣れている声よりも低く、かすれている。ボズ自身に聞こえている自分の声だ。《あたしたちが探してるのは女性だから、あんたらの側の性と認識できる者はみんな無視してかまわないね》と彼女がつづけた。ファイルの山がほぼ半分になった。《そして、

探してるのは若い女性だから、十五歳未満と三十歳より上はみんなほうり捨てるとしよう》

《三十五歳までにしよう。念のために》

《じゃ、三十五歳で。そうすると残りは……九百十二人の候補者ってことになるね》まだまだ多いが、なんとかこなせる数だ。ボズが満足げなため息をついた。《さあどうぞ、いとこ殿》

ラヴィは深呼吸——本物のやつで、バーチャルではない——をひとつして、作業に取りかかった。インプラント内で立ち上がったパターン認識ソフトウェアを純粋に生体的な記憶とリンクさせるのはけっして簡単なことではない。今回のはよけいに困難だった。あの娘についての彼の記憶は脳の正しくない場所に貯蔵されているかのようだった。懸命な努力のために頭がズキズキしてきた。

はじめはゆっくりとだったが、しだいに処理速度を増していき、エアロックの正しくない側にたたずんでいた娘とほんのわずかでも似ている誰かを、誰であれ、探しながら、彼はファイルに目を通していった。九百十二人分。

ゼロ。無。なーんにもなしだ。

《だめだったか》と彼はもらした。それしかいえなかった。

《出るよ！》いきなりボズが強くささやいて、リンクを遮断した。ラヴィは自分の頭に戻った。彼の耳にダンスミュージックが打ちつける。

「行くよ！」とボズが今度は声に出していった。彼女はラヴィをブース席から押し出した。

ラヴィはよろけつつも立ち上がった。

「どうしたんだい？」

「トラブル発生」いとこは彼の肩ごしにその先を凝視している。ラヴィは背後を振り返った。

船内警備隊（シップセク）だ。士官二人が入口に立っていて、〈ハイヴ〉にスキャン・プログラムをはなっている。ボズがハッキングした痕跡はちりとなって散乱していたが、スキャンはそれを狩り集め、組み立てなおし、そのつくり手まで痕跡をたどろうとしている。

「ゆっくりとあわてないで」とボズが指示して、彼の肘に片手を添える。「この忌々しい（サーディング）発射台からおさらば（リフトオフ）しようよ」

彼女が先に立って裏口に向かう。

そこに三人めの船内警備隊（シップセク）士官があらわれた。襟にかなりの数の銀色のラインを飾っているこの男は、〈タンク〉の湾曲した外壁の、古い配管の名残（なごり）に継ぎをあてたそのわきにもたれている。ヴァスコンセロス隊長だ。ラヴィの心臓がドラムロールを刻みはじめた。

「こんばんは、マクラウド船員」ヴァスコンセロスがボズを見て愛想よく声をかけた。

「なんともうれしい驚きだな」彼の視線がラヴィにうつろっていった。「こちらの共犯者は？」

いきなり肩に手が置かれたために、ラヴィはびくっとした。

10.0

「そこにいたのね！」とソフィア・イボリが呼びかけた。つづいてヴァスコンセロスにも、「ハロー、おじさん。こんなところで会うとは奇遇ね！」彼女は大げさな身ぶりであたりを見まわした。「ここの客層はおじさんには少し若すぎるんじゃない？」

警備隊長は困惑し、眉をひそめた。

「彼はきみといっしょだったのか？」ヴァスコンセロスの声には聞き違えようのない疑念が感じとれる。

「ええ、そうよ」とソフィアが肯定した。「夕方からずっといっしょだったの。そうよね、ラヴィ？」彼の肩に置かれた彼女の手の力が強められた。彼の父親がよくいったように、〝誰かが逃げ道を提供してくれるなら、そいつをのがす手はない〟だ。ラヴィは自分が感じている半分も罪の意識を見とがめられていないようにと願いつつ、こくりとうなずいた。

「それで、彼女は？」とヴァスコンセロスがボズを指さして尋ねた。全身から不信を発散している。

ソフィアの顔に状況を計算するようすが浮かんだのはごくわずかなあいだだったため、ラヴィはあやうく見のがすところだった。

「ううん、いっしょじゃなかった。店を出る彼女に気づいたラヴィが、あたしたちに紹介しようと追いかけていったの」彼女は問いかけるようにボズを見て、首をかしげた。「ロベルタ、じゃなかったかしら？　ラヴィのいとこの？」

「ほとんどの人間はボズって呼んでるよ。はじめまして」そうして、ちらっとヴァスコンセロスのほうを見てから、「また別の機会に、たぶんね」彼女は隊長にうわべだけの笑みをのぞかせた。「じゃ、行くとしますか？」

「ああ」ヴァスコンセロスは同意したものの、まだ納得していないといいたげな視線をラヴィに向けた。そうして彼は部下の士官を引きつれ、ボズとともに建物をあとにした。ただし、そのあいだにメッセージをひとつ投げてよこすのを忘れなかった。それはラヴィの頭のなかで不必要なほど明るく燃えたった。

〝監視しているからな〟

ラヴィは身ぶるいしないようにつとめた。そうしてソフィアに向きなおる。

「ありがとう。ぼくは……」といいかけたところで言葉が途切れた。自分でも顔が青ざめるのを感じとれた。

ソフィアが心配そうな表情になった。

「どうしたの？」

「入口で！」ラヴィは息をあえがせた。「ボズは士官じゃない。ぼくが彼女をゲストとして入れてやらなくちゃいけなかったんだ！　ヴァスコンセロスが記録を確認した途端に、ぼくらは困ったことになる。きみが困ったことになる」彼は何も考えずにソフィアの手をつかんだ。その手はすらりとして、やわらかで、彼の皮膚には熱く焼けつくように感じられた。「いますぐヴァスコンセロスに話してくる。ぼくが無理やりきみに手助けさせたんだって」言葉が奔流となってあふれ出る。「急げばまだ間にあうよ。きみが実際に何か悪いことをしたわけじゃないんだから。それに、彼はきみのおじさんなわけだし、それが何かの役に立つに違いないよね？　とにかく彼に話して……」

男のあざけるような笑い声によって、ラヴィの言葉は途切れた。彼ははっとして、ソフィアの手を離した。彼の手が安心を求めてポケットへと伸びる。

ソフィアの彼氏だった。憐みにも近い表情でラヴィを見ている。ハブで衝突したときのラヴィに見覚えがあったとしても、そんなそぶりは見せていない。

「船内規則5‐01‐A」と男がかるい調子でいった。ラヴィがなおもぽかんと見つめていると、さらにつけ加えた。「プライバシー法だよ。店に入ったら、記録はただちに消去される。LOKIがやってるみたいに当局にわれわれの行動を何もかも詮索されるいわれはない。そうじゃないか？」

ラヴィの顔つきは疑わしげに見えたに違いない。ソフィアが話に割りこんできた。

「ジェイデンのいうとおりよ」と彼女が請けあった。「彼は船内弁護士なんだから」

「必要とされたときにはね」とジェイデンが穏やかに訂正した。「フルタイムの仕事っていうわけじゃない」

ホーム・ワールドでも、ジェイデンは背が高い部類に入るだろう。ここでは、長身と見た目のよさ、そしてウェーブのかかった黒い髪によって、努力せずとも彼は優越性のオーラをまとっていた。ラヴィのほうはといえば、身体をよく洗う必要のあることをあらためて痛感していた。彼は二人から距離をとろうとしたがうまくいかなかった。ジェイデンが手を差し出してきて、ラヴィがそれを握り返すことを明らかに期待している。「ジェイデン・ストラウス＝コーエンだ」と相手が自己紹介した。その手は彼自身と同じように確固たる自信がみなぎっている。この男が船長の親族であってみれば、おそらくそれも驚くにはあたらないが。

船長は彼がボン・ヴォイの一員であることを知っているのだろうか？

ソフィアは？　おそらく知っている。あのときの授業で〝彼らの世界を救え〟というような主張をウォレン教授にぶつけたときも、どこかからその考えを得たに違いない。

「ラヴィ・マクラウド」彼はもぐもぐとつぶやいた。ストラウス＝コーエンやイボリといった名前に比べると、彼の名にはたいした意味もない。「助けてくれてありがとう」

「礼はソフィアにいうといい。彼女はきみがこんなことで訓練を辞めさせられるのを見るにしのびなかったんだ」ストラウス＝コーエン家の若者があからさまな好奇心をもって彼を見た。「ところで、きみは何をやってたんだい？」

どこにも存在しない、真空でも生きられる、ブロンドの髪と笑顔のじつにすてきな娘を探していた。

「つまらないことだよ。ちょっとファイルをさぐってただけで」

「いかにもロベルタらしい」ジェイデンが寛大な笑みを浮かべた。

ラヴィはいらっとしないようにつとめた。この男にはボズのことを知っているかのように話す権利などない。だが、よくよく考えてみれば、ジェイデンはおそらく彼女のことを知っているのだろうと思いあたった。つまるところ、この男は船内弁護士だ。そしてボズは、通常の人間よりもそういう連中の世話になっている。彼のいとこはとりわけ法曹界の手助けを高頻度に受けているに違いない。

「ボズは大丈夫かな？」彼は急に心配になって尋ねた。「彼女は〝死の重し（デッド・ウェイト）〟の一歩手前にあるんだ」

ジェイデンが肩をすくめる。

「それは状況によりけりだな。彼女は何をしでかしたんだい？」

ラヴィが何か答える前に、ジェイデンはすでに興味をなくしていた。彼は手を伸ばしてソフィアの手首をつかむと、彼女の腰にするりと腕をまわした。ソフィアが彼にしなだれかかるとラヴィの胃袋が激しく揺さぶられた。

「きみのいとこのことは忘れるんだな。彼女は危険なスラスターのようにいつ何をしでかすかわからない。つねにそうだったし、これからもずっとそうだ」彼はその点を強調するかのように、ラヴィの腕に手を置いた。「いっしょに飲まないか？」

「もちろん合流するわよね」ソフィアはラヴィが断る前にいった。「ただし、昔ながらのやり方で注文しないといけないかもしれないわよ」彼女はラヴィのほうに、わかっているのよといいたげにちらっと目くばせをした。「ドローンがあまりうまく作動してないみたいだから」

ジェイデンがソフィアの身体をほどいて、いちばん手近なバーのほうにぶらりと歩いていった。その途中で、反対方向からやってきた女性に呼び止められた。二人は顔を寄せて、何かかるい冗談でもかわしている。女性はジェイデンの肩にいつまでも手を置いたままだったが、ようやく去っていった。この女性にはなんとなく見覚えがあるとラヴィは思った。少しして、名前が思い浮かんだ。クセーニャ・グレアム。彼よりもふたつ年上で、植物学者補佐だ。彼女は魅力的だ、と彼は心のうちで認めた。あるべきところにふくらみのある、あからさまなタイプだが、ソフィアのようなスリムな優雅さはない。

ソフィアが疑わしげにクセーニャをじっと見ていることに彼は気づいた。ラヴィの視線に気づくと、彼女は表情を冗談めかしたものにととのえなおした。

「営倉に入れられずに済んで運がよかったわね」

「わかってるよ」ラヴィは急に、自分の身体がどれほど汚れているかを思い出した。一歩さがり、距離をたもとうとする。「それに、本当に感謝してるよ。本当に。きみに借りができたね」

ソフィアの笑みはレーザー光線なみにまぶしかった。

「よかった。だって、あたしも切実に助けを必要としてるところなの」音楽にあわせて彼女のヒップが揺れ、衣服の生地が伸びて、身体の線をくっきりと強調した。ラヴィの心臓が胸の奥で不規則に打つ。

「いいとも。なんでもいいって」

「ウォレン教授の化学の授業についていけなくてまいってるの」ソフィアの明るい目は、からかい半分、懇願半分で丸く大きく見開かれている。「勉強を教えてくれない？」ねじれめまいがしそうなその一瞬、彼女に誘われているのだろうかとラヴィは考えた。ねじれた、あべこべの方向ではあるにしても。つまるところ、学校の授業についていえば、ソフィアはなんの苦労もなくこなしている。そんな彼女がラヴィンダー・マクラウドにどんな用があるというのだろうか？　〝学問に縁のない家系〟の出である男に？

だが、彼女が答えを盗み見しようとしてやけに稚拙なコードを使ったことを彼は思い出した。ソフィアが由緒ある家名とにこやかな笑みなどで教授の気をそらしたことを。

まさにいま、彼に向けているのと同じ笑みだ。

そんなことは問題ではなかった。ソフィアがそもそも笑みを浮かべているという事実だけで充分だった。

「喜んで。場所を指定してよ」

「やった！　カナダ輪の樹木園なんかどう？　明後日(あさって)は？　一八〇〇時頃とか？」

「決まり」ラヴィは期待にあふれ、自然と目尻が下がった。そのあとでジェイデンが両手に飲み物を抱えて戻ってきたことも、ラヴィの気分をほとんど傷つけはしなかった。

彼は皿を見つめていた。古いタイプの皿で、円形で仕切りはなく、粘土を焼いてつくったものだ。凝った装飾で、美しく、そして色であふれている。青、黄色、そして筆記体のような黒色の筋が有機分子のパターンで混じりあっている。酸素、窒素、そして孤独な硫黄が、炭化水素のジャラジャラした鎖で包まれている。

分子が消えはじめた。はじめはゆっくりとだったが、やがてその勢いがどんどん速まり、緑の黴（かび）の巻きひげが広がっていき、黴（かび）は厚く高く、さらに厚く高くなり、ついには彼の顔に達して、無理やり口を押しあけて、舌のあいだに根を伸ばしていく。

彼は窒息しかけていた。とはいえ、黴（かび）のせいではない。喉の奥に詰まっている何かのせいだ。何か硬くて、丸いもの。

彼は咳きこんで、それを吐き出した。

ボズボールだ。いまは白と黒で塗られ、灰色の斑点が散っている。それは空中に弧を描き、葉脈状の筋のある緑色の海にぽとりと落ちた。そしてどういうわけか、緑の海はホーム・ワールドの庭の芝生になり、ボズボールはホーム・ワールドのスプリンクラーになった。そしてスプリンクラーの水が落ちたところは芝生がすべて茶色に変わって枯れ、茶色の芝生は茶色の木の幹となって、実ったリンゴが芝生にぽとりと落ちた。だがそれは正しくない。もし芝生が枯れるなら、どうして草木が生えるというのか？

「明かりを」彼はもごもごと告げた。

眼球の裏に圧迫感があるが、痛みはそれほどでもない。ラヴィはベッドに横たわったまま、声には出さずに感謝の祈りを唱えた。処方薬は曲がりなりにも効果があったようだ。

そして、よい知らせはそれだけではなかった。支給日がやってきた。彼のタンクには水があふれている。ベッドをころがり出ると、彼はスキップ二歩でシャワーにたどり着き、温かな蒸気と石鹸にまみれた。蒸気をふんだんに使った。洗面台の鏡がくもっていたため、彼は手できれいにぬぐった。

そして、背後にあの娘が立っているのが見えた。もし彼が服を着ていたとしたら、服から飛び出すほど驚いたろう。パニックを起こした手があわててベッドシーツをつかもうと伸びる。

娘はまったく動かなかった。ただ単に彼を見つめている。

ラヴィも見つめ返した。口がからからに渇いている。

「き……きみは誰なんだ？」言葉につかえながらも、彼はなんとかそういった。「どうやってここに入ってきたんだ？」

娘は答えなかった。彼女はまっすぐに見つめてくるが、けっして威嚇的ではない。唇には笑みに近いものが弧を描いていた。彼女は小柄でボーイッシュだ、と彼は気づいた。通常のより濃い青色の作業服を着ている。かるい衝撃とともに、彼女の髪がまったくのブロンドではないことに気づいた――本当の意味では。その髪は……染めてある。まるでホーム・ワールドのヘアサロンから抜け出てきたかのように、巧妙に一部だけハイライトを入れている。ラヴィはぼうっと見つめ、釘づけになっていた。髪の毛を染めるのは、チョコレートと同じように、はるか昔に廃(すた)れてしまった習慣だ。だがチョコレートとは違って、誰もそれを復活させようとはしなかった。

すっかり魅了されていたために、しばらくしてから彼女が何かしゃべっていることに気づいた。少なくとも、しゃべっているように思われた。唇が動いているが、何をいっているのかは聞こえない。

「ごめんよ。聞こえな……」

彼の頭が爆発した。視界にぎざぎざの白い星がはじけた。膝をついて倒れこみ、こめかみの激痛に手をあてて押さえる。いきなり床が迫ってきて、世界が真っ暗になった。

目を覚ますと彼は床に寝そべっていて、自室の擦り切れたカーペットが頬にこすれてちくちくした。誰かが彼の頭蓋の中身をティースプーンですくい取ったかのように感じられた。だがそれはまだましな苦しみで、本当にひどいことが終わったあとに感じるような痛みだ。

あの娘の姿はどこにもなかった。彼はふらふらしながら立ち上がった。身体を支えようとしてベッドに手を伸ばす。

彼女の声を聞いたことを彼は覚えていた。痛みと、目がくらむほどの光の小片、そして床に崩れ落ちるさなかに、彼はついにその声を聞いた。

甘く懇願し、そして奇妙なアクセントがあった。

「ラヴィ」と彼女はささやいた。「あなたの助けが必要なの」

11.0

心配ごとで気がそれていたため、アンシモフが何かいっていることにラヴィが気づくまでに少し時間がかかった。

「いま何かいった？」

「友（アミコ）よ、いったいどうなってんだ？ まるで別の輪にでもいるみたいだぞ」アンシモフがラヴィの目をじっとのぞきこむ。まるで目の奥に別の誰かが潜んでいるかのように。「おれがいってたのは、どっかの阿呆（あほう）がマンチェスター通路を封鎖しやがったってことだよ。おかげで遅刻しかけたよ。チェン・ライにこっぴどく絞られるとこだった」

「へえ」これがどうにかラヴィがかき集めることのできた好奇心の限界だった。彼はもっと大きな問題を抱えている。

「事前に工事許可証が張り出されると思うだろ。いいや、違う。いっさいなんの警告もなしに交差路をふさいじまって、そこを迂回するだけのために二階層ものぼらなきゃいけないんだぜ」

「最悪だね」とラヴィはいった。なおも話をろくに聞いていない。

「おまえってやつは同情心の重力井戸だな、まったく」アンシモフはチェン・ライが部屋に入ってくるのを見ると、身体を起こして椅子の背にもたれなおした。いきなりインプラントに送られてきたデータの重みに、ラヴィの目がぴくぴく引きつった。アンシモフが小声で毒づく。そうしたのは彼一人ではなかった。

「今日の作業割り当てだ」とチェン・ライが告げる。「われわれがおこなってきた居住区輪の検査は、当初の計画よりも遅れている。航法士の最終アプローチの計算は終了間近だ。〈減速の日〉も遠からずやってくる。来たる日（ソル）に備え、われわれはすべての部屋を九十度回転させる準備を進めなくてはならない。そのために、たとえ諸君ら全員を一人残らず過労死させることになったとしてもだ。わかったかな？」

室内から熱意の度あいの異なるさまざまな反応があがった。チェン・ライが〈減速の日〉に照準をあわせているのもよくわかるが、そこに到達するにはひどく面倒な作業が必要になるだろう。

「もうひとつ」とチェン・ライがつけ加え、彼らの頭蓋内に画像の粗いビデオ映像を送った。ラヴィははっと息を呑まないようにこらえた。

ボズボールだ。機関長として、チェン・ライは録画機能を装備している。あのとき、彼は追いかけながら録画するだけの冷静さがあったに違いない。確かにビデオの画質は悪いが、それがなんであるのかは見間違いようもなかった。

「もしもこの機器、もしくはこれに似たものを見かけたなら、わたしに報告するように。けっして近づいてはならない。ただ単に目撃した場所をログに記入し、支援を待つように」

「これはいったいなんですか？」とアンシモフが尋ねた。

「第三世代のメンテナンス用ドローンではないかと考えている」とチェン・ライが嘘をついた。「どこか狭い空間で休眠状態にあったのが、何かの影響で目を覚ましたに違いない」機関長の顔にかすかな笑みのようなものが浮かんだ。「いまになってこれが五十年前の修繕計画に従おうと船内をうろついている。壊れてもいない何かを勝手に修繕しはじめる前にこいつを捕獲したい。何か質問は？」

沈黙が耳を圧するほどしんと静まりかえった。

「では、解散。物を壊さぬように」

もしも訓練生が時間外手当をもらえるなら、風呂にたっぷりと張ったお湯のなかを泳いでみるのもいいな、とラヴィは考えた。だが現実はそうではなかったから、彼はシャワーの下に立ち、必要最小限の量以上は一ミリリットルたりとも無駄に使わないように気をつけた。それでも、望ましい量以上を使うことになった。今日は身体の汚れる一日だった。デンマーク輪7の居住区を検査する任務で、レールからはずれた区画がいくつも見つかった。彼はログに報告だけ入れて次の作業に移ろうとしたが、チェン・ライはあくまでも修理せよといってよこした。しかも、すべてをだ。ドローン六機ぶんの手助けがあるにしても、彼みずから区画の壁の隙間に入りこんで、何が起きているのか状況を確かめないといけなかった。数時間後に隙間から出てきたときには、頭から足の先まで百三十二年ぶんの油と汚れでべっとりと覆われていた。そのあとで、はじめに割り当てられていた任務の残りを片づけるまで、あの強情な男は彼を解放しようとしなかった。肌にこびりついた汚れを彼が残らず洗い落とす頃には、すっかり夜サイクルになっていた。

温かなシャワーから出ると、彼はベッドが壁に収納されているあたりをうらやむように見やった。だが一瞬ためらっただけで、彼はきれいな作業服を着こんだ。苦しめられてきた者に休息はない。というか、より正確にいえば、苦しめられてきたがゆえに休息はない。

彼はドアの外に出た。

船内の営倉はオーストラリア輪で唯一の、水も特権もふんだんに存在しない区域だ。代わりに、そこには消毒液のかすかなにおいがただよっていた。かつては営倉などというものが存在しなかったことをラヴィは知っている。なぜかというと、ボズが前に教えてくれたからだ。第一世代が宇宙に向けて出発して一年もたたずに、その必要性が明らかになった。最初の営倉はハンガリー輪にあって、大惨事のときに失われた。ボズがいうには、その代替施設がオーストラリア輪につくられたのは、上級士官が本拠地を離れなくても暴徒どもに目を光らせることができるようにするためだそうだ。

もちろん、営倉に入れられるよりもひどいことがある。有罪宣告を受けた犯罪者がぼんやりと牢獄内で大切な資源を浪費するのを望んでいる者などいるはずがない。法規違反が罰金や社会奉仕活動でつぐなえないほど大罪のばあい、有罪判決を受けたクルーは医療所で休眠状態にされる。目を覚ましたまま活動停止にさせられる悪夢のような状態だ。ボズは一、二度、その判決を受けたことがあるが、のちにその状態を、自分の身体のなかに閉じこめられているようなものだと表現した。自分のまわりで起きていることはすべて意識しているが、〈アーキー〉にかけて、何ひとつ行動することはできない。そして休眠状態で充分でないとすれば、最後に頼むべきオプションがある。リサイクラー送りだ。〝死の重し（デッド・ウェイト）〟とも呼ばれている。ラヴィは急に手のひらにじっとりとにじんだ汗を作業服の前の部分でぬぐった。

「来てくれてありがと」とボズが、面会室に入ってくるなりいった。彼女は保安用ドローンに付き添われていた。入室の際に、そのドローンの構えたダート銃のずんぐりした銃口が室内をさっとひと薙ぎした。ドローンは部屋を離れようとせず、ドア枠のわきにしっかりと腰を据えた。マクラウド家の者がマクラウド家の親族と面会する際に、プライバシーなどというものは存在しない。それは営倉と同じくらい古くからの慣習だ——そして、完全に違法でもあった。

とはいえ、誰かがそれを気にかけるわけでもない。

この区画に備わっているただひとつの、何も載っていないテーブルの前にボズが腰をおろした。彼女は自分の指をどう扱っていいかわからずにもて余しているようだった。軸からはずれた歯車のように、その指が何度も何度も互いにこねくりまわされる。その動きの意味にラヴィが気づくまでに一、二秒かかった。彼女はタバコを取り上げられていた——しかも、おそらくは逮捕記録に違法物所持の容疑まで加えられて。タバコがないと、裸にされたように感じているに違いない。

ラヴィの視線がボズの手から彼女の顔に移った。その表情に彼は衝撃を受けた。彼のいとこはおびえている。向こう見ずで皮肉屋で、いつも喜びにあふれている——たいていはそのすべてをいっぺんに発散している彼女なのに。ときどき、とてもまれにではあるが、怒りがあふれることもあったが。

だとしても、おびえる？　そんな彼女は一度も見たことがなかった。

「どれくらいひどい状況なんだい？」と彼はささやき声で尋ねた。

「相当ひどいよ、いとこ殿。相当ね」彼女の指の回転が、少しのあいだ止まった。「連中はリサイクラーの話をしてる。本気でね」

彼女がテーブルごしに身を乗り出した。彼女の黒い目がラヴィの目をうがつ。

「今日、訪問者があったんだ。ストラウス＝コーエンが」

「弁護士の？」ラヴィは声に嫉妬心がにじまないようにつとめようとした。

「ううん、別のストラウス＝コーエン。船長の」

「船長？」ラヴィは唖然とした。「どうして？」

「あたしが誰のために働いてたのか知りたがってた」

ラヴィの口のなかがからからになった。ドローンの不気味な存在を意識し、彼は言葉を慎重に選んだ。

「それで、船長には何をいったんだい？」

わかってるよといいたげな笑みが、ボズの顔にちらっとのぞく。

「真実をだよ、もちろん。面白半分にファイルを嗅ぎまわってただけだって。けど、真実をいってもどうにもならなかった。船長はあたしのことを信じようとしなかったから」彼女の笑みが消散した。「だけどさ、船長はファイルになんて、たいして関心がなかったんだ。船長が本当に聞きたかったのはね、えへん、新型のドローンについてだったんだよ。デンマーク輪のどこか、フェニックスとマンチェスターの交差点のあたりで見つかった、っていってたと思う」

ボズもラヴィに負けず劣らず注意ぶかく言葉を選んでいるが、彼女が何をいっているのかは完全に理解できた。ストラウス＝コーエンはボズボールに興味をもっている。なぜなら、チェン・ライがひと目見て、あれがなんであるのか見抜いたからだ。実質的にLOKIであるに違いないと。そしてそういうものをつくる能力と活力の両方を兼ね備えたクルーの数は片手で足りる。彼は目を見開きそうになり、実際にはそうしていないことを〈アーキー〉に祈った。

「誰かがそのドローンの製作をあたしに頼んだものと船長は確信してた」とボズがつけ加えた。「それになんの目的があるのか、それと敵がこの船を破壊する手助けをなんであたしがしてるのかと問いただして」ボズの表情が暗くなった。「そのときになって、リサイクラーの話をもち出したんだ。冗談をいってたとは思えない」また指がくるくると回転しはじめた。「いまのあたしは〝死の重し（デッド・ウェイト）〟だよ、確実に」

ラヴィは話についていこうと頭をフル回転させた。

「敵？　敵ってなんのこと？」

ボズが肩をすくめる。

「それ以上くわしくはいわなかった。ボン・ヴォイ、じゃないかな？」

歯を剥いて怒鳴るジェイデン・ストラウス＝コーエンの顔がラヴィの記憶に浮かび上がった。

「よい旅を団(ボン・ヴォヤージャーズ)は愚か者の集まりだよ」彼は軽蔑的な呼び名をフルに使って吐き捨てた。「〝彼らの世界を救え〟なんていう、非現実的なアイデアを謳(うた)って。深宇宙を永遠にさまよいつづけるなんてできるわけないのに」彼はいらだちを少しやわらげた。「でも、連中はただの愚か者だよ。ばかげたデモの集まりや、あちこちに書きなぐった壁の落書き以外は、たいした脅威になるわけでもないだろ？」

ボズが話を聞いていないことに彼は急に気づいた。それも驚きではない。ボン・ヴォイなどいまの彼女にとってはどうでもいいことなのだから。ラヴィは手を伸ばして、彼女の手首にかるく触れた。

「ねえ」と彼は小声でいった。「助けになると思うなら、なんでも打ち明けるべきだよ――――たとえば、ほら、共犯者の名前とか。きみがリサイクラー送りになるのは誰も望んでなんかいないんだから」

ボズの顔に、彼がこれまで一度も目にしたことのない表情が浮かんだ。やさしさ、だろうか？　彼は奇妙に心を打たれた。

「何も話すことなんてないよ」彼女があからさまな嘘をついて、力なく微笑んだ。「あんたもよく知ってるだろ。あたしに共犯者なんていないし、すてきな新型ドローンなんてつくってない。ほかの残りについていえば、みんなあたし自身がこしらえたトラブルなんだから」彼女の顔にいらだちの兆しがちらっと浮かんだ。「それに、あたしは船長の望む情報を提供できない。誰が船の転覆を計画してるのかなんて、あたしは知らないし。そんなのは、ほら、まったく頭がイカレてるよ」

短い、気づまりな沈黙がつづいた。

「何かきみにしてやれることは？」とラヴィがその沈黙を埋めようとして尋ねた。「許される範囲で、何かないかい？」ボズがどこでタバコを手に入れているのか、まったく推測もつかなかった――どのみち、そんな差し入れが許されるわけでもないが。

「ううん。予想どおりにいけば、明日には保釈されると思う」また力のない笑み。「どっかに逃げ出せるわけでもないしね」

「小型艇をハイジャックして、〈ボーア〉を目指すことができるかも」

彼の冗談はボズのくつくつ笑いを引き出した。

「ごめんだね。〈チャンドラセカール〉のほうがあたしの好みにあってるし。あの船の連中は誰でも受け入れてくれるっていう話だから」

今度は笑みを浮かべるのはラヴィの番だった。

「なら、また明日」と彼はいって、立ち上がった。「シフトが終わるまでにきみが釈放されてなかったら、ぼく自身が船長に直談判にいくよ」

ラヴィは無事に営倉の外に出るまで顔に笑みをたたえていた。だが、そのじつ、ボズとリサイクラーのことで頭がいっぱいだった。それと、彼の愚かな考えのせいで、彼女を彼の父親と同じ道へと引きずりこんだということを。

12.0

次の日（ソル）、授業が終わって教室を出たときに、ラヴィ自身もアンシモフがいっていた通路の封鎖と向きあうことになった。フェニックス環状通路とマンチェスター通路の交差点が完全に封鎖されていたからだ。環状通路は床から天井まで巨大なプレートが溶接されてふさがれ、その味気ない灰色の面はステンシル文字で〝建設中〟、〝通り抜け不可〟と書かれているだけだ。

この後半部分の説明は必ずしも正しいというわけではなかった。プレートには大きなハッチがつくりつけてある。だがハッチのところまでたどり着くには、退屈そうな顔で立っている船内警備隊（シップセク）士官の前を通らないといけない。彼女のわきには図体の大きな保安用ドローンがどっしりと構えている。ラヴィはこのロボットのダート銃に不安な視線を向けた。銃はいまのところアクティブ状態ではないようだが、ダート銃について慎重になりすぎるということはけっしてない。たったいま彼がもっとも必要としていないのは、長時間にわたって強制的に眠らされることだ。

「ぼくは機関士なんですけど」と彼は可能なかぎり愛想よくいった。これまた、必ずしも正しいというわけではない説明だ。「通ってもいいですか?」

「だめ。ほかの者と同様に回り道して」女性士官は彼がやってきた方向を指さした。「いちばん近い環状通路はデッキ26よ」

彼がそんなことも知らないとでもいうように。ラヴィはいらだちをぐっと呑みこんで退却した。

しかし、戻りながら彼は〈ハイヴ〉にもぐって調べてみた。アンシモフのいうとおりで、この建設作業についてはなんの説明もない。ひと言も。船内図によれば、交差路は通行可能と表示されている。

彼は次の交差点を曲がり、数階層上までつづいている階段を見つけた。この輪のこのあたりはフルの一Gの重力があったから、デッキ26までのぼっていく頃には心臓が激しく打っていた。頭もズキズキした。だがそれは階段をのぼったためではない。不安のためだ。あの交差路の工事は明らかに数日にわたってつづいている。なんらかの掲示を出すには充分すぎる時間だ。そしてよほど複雑な工事でもないかぎり、それだけあれば完了しているだろう。工事が複雑なものであれば、チェン・ライも内容をすべて知っているはずだ。

それはつまり、この工事が公表されていないことを機関長も知っているという意味になる。

それはまた、公表を彼が望んでいないことを意味しているに違いない。

チェン・ライは何かを隠している。それがあの交差路とその床下にあった秘密の区画と何か関係があることを、彼は水を賭けてみてもよかった。本来ならあそこにあるべきでないものと関係があるのだろう。チェン・ライとヴァスコンセロス、そして船長の三人があれほどの興味をもち――そして不満そうであったものと。ラヴィはカナダ輪にたどり着くまで、チェン・ライが何を隠しているのだろうかと頭を悩ましていた。だがそのあとは、そのことで頭を悩ますのをほぼ完全にやめた。カナダ輪では〝空〟以外の何かを考えることは難しい。ここには樹木園があるために。

樹木園はこの輪の低階層のゆうに三分の一以上を占めている。青々とした植物が生い茂るこの驚くべき空間には、点々と咲く花や、ときには鳥の姿も見てとれた。かつては小川が流れ、小さな池まであった。もちろんそうした時代はすでに遠い過去のものとなったが、いまも隅のほうに葦の生えた湿地帯が少しだけ残っている。

ラヴィはかなりためらったすえに樹木園の草の茂みに足を踏み入れた。まだ昼サイクルだが、あとほんの少しでそれが終わる。ホーム・スターを複製したまぶしい光のぎらつきは、人工的な空からすっかり消え去ってはいない。この空は〈出航の日〉の前につくられたもので、ホーム・ワールドで見られた空のコピーだ。だが彼はこれを一、二秒以上はけっして見つめていられなかった。少なくとも、昼サイクルのあいだは。このまぶしく燃え立つ大きな星の光を見ていると不安になる。宇宙に出てすでに六世代目の子孫にあたるラヴィにとって、第一世代が知っているホーム・ワールドの空に浮かぶ主星はあまりにも近すぎる。あまりにも危険だ。それがはなつ放射線をほとんど感じとれそうなくらいだし、樹木園の木々が、彼もろとも焼かれて、ぱりぱりで生気のない白っぽいものに色あせてしまいそうで不安になる。暗くなったあとでここに足を踏み入れるほうがはるかにましだ。

いったんホーム・スターが安全に地平線の下に沈んでしまえば、ホーム・ワールドの衛星であるルナがのぼって、樹木園は景観を眺めにくる人々で活気づく。しかしながらいまのところは、ほぼ完全に人けがない。恐れを知らないよちよち歩きの子どもたちが数人、木々のあいだを縫って狂ったように駆けまわり、向こう見ずな追いかけっこをしている程度だ。第七世代か、とラヴィはふと考えた。すべてが計画どおりにはこんだなら、彼らこそは〈アルキメデス〉の船内を歩く最後の世代になるだろう。

ソフィアはすでに公園のベンチにすわり、木陰（こかげ）ですらりとした脚を組んでいた。彼女が星の光の届かないところを選んでいたことをうれしく思いながら、ラヴィは隣に腰をおろした。まったくの偶然ながら、彼の頭のなかの時計表示がちょうど一八〇〇時に変わった。

「これ以上ありえないくらい、時間ぴったりね！」とソフィアがにっこりしていった。

「今日はどうだった？」

「ひどいもんだよ」とラヴィはいった。彼女と一対一で話せるというだけでわくわくしていた。「チェン・ライは本気でレーザーを使うつもりなんだ。ぼくらはまだスケジュールより遅れてるから、遅れを取り戻すために必死にぼくらを駆りたててる」

「そう、時間が尽きかけているものね。わたしたちは今日、目標世界（デスティネーション・ワールド）の軌道の最終計算をほぼ終えたところよ。正直なところ、いますぐにでも最終アプローチをはじめることができるくらい。わたしたちには多少の誤差にも耐えうるだけの燃料があるんだし」

「それなら、何がきみたちを押しとどめてるんだい？」

「大おじさまが完璧主義者であるせいよ」ソフィアの口調から、彼女が航法長を称賛しているのでないことはじつにはっきりしていた。「正確にやりたがってるの——それに、まだ大気圏突入の途中で致命的な何かに衝突しないと確信できていないのね。太陽系に比べると、くじら座タウ星系は本当にちりの多い星系だから」

「はるばるここまでやってきたあとで、何かに衝突して破壊されるというのは残念なことだろうからね」

「確かにそれはひどいわね」とソフィアも同意して、にっこりした。「それと今朝、航法部の説明会議のときに、さらに情報が得られたの。あの惑星について」彼女は樹木園を見わたして、よちよち歩きの子どもたちに視線を向けた。

「どんな？」とラヴィがうながす。

「惑星にたどり着いたら、わたしたちは間違いなく立つことができる」

ラヴィはただ彼女をまじまじと見つめていた。ソフィアが噴き出す。

「あなた、そもそも歴史のことを少しでも知ってる？」と彼女が尋ねた。

「試験には受かったよ」とはいえ、歴史は彼の得意分野ではない。

「それなら、知らない言い訳にはならないわね」ソフィアの笑みが、とげのある口調をいくらかやわらげていた。「この船団の打ち上げは各国政府の共同プロジェクトとしてはじまったのよね、それは覚えてる？　だけどＬＯＫＩが最後の瞬間になって手を引いた。おかげで第一世代は、この冒険的な事業のすべてを安く手に入れることができた」

「そうだね」ラヴィは名誉挽回しようと決意していった。「でも、当時の彼らは第一世代と呼ばれてたわけじゃなかったろ？〈自由財団（リバティ・ファウンデーション）〉と呼ばれてた。ホーム・ワールドの暮らしにうんざりして、ほかの星を目指すことを決意した集団」彼は皮肉な拳を頭上に振りかざした。「〝ＬＯＫＩ以前の人々のように！〟、〝束縛からの自由を！〟ってね。ぼくらの祖先は大きな悩みのたねだったに違いないね。賭けてもいいけど、彼らが去ってゆくのを見て、残りの連中はきっと大喜びしたろうね。それに加えて、ぼくらの祖先は船団に全財産を提供したんだ」

ソフィアがうなずいた。

「それじゃ、LOKIがなぜ手を引いたかについては覚えてる?」

「ああ、もちろん。LOKIがほかのことをやめたのと同じ理由からだよ。リスクが高すぎると考えたからだ。気に入らない不確定要素があまりに多すぎる。そんな状況で成功の見こみを正確に計算するなんてできるわけがない」

「そのとおり。そして、その不確定要素のひとつというのは?」

「スケイリン疫病」とラヴィはかつての試験の答えどおりにいった。「当時、疫病が発生していて、船に乗り組むクルーをうまく検査する手だてがなかった。LOKIは治療法のわかっていない疫病を密閉された狭い空間に持ちこむという考えを好まなかった。そこで連中はミッションを中止した」

ソフィアはあきれて目を上に向けはしなかった。だがもし彼女が歴史の試験を採点したなら、落第評価（F）をもらったろうとラヴィは感じた。

「LOKIのつくり出した制御不能な生物兵器のことはとりあえずわきにおいておきましょ。目標世界（デスティネーション・ワールド）自体に影響する不確定要素を考えてみて。わたしたちが実際にそこで生きていけるかどうかを」

ソフィアは彼をじっと見つめ、正しい答えを待っているかのようだ。あまりにも長い間があいたあとで、ついに答えが蛇口からしたたり落ちた。

「質量だ」と彼はささやき声でもらした。「たとえ疫病のことがなくても、目標世界(デスティネーション・ワールド)は重力が強すぎるかもしれないとLOKIは不安視した。惑星に着陸しても重力に耐えられないんじゃないかって」

「ご名答。最大で地球の質量の二・八倍にもなる可能性が推定されていた。人間が暮らしていくには大きすぎる――四十歳で膝を壊すか、心臓発作を起こしたいんじゃないならね。けれど、第一世代は故郷を離れると固く決意して、賭けに出たのよ」彼女が肩をすくめた。「とにかく、賭けに勝ったみたい。質量はせいぜい地球の一・五倍といったところだった」

「それでもかなり高いように聞こえるね」ラヴィとしては、通常より五十パーセントも重いという考えがあまり好きになれなかった。

「それは星系内の質量よ。惑星自体の質量はおよそ一・二倍で、ホーム・ワールドよりも大きな星だから、表面の重力はおよそ一・一倍くらいになる。それだったら、どうやら生きていけそうね。残りの問題は、いくつかの月。大きなのがひとつと、ほかに三つか四つあるかも」彼女は第七世代の幼児たちを無表情に見つめていた。「そっちはもう少し重力が強いだろうし、潮汐はホーム・ワールドよりも強そうだけれど、惑星に降りるさまたげにはならない」

ラヴィは彼女を不思議そうに見た。

「信じられないくらいすばらしい知らせを伝えているのに、あんまり興奮してるように見えないね」

「そう？　まだ自分でも解析の途中なのかも」彼女の視線はけっして子どもたちから離れなかった。つばの広い帽子をかぶった付き添い役の大人二人が、子どもたちを呼び集めるためにリスクを冒して日陰から出ていった。ソフィアの唇からかすかなため息がもれ出る。

「あなたは本当に惑星に降りたい？」

この質問は彼の不意を突いた。

「どうかな」彼は少し考えたすえに打ち明けた。沈みかけの赤いホーム・スターを不安げに盗み見る。「ぼくらに選択の余地はないだろ？〈減速の日〉は現実に、ほら、もうすぐ起こるんだ。そしてこれは片道の旅だ。いったん船が減速すれば、それで終わりだ。惑星の軌道に入る頃には燃料が尽きかけてる」

ソフィアが顔を戻して彼と向きあった。その表情は読みとりがたい。

「もしほかに選択肢があったら、あなたは降りようとする?」

「きみは?」質問に答えるよりも、訊くほうが簡単なように思えた。

「ノー」ソフィアは彼の目をじっと見据えている。「わたしの好きにできるなら、このまま進みつづける」彼女は視線をそらした。「宇宙の暗闇に向かって進みつづけるの。その先に何があるのかを見るだけのためにも」

「ボン・ヴォイみたいだね」ラヴィは口調をかるくたもとうとしたが、うまくいったか確信はなかった。ボン・ヴォイの集会で、マスクをはがされて怒鳴るジェイデンの顔が脳裏に浮かんだ。

ソフィアがおもしろがるかのように唇をゆがめた。

「あたしも何人か知ってる。それに、わたしの一族をひどくいらだたせてるスローガンも。でも、そういうのは、本当のところ、わたしの好みじゃない。わたしたちイボリ家の者は、とにかくミッション遂行あるのみだから」彼女が手を伸ばし、彼の頬をそっと撫でた。肌が触れた部分が炎のように熱くなった。

「あなたは運がいいわよね。そのことをわかってる? マクラウド家の生まれで。本気でいってるのよ」彼の表情を見てとり、彼女がつけ加えた。「あなたの一族は、わたしのおじさんにいわせると、〝まったく成功していない〟」ラヴィは急な怒りを覚えて身を固くし、顔が熱くなるのを感じた。「だから、あなたの未来をあらかじめ決めるものは何もない。あなたはなんでも自分の好きなものになれる」冷静な手が彼の手首に重ねられた。「イボリ家の者であることには……期待がともなう。過去にはイボリ家の航法長が三人出た。それと、航法長兼船長も。その上に、副天文長も」彼女は皮肉な笑みを浮かべた。「それと一族のもて余し者」彼女の笑みは、はかなく消えていった。「そうしてこのわたし、ソフィア・イボリは、未来の航法長候補で、そしてもしかしたら船長候補かも」

彼女のその声に、皮肉のほのめかしはまるでない。あらかじめ未来が決められているという認識を落ちついて表明しただけだ。

「それほどひどいことのようには聞こえないけど」

頭のなかに父親の顔が浮かび上がった。〝くそったれな士官どもめ〟と父親なら怒鳴り、床に唾を吐き捨てることだろう。〝この船のすべての者が自分たちのおかげで生きていると思いこんでやがる〟と。

「ひどいことのようには聞こえない？」ソフィアの声は彼女が遠くにいるように聞こえた。自分の未来を測ろうとするかのように。「軌道上をぐるぐる回ってるだけの船の航法長？着陸用機材に分解されていく船の船長？」

彼女は手を伸ばし、ラヴィの膝をいきなり、親しげにぎゅっと握った。「この話は忘れ

て。わたしたちはここで地球2・0について話しにきたわけじゃない。土壌の化学についい
て話しにきたのよ」彼女はラヴィに向けて口をとがらせて見せ、そのせいで彼の心臓が跳ねた。「この陽イオン交換容量っていうもの全体。わたし、まだこれが何かよくわかっていなくて」ソフィアが彼の頭にキーをほうってよこした。「こっちに合流して、もっとそばで教えて」

ラヴィは興奮のあまり、キーをあやうく落としかけた。

13.0

翌朝、ラヴィが目を覚ましたときには目標世界（デスティネーション・ワールド）の質量のニュースが船内じゅうに広まっていた。本当のところをいえば、この惑星については化学組成や外見上の表面温度、そしていましがた判明した質量のほかはほとんど何もわかっていないが、〝下に降りて〟暮らすのはどんなものになるだろうかという推測で通路を行き交う人々の話題はもちきりだった。機関士の説明会議では、勢いこんだ誰かが、これからはじまることになる生活環境を前もって経験してみるためにも、居住区輪の回転速度を一・一Gに上げてみてはどうかと提案した。チェン・ライの返答は辛辣なものだった。

「すばらしいアイデアだ。それでは、超巨大な、百三十二年ものの、歯車の最後のひとつまですり減らして動いてきたメカニズムの負荷を上げてみるとしよう！ それでなんの問題があるというんだね？」

答えられる者がいるなら答えてみろといいたげに、機関長は室内を睥睨（へいげい）した。この挑戦を受けようとする者はいなかった。

チェン・ライの辛辣な反応はともかく、この最新の発見に熱狂しなかったのはボン・ヴォイだけだった。彼らがハッキングしたドローンが煙を噴き上げながらスローガンをオーストラリア輪じゅうにまき散らしていった――〝士官の領地〟も含めてだ。噂によれば、ドローンを黙らせるだけのために、船長みずからの手でバールをくらわせたのだそうだ。

その一方で、アンシモフとラヴィは急に増えた壁の落書きを掃除するためにバミューダ輪へと派遣された。

「なんていうろくでなしどもの集まりなんだ」とアンシモフが不平をもらす。高級そうなカフェの正面の壁を彼のドローンが掃除しているところだ。「〝彼らの世界を救え〟か、ばかいえ」彼はくだんのスローガンを洗い流した。「おれたちがたどり着くまでは、誰の惑星ってわけでもないだろ。そしてそうなったあとは、おれたちの世界だ」ドローンがウィーン、シュッと低い音を発しながら、回収した塗料をリサイクルするためにたくわえていく。

ラヴィは作業から顔を上げようともしなかったが、アンシモフの存在は〈ハイヴ〉内で感じとれた。実用本位の彼のコードが小さなロボット集団のあいだをあわただしく行き来している。ラヴィ自身のコードは最小限のもので、より洗練されている――ボスのコードのようにだ、まさしく。だがそれは、アンシモフのコードのような力強さを欠いていた。彼のパートナーが使っているドローンは割り当てられた作業をかなり手ばやくこなしている。

「きみは本当に惑星に降りたいかい？」とラヴィは尋ねた。樹木園でのソフィアとの会話のことを考えていたところだった。火の玉のように燃えさかるホーム・スターのイメージが彼の記憶の隅を焦がしていた。アンシモフから返ってきたのは懐疑的な笑い声だった。

「冗談のつもりかよ？　もちろん、降りたいに決まってるだろ！　おれがその機会をもてるようにと、五代前のじいちゃんやばあちゃんがこの船に乗りこんで、文字どおり命を捧げたっていうのに、いまになっておれが尻ごみするとでも？」アンシモフは首を横に振った。「ありえないな、友（アミコ）よ。下に降りる許可がおりしだい、おれは実行に移すつもりだ」

アンシモフのコードの転送速度がわずかにゆるんだ。

「そっちは下に降りないことを考えてるのか？」その声の響きは、賛成しかねるとはっきり示している。

「いや。えと、はっきり決めてるわけじゃない。つまりさ、これは新しい輪に引っ越すのとはわけが違うだろ？　ぼくらは表面に——巨大な岩玉の表面にしがみつくことになる。忌々しい（サーディング）主星のすぐそばをぐるぐる回りながら。シールドもなければ、隔壁も、生命維持システムもなく、ただランダムな層になったガスが覆ってるだけで、それだって一瞬で吹きとばされるかもわからないのに」ラヴィはそう考えて身震いした。「きみも認めろよ、ヴラド。そう考えると、鳥肌が立ちはしないかい？　ほんの少しも？」

「〈アーキー〉の鉤爪にかけて、ラヴィ！　人類の誕生が惑星上ではじまったことはおまえも知ってるよな？」

「それはマラリアだって同じだよ。前にもそれが起こったからといって、それがいいアイデアだとは限らない」彼は息を深く吸いこんだ。「とにかく、まだ何年か先の話だよ。ぼくらは軌道上をめぐりながら観察をつづけて、永遠に等しい時間をそうやって過ごすことになる。そしてそのあとで、遠征調査がはじまる。そして試験的な短期滞在や、その後の隔離があって。そしてこういうすべてが終わったあとで、船の輪を解体して上陸艇につくり替えないといけない」彼はいたずらっぽい笑みを浮かべた。「予言しておくけど、実際に下で暮らしはじめる頃には、第七世代が大人になってるだろうね」

「そうならないことを祈りたいな。うちの一族は〈出航の日〉からくそったれな士官どもにくそみたいな目にあわされてきた。だからおれは、たくさんのドローンといっしょに下に降りて、人間的な生活に可能なかぎり、ほかの誰からも離れた場所にこれっくらいのでっかい土地を切り取って、それ以降は誰からも二度と命令されるつもりはないね」アンシモフが腕を大きく広げて見せた。「一生のうちに使いきれないくらいの土地を手に入れてやる」と彼が豪語した。「いまんとこ考えてるのは、そうだな、五十平方メートルくらいか」

ラヴィは低い口笛をもらした。個人の空間となると、アンシモフの夢は壮大だ。

「おい、友(アミコ)」とアンシモフが急に呼びかけた。「なんだかあれは……」

アンシモフが何を尋ねようとしたにしても、それはやわらかなシューッという音にかき消された。そうして、液体があふれ出る大きな音に変わった。ラヴィの顔から血の気が引いていった。アンシモフも衝撃を受けた顔をしている。どこかこの近くで、船内の水が漏れている。ラヴィは実際に見なくても、そのようすをありありと思い描くことができた。貴重な水がバシャバシャとまき散らされ、あちこちの区画に流れこみ、すべてをだめにしたそのあとで、暗くひそやかな隙間に流れ落ちて二度と回収できなくなるさまを。そう考えると彼は口のなかがからからになった。パニックを起こしかけ、心臓が重たく跳ねる。

おい、しっかりしろ！

「こっちだ！」ラヴィは大声で叫び、ほぼ全力疾走で通路を駆けだした。彼が率いるドローンの群れも急いでつづいた。輪のこのあたりは重力がせいぜい〇・八Gしかないために、すばやく動くことができたから、ほんの数秒でいちばん近い環状通路に到達した。彼は交差路で少しのあいだ足を止め、バーチャルの船内図を引きおろして、実際の耳をすまして方向を確かめたうえで、左に駆けだした。背後からアンシモフの重たい足音が響く。ラヴィのうなじが電気の流れでちくちくした。アンシモフが〈ハイヴ〉に巨大なコードのかたまりを投げつけている。援護を求める叫び、非常事態発生だ。

少し前方の、交差路の手前に何人か立っていた。びしょ濡れで、あわてふためいている。交差路に到着すると、その理由は容易に見てとれた。通路の床下で配水管が破裂して、間欠泉のように噴き出した水が床板を三枚めくり上げていた。泡だつ奔流が天井に激しく打ちつけ、刺すように冷たいしぶきとなって跳ね返り、新たな穴をうがとうとしている。水は無分別な奔流となって通路の両方向に流れていき、ドアの下に少したまったうえで床に吸いこまれ、輪の奥に呑みこまれていく。

ラヴィは落胆とともに見守った。船内のリサイクリング・システムであっても一度には扱いきれない量だ。ある程度は汚水ために回収されるだろうが、汚水ためもいずれはあふれて、残りは単に消えていく。そうなったら二度と回収はできないだろう。

彼は船内図上で配水管をたどり、いちばん近いところにある遮断弁を特定したところで眉をひそめた。遮断弁は管が破裂した瞬間に自動で閉じて、水の流れを止めるはずだ。彼の頭のなかのライブ映像はじつに明白だった。遮断弁はすでに封鎖され、そう意図されたとおりに機能している。

だが、水は減ることなく噴き上がっている。容赦のない、凍えるような冷たさのしぶきで空気中の熱が奪われ、周辺をうすら寒くしていた。ラヴィの全身に鳥肌が立った。ドローン二機を水よけに使ってしぶきを極力避けるようにしながら、彼は水びたしの通路を苦労して進んでいった。ドローンはどうやら防水性ではなかったらしい。じきに勢いがなくなり、火花のシャワーを散らして動かなくなった。ずぶ濡れになり、愚かにもドローンをだめにしてしまった自分に毒づきながら、ラヴィはさらに進みつづけた。身体を低く折り曲げながら、彼はとどろく間欠泉のような水の噴出の下にもぐりこんだ。水音は耳を圧するほどだ。背後では、つるつるすべる床板にアンシモフが足をとられて倒れた。ラヴィは進みつづけた。アンシモフもぶざまな動きで急いで立ちなおる。

噴出箇所からさらに二十メートルほども進むと、うまく機能していない遮断弁の上の床板はほぼ乾いていた。ラヴィはドライバーを取り出すと、床板のボルトをゆるめにかかった。言葉を交わすことなく、アンシモフもそれにならう。二人は床板を持ち上げて、下の溝をのぞきこんだ。そうして、今度はお互いに顔を見あわせる。

「〈アーキー〉の鉤爪にかけて！」とアンシモフがつぶやいた。「これが正しいわけがない」ラヴィは友人が船内図を確認し、さらに確認するのを感じた。「こりゃひどい、友（アミコ）よ。

ひどい」両者とも眼球内のカメラをオンにして、あとで検証できるように録画しはじめた。

何者かが配水管に別の管を分岐していた。しかも、うまい出来ではない。メインの水道管、船内図に示されている管は、いまは閉じられた遮断弁のほうを通っている――まさしく設計どおりに。だがもう一本の管は、遮断弁を迂回してある意味でバイパスとなり、その少し先で管に再合流している。そしてバイパスの管自体にはさらに二本の管――ちゃちな急ごしらえのホースでしかない――につながっていて、それがすぐそばのいくつかの区画のほうに分岐していた。

二人の背後では、水の漏れ出るとどろきが衰えることなくつづいている。

ラヴィはひどいありさまの配水管をまじまじと見つめ、その意味を理解しようとした。これを細工した何者かは、間にあわせのY字管で本来の管をふたつに分岐させていた。Y字の片方の管は〝正常に〟遮断弁のほうを通っていて、もう一方の管がバイパスのはじまりを示している。粗雑な意味で納得はいく、とラヴィは考えた。つまるところ、水を一本の管から別のに分けるとき、ほかにどうすることができようか？

だが、奇妙でしかもラヴィには意味がわからないのは、Y字管の真上に取りつけられた珍妙な仕掛けの存在だった。彼は眉をひそめ、自分が何を目にしているのか理解しようとつとめた。それは――ほかに描写のしようがないが――輪っかのように見えた。管の上に輪っかがついている。なんのために？　それが発する電子信号を拾おうと精神を集中させて、彼のまぶたがぴくぴくした。何も感じられない。実際に自分の目で見ていなかったなら、まったく存在しないも同然だった。にもかかわらず、この珍妙な仕掛けには奇妙に見覚えがあるように思えた。以前にもこれと似た何かを見たことがある。だが、どこでだったのかはどうしても思い出せなかった。

アンシモフが顎をさする。彼のカメラアイは、目にしているものを記録していくあいだ、ぼんやりしたガラスのように見えた。ラヴィはコードの流れから、友人がそれをどこかに忙しく転送しているのだとわかった。

「救援部隊が駆けつけてる」とアンシモフが告げ、そうして顔をしかめた。「ただし、到着までに少なくとも十分はかかりそうだ」

ラヴィは水音に耳をすましながら、絶望した。この流出量では、十分間は永遠にも等しい。

「何か助言はもらえたのか？」

アンシモフが首を横に振る。

「連中もおれたちと同じくらいまごついてる」と彼がいって、輪っかを指さした。「それに、どえらく困惑してる。連中にも確実にいえるのは、誰かがこれまで水を盗んできたってことだ」

ラヴィは暗い顔でうなずいた。確かに水泥棒というのは、彼らの足もとからくねくねと伸びているループ・ゴールドバーグの漫画ばりの奇天烈な配管の説明になる。急な怒りの高まりを彼はどうにか抑えこんだ。どの世代にもそういった連中がある程度は存在したことを彼は知っている。ほかの者の資産を盗むことがいいアイデアだと考える、反社会的なろくでなしどもが。だが、水を盗む？　彼の唇が厳しく引き結ばれた。そういった連中にはリサイクリング処分でさえも生ぬるい。

ラヴィと同様に、アンシモフもこの輪っかをスキャンしようとするのに忙しかった。だがラヴィと違って、彼のやり方はぎこちない。彼のコードはあちこちに跳びはねて——なかにはラヴィ自身のインプラントに跳ね返るものもあった。彼のこめかみに突き刺すような痛みがはしった。

「おい、ヴラド、やめるんだ！　何も見つかりはしないよ——それに、ぼくの頭をかち割りそうだ」

乱雑なデータの噴出がおさまった。

「悪い、悪い、友（アミコ）」アンシモフがきまり悪そうに輪っかを指さした。「深いところにまぎれてて見えないのかと思って」

ラヴィは同情しつつ首を振った。

「そこには何もないよ。信じてもらっていい、ぼくもやってみたんだから。これがなんであるにしても、〈ハイヴ〉とはつながってない」

もっとよく見えるようにアンシモフが屈みこんだ。触れてみようと手を伸ばしたものの、その寸前で引っこめる。

「LOKIか何かだと思うかい？」

ラヴィはボズボールのことを考えた。あれが床をころがったり、脚を生やして歩いたり、壁をよじのぼったりするさまを。あのセンサーの性能のことを。あれがみずから考えて行動する恐るべき能力のことを。

「いや」と彼はようやくいった。彼の視線が間にあわせのチューブの先をたどっていく。「これはあまりにも粗雑だ。もしこれがLOKIだとしたら、もっと、ほら、統一性があるだろうから」彼は眉をひそめ、正しい言葉を探した。「こいつは……ばかげて見える。LOKIはいつでもはっきり見えるわけじゃない。ああいうのは〈ハイヴ〉を必要としないから。人が気づくのは、そいつが何かにつながったときだけだ」彼はこの輪っかをつま先でつついた。「だけどこいつは、〈ハイヴ〉が何かさえも知らないだろう。鉄器時代の何かの遺物みたいだ」

そうして唐突に、彼はそれが何かわかった。

というのも、それが本当に鉄器時代のような過去からやってきた代物だったからだ。ホーム・ワールドでつくられてきたあらゆる潜水艦映画で目にすることができた。

彼はしゃがみこみ、輪っかを手で握って回そうとした。

輪っかはキキィーッと小さく鋭い音をたててその圧力に屈した。ラヴィは輪っかがそれ以上回らなくなるまでひねりつづけた。

通路の向こうでは、水の噴出するとどろきがしだいにおさまっていく。アンシモフが驚いた顔で彼を見ていた。

ラヴィは急に当惑して、肩をすくめた。

「まぐれ当たりだよ」

通路に水を跳ねとばして近づいてくる足音が聞こえた。チェン・ライとペトリデス副機関長、さらに部下の機関士が二名、そしてボットの小部隊だ。まるまるとしたロボットのゴム車輪が水で濡れて、ぬらぬらと光っている。アンシモフの画像とリンクしているため、説明を求めて時間を無駄にすることもなかった。彼らもすべてをみずからの目で見ている。鋭いコードの一撃を受け、ロボットたちが動きはじめた。ホースが伸ばされて、ポンプが貪欲に吸いこみはじめる。驚くべき効率性で、それらのロボットは貴重な液体が忘却のかなたに流れ去る前に何リットルも回収していった。

チェン・ライはいつも以上に陰気な顔でこの破壊行為を調査していった。にわかづくりのバイパスをじっと見つめる顔は、怒りで石の面のようだ。

「船内警備隊（シップセク）をここに呼べ。そして、〈アーキー〉にかけてこのホースをたどり、これを設置したくそったれな阿呆どもを見つけ出すのだ！」彼は自分のブーツについた小さな水滴をにらみつけた。それを一滴もこぼすことなく、通り過ぎる回収ロボットのホースに落としこむ。「誰かがこの報い（むく）を受けることになろう」

「わたしがやります」とペトリデスがこわばった声で応じた。普段は陽気な副機関長の顔つきが、激怒に近いものに置き換わっていた。彼女の怒りに満ちた視線が大洪水のすべてを見てとったうえで訓練生二名に留まった。ラヴィはどうしてか自分がペトリデスの激高の原因にされるのではないかと不安になり、思わずたじろいだ。「マクラウド、アンシモフ、わたしといっしょに」

いまでは閉じられた輪っかと同じでにわかづくりの管は反応がなく、〈ハイヴ〉上では見てとれなかった。だが、ペトリデスの容赦ない命令のもと、ラヴィとアンシモフはドローンのセンサーを別の用途に使い、昔ながらのやり方で、手足を擦り剝きながらホースを最後までたどっていった。実際にそうするには三時間半もかかり、通路に沿ってうねらとたどり、隔壁を越え、そして下へ、つねに下へと階層をくだり、ついには輪の底まで降りていった。人間が暮らすぬくもりと輪の外殻の氷のごとき冷たさのあいだに存在する、機械や装置のほかに何もない空間へと。

「こんなくそったれをおれは信じないぞ」とアンシモフが、無意識のうちに小指の小さな切り傷を吸いながらつぶやいた。彼の作業服には——ラヴィのと同じように——雑多な汚れがべっとりとついている。白い息が薄暗い灰色の空気中に浮かびあがる。

すべての管がにわかづくりの巨大な貯水タンクに通じていた。ラヴィは口笛を低くもらした。少なくとも、一万リットルの容量がありそうだと彼は見積もった。船の正式な貯水タンクと比較できるサイズではまったくないが、こっそりつくりあげたものとしては明らかに巨大だ。タンクのつくりは効率的だが粗雑で、技量よりも熱意にあふれた何者かによってあちこちで不格好に接合されている。各パーツ自体もゆがんで一定でなく、間違いなくこの製作には小さすぎる軽量プリンターでつくられていた。いうまでもなく、これは船内図に載っていない。

「ふうむ、少なくともこれで、なぜ正式なタンクの貯水量があれほど低くなっていたのかが判明したわけね」とペトリデスがつぶやく。「何者かがこっそり抜きとっていたというわけ」

ラヴィの思考がちょうどその瞬間にフラッシュバックした。副機関長は彼を使って、先史時代の測鉛線でもってタンクの水量を測らせたことがあった。そして、測られた水量に彼女が不満げだったことも。

副機関長は少しのあいだ眉をひそめていた。

「けれど、取水口がどこにも見当たらない。このタンクだけでは失われた水量を説明するには充分とはいえない。一時的にここにためて、どこか別の場所に移してるに違いないわね。ということは、何か汲み出す手段があるに違いない」

「取水口は反対側にあるのかもしれませんね」とラヴィが提案した。タンクは林立する小さな管や大きなポンプ二台のあいだの隙間にきつく挟みこまれている。彼らが立っている張り出し通路からではすべてを見わたせるわけでもなく、彼らのインプラントでアクセスできるセンサーは付近にひとつもない。ペトリデスは考えこむようすで二人の訓練生をじっと見た。次に何が起こるのかについて、ラヴィにはなんの疑念もなかった。アンシモフより、彼のほうがはるかに身体が小さい。

「身をよじって入りこめば、反対側まで確かめにいけると思う?」

「はい」

輪のいちばん底のこのあたりでは、重力が通常よりも少し大きいことを考え、彼は慎重に慎重を重ねて配管のあいだをよじのぼっていった。〈出航の日〉以来誰にもじゃまされずに残ってきた古からの汚れが、彼の手や顔や作業服に付着した。彼はなんとかタンクのてっぺんを渡って、向こう側をのぞきこんだ。反対側はとても深く落ちこんでいる。こちら側にも張り出し通路があって、逆側のものよりも三、四メートルは低いだろうか。ラヴィはそこに取水栓のようなものをかろうじて見てとった。

ますます自分が、ホーム・ワールドの森で暮らす、人間に姿の似た大型の霊長類のように思えてきたが、彼は管から管へとつたってすべり降りていき、張り出し通路にどうにか飛び降りることができた。ドスンと音をたてて降りると、重労働のあとで荒い息をついた。彼通路の網目格子の床ごしに見おろしてみても、さらなる管と闇以外には何も見えない。彼は反対側に歩いて戻れる道を見つけられるのではないかと心から期待していた。もう一度よじのぼるのはあまり気がすすまない。

《こっちに取水栓があります》と彼はコードを送り、画像も添えた。《取水栓から先の管はありません》彼は通路の先に視線をはしらせた。通路は幅が広く頑丈なつくりで、ブーンと低い音をたてている排水タンクの向こうに湾曲しながら消えている。車両でも通れるくらい広くて頑丈だ。《連中は給水車を持ちこんで、単に別のどこかに移してるんだと思います》

「その推測は正しいような気がするわね」とペトリデスが声を使って応じた。「確かめられ……」

彼女の声は、どこか近くでエレベーターのドアがシューッと開く音にさえぎられた。とても近くで。車輪つきのまるまるとしたクリーニング・ボットの巨体が、排水タンクの向こうから重たげにやってくるのが見えた。泡立つコードをともなっている。そうしてクリーニング・ボットのずんぐりしたメインタンクの背後からほんのわずかに見えてきたのは、人間の顔だった。面長で、まだ幼い。間違いなく見覚えがあった。そして向こうも、ラヴィ自身とまさしく同じくらいびっくりしていた。

「くそっ！」少年のコードがブンブンとざわつき、規律がまるでなっていないが、クリーニング・ボットをオーバードライヴ状態に駆りたてた。そのモーター音が悲鳴のように高まった。重さ数百キロの機械がラヴィの方向に通路を突進しはじめ、衝突して彼をぐちゃぐちゃにしようとしている。

そうして、キィッーと音をたてて止まった。急な減速のためにブレーキが煙をあげる。少年の子どもじみたアルゴリズムではラヴィに太刀打ちできるはずもなかった。少年は機械の制御を失った。そして今度は、彼のほうが逃げ出すはめになった。おびえた少年は見えないエレベーターのほうに猛然と駆け、ブーツの足音が通路の格子網にガシャガシャと音をたてる。

　ラヴィがクリーニング・ボットを反対方向に向けるのに、ものの一秒とかかりはしなかった。もっとも、そのあいだに、クリーニング・ボットは外見どおりのものではまったくないことを彼は知った。水を運ぶように改造されている――しかも、大量の水を。運のいいことにタンクはからっぽで、荷重のない機械はかなりのスピードを出せた。ボットは少年を追って突進し、排水タンクを縫うようにはしる通路を右へ左へと車体を揺らしながら、エレベーターのほうに戻っていく。ボットは少年のあとを追ってエレベーターのドアが閉じる前にとびこみ、少年を奥の壁に釘づけにした。少年がもがいて逃れようとするたびに、モーターがウィーンと音をたてる。ペトリデスとアンシモフがそこにまわりこむ道を見つけるまで、ラヴィは少年をそのままの状態で押さえつけていた。彼らがやってくる頃までに、チェン・ライ、ヴァスコンセロス、そして船内警備隊士官の分遣隊もすでに現場に到着していた。警備隊長はクリーニング・ボットの強烈な圧力をゆるめるようにと命じなかったから、ラヴィはそのまま押さえつけておいた。なにしろこの少年は、ボットを使って彼を轢き殺そうとしたのだから。ラヴィは必要以上に少し力を加えることに良心の呵責を感じもしなかった。少年の息づかいはせわしなく、かるくあえいでいる。

「メネンデス研修生」とヴァスコンセロスがゆっくりといった。「ここで会うとは奇遇だな。またしても」

ようやくいまになって、どうしてこの少年にどことなく見覚えがあったのかにラヴィは気づいた。ウィレム・メネンデス。ヒロジ・メネンデスの弟だ。医療部訓練生のヒロジは、エアロック送りにされるには家柄がよすぎるが、その祖父は貨物搬入技術者だった。弟のメネンデスはソフィアが〝一家のもて余し者〟と呼ぶような存在だ。愚かなことばかりしている子どもで、やっかいな状況におちいるたびに父親がいつも手をまわして助け出してやっている。この子がもしマクラウド家の生まれなら、いくらまだ年少とはいえ、彼の素行レーティングは〝死の重し(デッド・ウェイト)〟に危険なくらい近づいていることだろう。そして実際に……

「くたばれ、船内警備隊(シップセク)め。あんたらにしゃべることなんて何もないよ。なんにもね」

ヴァスコンセロスの目が危険なくらい細くなった。

「これは若さゆえの愚かないたずらとはわけが違うんだぞ、小僧。これは水の窃盗だ」彼はちらっとラヴィのほうを見た。「そして、殺人未遂の可能性も大いにある。きみのお父さんも今回は助け出してやることもできまい。だから、すっかり話してしまったほうがいい。しかも、いますぐに」

「そうしなかったら？」

「堆肥にされる」

その言葉が胸にぐさりと刺さったようだ。巨大なドローンによって壁に押しつけられ、親しげではない大人の顔にばかり囲まれて、思春期の子どもにありがちなメネンデスの反抗的な態度はいっきに崩壊した。こらえきれずに、目に涙がたまっている。ラヴィは少年の胸を押さえつけていた圧力をゆるめてやった。

「よく知らないんだよ」少年がくすんと鼻をすする。「何カ月か前にボン・ヴォイのデモに参加したんだ。そしたら、手書きのメモを渡されて、もっと何かやりたいかと訊かれた」

「て、手書きの？」

「うん、鉄器時代みたいに。跡をたどれるやつじゃなかったよ。記録が残らない」

頭のいいやり方だ、とラヴィも認めざるを得なかった。だが彼には、何かを〝書く〟のに自分の手を使うということが想像できなかった。その必要があれば、指でキーボードを叩くのはまったく問題ない。だが、言葉をつむぐために、インクを含んだ細い棒を指で握るというのは、まったく別の話だ。

「それで、きみは手伝うことに同意したのか？」

「うん」

「それで、手伝うことに同意したあとで、誰と会った？」

「誰にも。〈アーキー〉に誓って、やりとりはすべて紙に書かれてたんだ」

「その紙を持っているか？」

メネンデスが首を横に振った。ヴァスコンセロスがため息をつく。

「きみにとっていい状況とはいえないな。ほかに何か話せることは？」

「ときどき、クリーニング・ボットを取りにくるようにってメッセージをもらって」――少年は目の前のドローンをぽんとかるく叩いた――「こいつをここまでおろして、水を移すようにって。それで、もともとあった場所にまた戻すんだ」

「その場所というのは？」

「バミューダ輪7、デッキ3の、水耕栽培所のわきの管理室」

「それで、誰かがそれを回収するのを見たことは？」

「ないよ」

「興味をもたなかったのか？」

「えと、うん。けど、これを台なしにしたくなかったんだ、ほら。彼らの世界を救いたくて」

怒ったようなつぶやきがエレベーター内にあふれた。ヴァスコンセロスがその場の全員をにらみつけて黙らせる。

「それで、なんのために水を使うのか、知っているのか？」

少年はためらった。乾いた唇をなめる。

「二度と同じ質問はしないぞ」

「なんていうか、自分でも知ってるのかわからないんだ。けどさ、噂はときどき聞いたことがある。水は賄賂にするためのものだって。おれたちがやってることのために必要ないろんなものをつくる人に」

「いろんなもの？」

少年がうなずいた。

「どんなものだ？」

「さっぱりわからない」

だが、ラヴィにはわかっていた。彼はハブでボン・ヴォイのデモ集会に遭遇したときのことを覚えていた。巨大なホログラムをつくっていたことを。〝降り立つな。汚すな。彼らの世界を救え〟。誰があれをつくったにしても、相当な技量だ。報酬を払うのもうなずける。

ヴァスコンセロスが唇を引き結んだ。

「それについて、もっとくわしく話しあうとしよう。営倉でな」

警備隊長のそっけないうなずきによって、船内警備隊（シップセク）士官たちが少年に手錠をかけて連れ去った。クリーニング・ボットも証拠品として押収された。一方の機関士たちはその場にとどまり、チェン・ライの指示を待った。機関長の冷たい視線が訓練生二人にさっと向けられた。ラヴィはたじろがないように懸命につとめた。

そうして、チェン・ライが何か奇妙なことをした。じつのところ、とても奇妙なことを。

にんまりとした笑みをのぞかせたのだった。

「よくやった」と機関長がいった。「じつによくやったぞ」彼は二人の肩をぽんと叩くと、にわかづくりの貯水タンクを調べにすたすたと去っていった。

ラヴィとアンシモフはただ顔を見あわせて、困惑のあまり口もきけずにいた。

14.0

行動には結果がともなう。チェン・ライの異例なほどの機嫌のよさは次の日（ソル）までつづいた。そういったわけで、ラヴィがちょうどシフトを終えようというとき、まぶたの裏側でメッセージがもぞもぞとうごめいた。

《水漏れの対処は見事であった。明日の〇四三〇時に小型艇用エレベーター前に集合せよ。〈ボーア〉を往復する五単位（クレジット）の実地訓練がある。出発前の点検をおこない、貨物を積みこみ、新たなセンサー計器をテストすること——そしてプレイオフの試合の前列席が用意されている。タスク・リストを添付しておく》

くたくたに疲れていたにもかかわらず、ラヴィはにんまりしていた。明日の出航は、近ごろ船内チャンピオンの座についたインペリアルズの選手たちをフリート・カップの初戦に乗せていくためのものだ。ラヴィはそれほど熱心なフリーボールのファンでもないが、それはたいした問題ではない。ほかの誰もがファンなのだから。彼と任務を代わるためなら自分のマザーボードであっても差し出す者が大勢いるだろう。彼はクラスでいちばんイケてる訓練生になりつつあった――ほんの一、二日のあいだだけだとしても。〝学問に縁のない家系〟の者にしてはなかなかのものだ、と彼は考えた。

もうひとつ別のメッセージが彼のインプラントに届いた。

《〈アルキメデス〉営倉――参考情報――船員番号 6-7864 ロベルタ・J・マクラウドを、追って調査結果が出るまで釈放とする》

ラヴィはドローンのスイッチを切り、道具をしまいながら曲にならない口笛を吹いた。シフトが終わると、彼は〈ハイヴ〉内で呼びかけた。

《おーい、ボズ！》とメッセージを送る。《釈放おめでとう。会うかい？ いつもの場所で？ いつもの時間に？》

返事はなかった。夕食を済ませ、彼女に再度メッセージを送るまで、ラヴィはそのことをあまり深刻に考えていなかった。今度も返事は何もない。彼は追跡装置(トレーサー)を送ってしばらく見守ったものの、それは〈ハイヴ〉のごちゃごちゃした細かい情報(ビット&バイト)の混乱に呑みこまれて消えていった。なおも返事はない。ラヴィは〈アンシモフの店〉で一人で食べていたが、すっかりきれいになった皿をあとに残し、眉をひそめつつ帰途についた。

《無事かい？》

ボズは子どもじゃないんだぞ、と彼は自分にきつくいって聞かせた。彼女が話したくないというのなら、そうする必要はない。

だが、それにしても。

ボズはいつだって話したがりだった。

彼は狭い自室内をぐるぐる歩きまわっていたが、ついに就寝時間になると、床につく代わりに夜サイクルの闇のなかにそっと抜け出していった。不安の小悪魔（グレムリン）を肩に載せて。

ボズの居室はフィジー輪の中間階層のすさんだ区域にあった。気づいてみるとラヴィはがたがた震えていた。このあたりは温度調節がけっして適切にはたらいておらず――この輪の配管設備の気まぐれ次第だ――厳密にいえば、居住空間として最低限度の〇・八Gをクリアしてはいるはずだが、誰も重力メーターをあまりくわしく調べてみようとはしなかった。ここは船内でも状態の悪い区域だが、賃料は安くて……

「スイッチをオンに」

ラヴィはいわれたとおりに従った。かすかな頭痛がこめかみをすりつぶそうとする。

部屋の向こう側では、モニター上に小さなカーソルがあらわれ、操作されるのを待って点滅している。

「よろしい。左に動かしてごらん」

ラヴィはスクリーン上の小さなドットを横に動かし、今回は自分のまぶたを動かさずにできたことに満足した。

「右には？……よろしい。じつにすばらしい出来だよ」

彼はにっこりした。完璧にうまくできたと思った。

背後の別の声が、彼には聞こえているとは思わずにいった。「おめでとう、ドクター。われわれの小さな化け物（フリーク）は先に進む準備ができたようだね……」

ラヴィは方向感覚が狂ってよろけ、隔壁にもたれかかった。小声で毒づき、頭をはっきりさせようとして、いったん目を閉じてからまた開く。まわりはすべて正常のようだった。夜サイクルの暗い照明、ごてごてと派手に落書きされた通路、〈ハイヴ〉のブーンという低いかすかな音。自分の鼓動だけが、異常のあったことを告げている。

いまのあれはいったい（サード）なんだったんだ？　と彼は自問した。歩いているあいだに居眠りするなどということは絶対にない。絶対に。

いらだちのため、彼は歯ぎしりした。

ぼくはおかしくなってなんかいない、と自分に激しくいって聞かせる。ぼくはおかしくなってなんかいない。

だけど、もしそうだとしたら？

ボズの居室がある狭く小さな通路に入ると、ラヴィはさっきのばかげた出来事をすべてわきに押しやった。この通路について思い出して、わずかに笑みが浮かんだ。うちの近所の壁は前衛的（アバンギャルド）な壁画で覆われてるんだよとボズは主張していたが、彼女は自分に都合よく解釈している。これは壁の落書きだ。とりわけ粗野な一文がラヴィの目に入り、彼は顔をしかめた。

ボズの居室のドアにコードを送り、ブザーを鳴らしてみた。応答はない。彼は吐く息が空気中に白く二度浮かぶまで待ってから、もう一度試してみた。結果は同じだった。

彼は眉をひそめた。すでにボズは、前回の規則違反を犯したときに夜間外出禁止処分になっている。彼女は自室にいる必要がある。いらだちのため息をもらし、彼は踵（きびす）を返して帰路につくことにした。

だが、三歩進んだところで足を止めた。

いいか、と彼の父親がかつてこういったものだ。他人の区画に入りこむことは何もそれほど難しいことじゃない、と。そのとおりだ。とはいえ、彼はあと少しで士官になる。士官というのはそういうことをしないものだ。その一方で、彼のいとこはマクラウド家の一員で、彼女ならきっと理解してくれるだろう。

ラヴィはあたりをさっと見まわした。通路はなおも人けがないままだ。彼はこの周辺の帯域幅をさぐった。データの流れは散発的にしたたり落ちている。〈ハイヴ〉に関するかぎり、ここでは何ひとつ興味ぶかいことは起きていない。

誰も見ていないことに満足して、ラヴィは機関部のリンクを開いた。自分の認証を使って、フィジー輪4のとある場所で壊れた流量調節弁を点検する作業命令を入力する。偽の命令をこしらえると、すぐさま自分で修理作業に志願した。単純な仕事で、訓練生にもってこいだ。そして機関部のアルゴリズムがじゃまだてする理由は何も見あたらなかった。機関部は翌日の彼のスケジュールにその作業を加えた。

スケジュールがアクセス・コードとともに送られてきた。それが彼のまぶたに届いた瞬間に、ラヴィはそれを使ってボスの部屋のドアの鍵を無効にした。ドアが開くときにかすかなカチリという音がした。ラヴィはそっとなかに入りこんだ。

ボスの居室がからっぽであることを見てとるには、ほんの〇・五秒もあれば充分だった。ととのえていないベッドはくしゃくしゃで冷たく、シャワーユニットはからからに乾いている。営倉を出てからボスがどこに向かったとしても、ここではない。

「ハンガリー輪にかけて、いったいどこにいるんだ？」彼は声に出して問いかけた。水垢で汚れた鏡のなかから見返してきたのは、懸念のしわが刻まれた自分の顔だった。

誰も応えはしなかった。

彼は皿を見つめていた。凝った装飾で、美しく、色であふれている。青、黄色、そして筆記体のような黒色の筋が有機分子のパターンで混じりあっている。

分子が消えはじめた。コケ状の巻きひげが皿のふちを覆い、まるみをゆがめてギザギザの醜い形に変えていく。不均等な緑の三角形に。

三角形がひとりでに形を変えていく。折りたたまれていたのが広がり、さらに広がって、巨大な、毒性のある芝生になった。

そして芝生の上には男が一人立っていた。丈の長いコートにバックルで留めた靴、そしてやたらと大きな白い鬘といういでたちだ。男は手にボズボールをつかんでいる。小さなＬＯＫＩはいまは白と黒で塗られ、灰色の斑点が散っている。男はそれを空中にほうり上げ、それが芝生の上に落ちてころがっていくのを見守った。芝生は実際のところ、黴だった。そしてボズボールがころがっていった部分はすべて茶色に変わって枯れ、茶色の芝生が広がり、さらに広がって茶色の木の幹になり、実ったリンゴが芝生にぽとりと落ちた。

だがそれは正しくない。もし芝生が枯れるなら、どうして草木が生えるというのか？

「明かりを」彼はもごもごと告げた。

頭が割れそうだった。ボスのことを心配するあまり、処方薬を飲むのを忘れていた。セレブロラクシンの小瓶が手つかずのまま、戸棚の上に載っている。

「くそっ（サード・イット）」とつぶやく。彼はリスクを冒してインプラントを〈ハイヴ〉につないだ。早朝のニュースフィードは〈アルキメデス〉の船内警備隊（シップセク）による逮捕のニュースで沸きかえっていた。水を盗んだボン・ヴォイのなかには、伝えられるところによれば、名高い一族の出身者も大勢いるという。容疑者は全員が〝札つきのイデオロギー信奉者〟であると報道されていたが、捜査に協力を拒（こば）み、目下のところ、盗まれた水がどこに消えたのかわかっていない。

あまりにも音が騒がしく頭に響いた。彼はうめき、すべてを遮断して、そろそろとベッドを降りた。起きる時間だ。

小型縦用エレベーターにたどり着く頃には、頭痛は耐えがたいものから単に痛むという程度まで弱まっていた——まだ夜サイクルであることが助けになったのは間違いない。暗い通路や巨大な洞窟のようなハブのなかは彼の瞳にやさしかった。

ただし、ソフィア・イボリほどの目の保養になるわけではなかったが。すらりとした長身に、髪を編みこんで肩に垂らした彼女が、エレベーターのところで彼を待っていた。彼女はいつものゆったりした優雅さで、積荷用のケージが並ぶなかにたたずんでいる。彼は呆けたようににんまりしていた。

「きみが今回の任務を取り仕切るのかい？」とラヴィは尋ねた。

ソフィアがにっこりと笑みを返す。少し目が充血していた。

「そのとおりよ」彼女が冗談めかして彼の手首に触れる。「できるだけ道に迷わないようにするから」

「そしてぼくも、船が無事に向こうに着けるようにするよ」とラヴィは厳粛さをよそおって約束した。

「おれの手助けなしじゃ無理だろうな」

声の主はアンシモフで、かばんを身体の前に浮かべ、顔には期待の笑みがこぼれている。ラヴィは落胆を呑みこんだ。輝かしいその一瞬、ソフィアをひとり占めできるものと思いこんでいたのだった。彼は自身の愚かさを責めた。もちろん、アンシモフも同行するに決まっている。アンシモフも水漏れに対処したのだから。航法長は訓練生の一人――そして自分の姪っ子でもある――を信用して、いつもどおりの往復路を単独で操縦させる気があるのかもしれないが、機関長のほうはそうではない。

彼はアンシモフとあいさつ代わりに拳をあわせ、挑むようににやりとしていった。「物を壊さぬように」

〈星間宇宙船（ISV）-1-小型艇（LB）-03　スピリット・オブ・サンクトペテルブルク〉を母船の中心軸からぶら下げているパイロンはハンガリー輪から船尾方向にさらに三千五百メートル行った先にあるため、エレベーターに乗っている時間はかなり長いものになった。そしてラヴィにとっては地獄のようだった。彼は周囲を見まわして、一人でこっそり吐くことのできる空間を探して絶望した。エレベーターは巨大で、使い古されて見える防護ネットで固定された積みこみ用の荷物であふれていたから、友人たちに見られないようにラヴィがふらっとただよって離れるくらいのスペースはいくらでもある。だが、見えないところにただよって離れるだけでは充分でなかった。どこに姿を隠したとしても、嘔吐する音はソフィアの耳にも届くだろう。そしてそれがヴラディミール・アンシモフのものでないことは彼女にもはっきりとわかるはずだ。

「調子はどうだい？」とアンシモフが明るい口調で尋ねた。しかしながら、その表情は同情心にあふれている。親友の胃袋の状態について、アンシモフはじつに鋭く認識していた。

「まあまあだよ」彼はそばのネットをぽんと叩いた。「ぼくらは大豆を運ぶことになるのかな？」

「噂によると、連中の水耕栽培所の調子が悪いらしい」

ラヴィはうなずいた。彼の落ちつかない胃袋がきりきりする別の理由を見つけた。もし〈ボーア〉の水耕栽培所が完全に壊れてしまったら、大豆をどれだけ送ってやったところで長くはもたないだろう。いずれ飢えることになる。

エレベーターに揺られる時間はありがたいことにようやく終わりを迎えた。ラヴィは小型艇のほうにただよっていき、人のいない一画を見つけて、思いきり吐いた。

午前の残りの時間は出発の準備についやされた。ソフィアにとってそれは、操縦室にすわって航法シミュレーションを実行し、小型艇の新たなセンサー計器をあやつることを意味した。ラヴィとアンシモフにとっては、荷物を積みこんで小型艇内の隅々までくまなく這いまわり、不備がないか確認することを意味していた。ドローンを使ってさえも面倒な汗みずくになる作業で、そのうえ彼は身をよじって船尾ポートの冷却管がある内部にもぐりこみ、古い溶接部分をダブルチェックしないといけなかった。同行する乗船客が到着するまでに、ラヴィの作業服は汗でぐっしょりと染みができ、頭から足先まで汚れにまみれていた。シャワーを浴びることを真剣に考えたくらいだ。だが小型艇内のシャワーは割増料金が百パーセントで、彼にその余裕はなかった。

「最初の当直を頼むよ」と彼はアンシモフに告げながら、わきの下に手をつっこむ姿勢をとった。無重力状態で腕が横にとび出すのを防ぐにはこうするのがいちばん簡単だ。「ぼくが後半の当直を受けもつから」

「そっちが先にやれよ」とアンシモフが提案した。彼は貨物室の隔壁にかるくつかまっている。インペリアルズの選手たちのくぐもった笑い声が反対側から聞こえてきた。同乗する客たちはまだ居室エリアに腰を落ちつけようというところだ。アンシモフが意味ありげな笑みをラヴィに向けた。「イボリ士官候補生をひとり占めしてこいよ。やわらかな操縦席、計器のほの暗い明かり、そして無数の星明かりが窓から射しこんでくる。この状況で、いったいどうやったらしくじると思う？」

ラヴィは首を横に振った。

「興味ないよ」と彼は嘘をついた。「彼女には彼氏がいる。それにぼくは作業で疲れたよ。ちょっとひと眠りしておきたいし」

ラヴィは操縦室の狭い空間にソフィアといっしょにいるさまを想像してみた。操縦席は隣りあい、手を触れるのにも充分なくらい近い。そう考えて、彼は切望でむずむずした。だが彼は全身が汚れていて、汗でぐっしょりのひどいありさまだ。そして彼女は……そうではない。

アンシモフが肩をすくめる。

「お好きなように。おれは新しいセンサーを確認してこよう。あれだけ大騒ぎした結果がどうなってるのか見てくるよ」彼はつかの間、眉をひそめた。「ばかげた水の無駄づかいだよな、おれにいわせりゃ。お偉いさん連中はいったい何を見つけるつもりなんだろうな、ちっちゃな緑色の宇宙人（リトル・グリーン・マン）とか？」

彼は隔壁のドアを開けて姿を消した。

星については確かにヴラドのいうとおりだな、とラヴィは考えた。本当に無数にある。小型艇のノーズはまっすぐ天の川の方角を指していた。星屑や密集した星からなる青白い川が空の片隅から反対側へと窓をよぎって長く伸びている。冷たく、またたきひとつしない明かりが操縦室のなかまでひっそりとしたたり落ちていた。ほかに明かりはなく、計器の明かりさえなかった。ラヴィは表示をオフにしていた。何もない空間をぼんやりと見つめ、頭のなかで思考をさまよわせる。

彼の〝下〟には、反対側の壁が操縦室と小型艇の残りの部分を隔てている。誰もがぐっすり眠りについていた。ソフィアとアンシモフはクルー専用の小さな部屋で、インペリアルズのメンバーは乗船客用の共有スペースで。小型艇のささやかなモーターはソフィアが数時間前にシャットダウンしていた。いまの彼らは巡航モードで、加速なしで静かに進んでいる。彼らの〝上〟のどこかで、〈ボーア〉が待っている。全長二十五キロにおよぶ、居住区輪や格子の中心軸、そしてまるくふくらんだ巨大なエンジン。だが、まだあまりに遠すぎて肉眼で見ることはできない。巨大な天の川を背景にした小さな点。いまこの瞬間、ここに存在しているのはラヴィと小型艇、そして星の大河だけだ。ほかのものは関係がなかった。

まぶたの裏側で数値がぱっとひらめいた。

表示はオフだが、計器自体はそうではない。彼はプラグインしていて、細いケーブルが彼のうなじのポートから伸びて操縦席につづいている。制御パネルすべてを彼の脳とじかにつなげていた。

通常なら気づきもしなかったろう。すべてが予定どおりであるかぎり、計器は静かなまだ。ところがセンサーがいきなり目を覚まし、彼のインプラントに小さな信号音が執拗に響いた。

外の宇宙空間に何かが存在している。百キロも離れていないところを並行して動いている。

それが九十キロを切った。八十キロ。計器は狂ったように反応している。じかにプラグインしているため、アンテナがすばやく神経質に振れているのを彼は感じとることができた。急に長距離レンズが照準をあわせた。データが彼の脳内の目に潮流のように流れこむ。

その物体は黒くて小さく、計器を最大限に使っても、ほぼ何も見えないに等しい。ラヴィがいえるかぎりでは、ずんぐりしたノーズの、ほっそりしたチューブのような形をしていた。後部にフレア状のかすかな広がりが見られる。何かの筐体(きょうたい)だろうか。おそらくは推進機関の。

ラヴィは眉をひそめた。それがなんであるにしても、これほど遠くまで単独でやってくるには小さすぎる。燃料を積むスペースがあまりないし、生命維持システムのためのスペースはさらに小さい。

もちろん、それをつくったのが人類だと仮定すればの話だが。ラヴィはこの妄想を笑いとばそうとした。だが、それでも鼓動が速まっていた。五十キロの距離まで近づいている。数値の変化を注視することに忙しかったため、誰かに手首をかるく撫でられてぎょっとした。

「ごめん」と彼はいって、視力をふたたび現実の世界に調節しなおした。「気づかなかったよ……」

言葉が唇から出かかったところで凍りついた。

それはブロンドの髪をした娘だった。ソフィアが使っていた操縦席にゆったりと寝そべり、顔を彼のほうに向けている。彼女がにっこりして、何か話そうとして口を開いた。

からだ。ラヴィは彼女が何をいったのかまったくわからなかった。悲鳴をあげるのに忙しかった

「膝をぶつけたんだよ」ラヴィはむすっとしていった。「ちょっとした事故だよ」

まったくの嘘というわけではない。座席のベルトをゆるく締めていただけだったから、パニックを起こして、制御パネルの下部に膝を打ちつけた。

それと、うなじに挿していたプラグを引き抜いてしまった。目のくらむほどの激痛がおさまったとき、娘の姿はどこにもなく、外の物体も消えていた。そしていま、ソフィアとアンシモフは、ハンガリー輪にかけて、いったい何が起きたのか知りたがっている。下側では、乗船客のスペースでも困惑した眠たげな話し声があふれていた。

ラヴィは唇を噛んだ。もし本当のことを話したら、確実に士官訓練プログラムからほうり出されるだろう。頭のおかしな者を誰も士官にはしたくない。もちろん、些細な事故で殺人事件の犠牲者のような悲鳴をあげたことが彼の評判をあまり高めることにならないのも確かだ。

操縦室は三人が入りこむには狭すぎた。ソフィアが操縦席に詰めてすわり、アンシモフはなかばハッチごしに浮かんでいる。彼が意地悪くにんまりした。

「友よ」と彼が呼びかけて、くっくっと笑う。「さっきの叫び声は女の子みたいだったぞ」彼はすぐさまハッチの向こう側に屈んで、ソフィアが振りおろした腕を避けた。「小型艇内の忌々しい全員を起こしちまったぞ」ふたたびハッチごしにあらわれたとき、彼はまだにんまりしていた。「見張りを最後までやれるか、それとも手当てが必要か？」

「黙って、ヴラディミール」

ラヴィもアンシモフも、ソフィアの声に驚いて振り返った。小声で、悪意はなく、ほかの何かに気をとられているようだった。彼女は計器パネルを表示させて、数値をじっと見つめている。

「どうしてセンサーの照準をあわせなおしたの？」と彼女が尋ねた。

「ぼくじゃないよ」とラヴィはいった。「センサーがひとりでに動いたんだ」

彼はそういったとたんに後悔した。もしも本当は彼がセンサーを向けなおしていたとしたら？　もしもログがそう示していたら？　彼はおかしくなって、幻覚を見ていたことになる。もしもさっきの不鮮明なＵＦＯが彼の想像——あの娘と同じように——だとしたら？　幻覚におびえてセンサーを向けたということも、ごく容易に考えうる。あとで問いただされることになるだろう。そして精神病棟に送りこまれることになる。

彼の頭のなかのチップセットが妨害を受けて、ブーンと低くうなりはじめた。ソフィアが強すぎる力で計器パネルに一連のコードを打ちつけている。彼女はプラグインする手間をかけようともしなかった。しかしながら、彼が不平を訴えようとする前に指示はやんだ。三組のまぶたの裏に数値が浮かびあがった。ソフィアとアンシモフは小さく息を呑んだ。ラヴィもだ。だが、ソフィアとアンシモフのは驚いたためだが、ラヴィのはどちらかといえば安堵のため息に近かった。

ソフィアはセンサー・ログを起動していた。あのUFOはログに残されていた。彼が記憶しているとおりに。ということは、少なくともあれは本物だ。三人が見守るなか、あのかすかな影は五十キロ以内まで近づき、そうして彼が膝を打ちつけたのとちょうど同じ頃、ふたたびふらっと離れていった。センサーはその軌跡を追いかけようとしたが、うまくいかなかった。百二十五キロの距離まではかすかに観測されていたが、そのあとはデータの流れが消えた。

「ハンガリー輪にかけて、なんてこった」とアンシモフが毒づいた。「〈アーキー〉の名にかけて、こいつはいったいなんだ？」

「それのせいで膝をぶつけたんだよ」ラヴィは名誉を回復する機会をのがさなかった。「いきなり向こうにあらわれたんだ。ぼんやり天の川を見つめてたら、次の瞬間に、ポンッ！」

「それを先に話そうとは考えなかったの？」ソフィアがぴしゃりといった。「ほら、〝ぼくが膝を打ちつけたのは未確認の飛行物体に驚いたからだよ〟って？　深宇宙で？　あなたって、どこまで間が抜けてるの？」

彼女が脳内に転送せずに実際の言葉でしゃべっていることを、ラヴィはありがたく思うばかりだった。そうでなかったら、彼のチップセットはかりかりに焼け焦げていたろう。

「現実だったのか、確信がなかったんだよ」と彼はきまりが悪そうにいった。「はっきりと何かいう前にダブルチェックしておきたかったんだ」

この説明は、少なくともほぼ真実だ。

ソフィアの表情は少しやらわいだものの、それでもラヴィが望んだほどではなかった。

「報告する必要があるわね」と彼女がいった。「〈ボーア〉にコンタクトをとってみる」

彼らはおよそ十三時間後に〈ボーア〉とドッキングした。レポーター二名とフリーボールのファンがインペリアルズの到着を歓迎して待っているのがライブのニュースフィードで映し出されていた。しかしながら、ラヴィ、アンシモフ、ソフィアの三人にはほかにやるべきことがあった。積荷をおろさなくてはいけないし、小型艇のパワーを落として、航行レポートを書く必要がある。三人がエレベーターをただよい出て〈ボーア〉の貨物搬入口に入る頃には、集まっていた者たちはとうの昔にいなくなっていた。

だが、彼らを待っている者が一人いた。小柄な女性で、白いものが混じりはじめた髪を短く刈り、親しみやすい笑顔を浮かべて、彼らの前方で空中を楽にただよっている。〝ISV-2ボーア〟と肩に書かれている以外は、彼女の着ている制服は〈アルキメデス〉で見られるものとまったく同じだ。

「ケイコ・スヴェンソンです」と彼女が名乗り、彼らのほうにただよってきて、両手を広げて出迎えた。「船内警備隊(シップセク)所属の。〝ボボ〟にようこそ」

彼女は歌うような奇妙なアクセントがあり、ラヴィはこのような話し方をニュースフィードで耳にしたことがあるだけだった。ようやく彼は気がついた。彼は生まれてはじめて、自分たちの船を離れている。スヴェンソンはラヴィの手を握り、エレベーターの壁に身体を安定させた。

「はじめまして」と彼女が愛想よくいった。「マクラウド士官候補生、かしら?」

ラヴィはうなずき、ほかの二人を紹介した。

「お会いできて光栄ね。さて、わたしについてきてもらえるなら……」彼女は壁を蹴って離れ、居住区輪の方向を目指した。

「逮捕されるんですか?」とアンシモフがもらす。

スヴェンソンがふふっと笑った。巧みに空中で身体を回転させて、彼に向きなおる。

「何か逮捕されるようなことをしたの？」

アンシモフは必要以上に長くためらった。

「いいえ」

「それなら、何も心配することはなさそうね」だが彼女は、値踏みするような視線で彼らを見つめていた。

船内警備隊士官（シップセク）は彼らを連れて〈ボーア〉のハブを抜けていき、いちばん近い居住区輪へと案内した。ラヴィが〈ボーア〉の〈ハイヴ〉にログインするにはしばらくかかったが、いったんそれがつながると、各輪の名前をダウンロードするのにほんの一、二秒しかかからなかった。ここはハイチ輪だ。〈アルキメデス〉とは違って、〈ボーア〉はいまもすべての輪が稼働している。ラヴィは奇妙なデジャヴュを感じた。どこもかしこも彼らの船のように見えるが、そうではない。もしこれが〈アルキメデス〉なら、彼らはまっすぐハンガリー輪に向かっていることになる。だがハンガリー輪は封鎖され、中身を抜かれたぼろぼろの残骸だ。このハイチ輪は活気がある。

彼らは重力が一Gの階層へ降りていった。そこまで来ると、床に降り立ったスヴェンソンは彼らの先頭に立ってきびきびと歩きだし、ついにはラヴィがこれまで目にしてきたなかでもっともぜいたくな居室に入っていった。四つもの区画に分かれている。ツインの寝室がふたつ、共用エリアのような部屋、そして独立したシャワーとトイレも。ソフィアでさえ感心しているように見えた。

「〈ボーア〉のゲストは、みんなこんなにいい待遇を？」と彼女が尋ねた。

「そうしたい相手だけにはね」とスヴェンソンが冗談をいった。「どうぞごゆっくり」

ソフィアはほかの誰の意見を聞くそぶりさえ見せずに片方の寝室を選んだ。もうひとつの寝室はアンシモフがラヴィを出し抜いて、上段のベッドを取った。彼らが共用のリビングエリアに戻ってくると、スヴェンソンが黙ってソファに腰をおろして待っていた。

「ひとつ尋ねてもいいかしら？」と彼女が慎重に切り出した。「あなたたちが報告してきた、あの、遭遇についてだけど」

三人はすばやく視線を交わしあった。最高級の居室と、船内警備隊士官（シップセク）がツアー役を務める意味が急にわかった気がした。当直についていたのはラヴィだったから、一瞬のためらいのあとで彼がもう一度話すことになった。膝を打ちつけたことには触れずにおいた。悲鳴をあげて小型艇内の全員を起こしてしまったことも。ブロンドの髪の娘のことは、もちろん触れるはずもなかった。

スヴェンソンはすべて適切なところでうなずいていたが、彼女が小型艇のログにすっかり目を通していることは明らかだった。

「センサーにピックアップされないようなものをほかに何か見なかった？　何かのマークとか？　あなたたちのインプラントと通信が干渉しあった気配のようなものは？」

彼ら全員が首を横に振った。

「なぜそれが五十キロ以内に近づかなかったのかについて、何か考えは？」

「何も」とラヴィが、またしても全員を代表して答えた。

「それに対して、警告するといったような反応をあなたたちはしなかった？　無線で声をかけたりとか、そんなことは？」

おかしな幻覚を見たり、おびえた子どものように悲鳴をあげるのも〝反応〟というのにカウントされるだろうか。

「いいえ」と彼は無表情でいった。

「なんとも恥ずべきことね」スヴェンソンがため息をついた。「また処罰をまぬがれることになりそう。今度も」船内警備隊士官（シップセク）は拳を握りしめ、いらだって自分の膝に打ちつけた。

「誰のことですか？」ソフィアが興味をもって尋ねた。「今回がはじめてじゃないんですか？」

「はじめてどころじゃないわ。あなたたちが見た物体は、試験探査機なの。試作品の。われわれはそれを使って目標世界やその衛星を偵察するつもりでいる。いまのところ六機あって、性能を試しているところなの。誰かが——誰なのかはだいたいわかっているんだけど——ハッキングして、遊び半分に飛ばしてる。これまでは、わが船にすれすれのところを飛ぶだけだったけど、小型艇をからかったのはこれがはじめてよ」

　船内警備隊士官が立ち上がった。

「こんな問題に巻きこんでごめんなさいね。ある意味で、これはただの悪ふざけ。とはいっても、じつに費用のかかる悪ふざけだけど」彼女は親しみやすくにっこりすると、ドアのほうに向かった。ラヴィのインプラントにデータ・パケットが低い音をたてて流れこんできた。「当船内のゲスト特典よ。〈ダ＝ガマ〉で無料のドリンクも。あなたたちは悲しみをまぎらすのにそれを有効に使えると思う。明日の夜サイクルに、インペリアルズが嫌というほど尻をぶたれたときに」

　誰かがやり返す前に、彼女はするりとドアの向こうに姿を消した。鈴の音のような彼女の笑い声が通路を遠ざかって消えていった。

「少なくとも、地元民は親切だったわね」とソフィアが感想をもらした。「わたしがこれまで出会ったなかで、もっとも人あたりのいい船内警備隊士官だった！」

「ああ」とアンシモフも同意した。「相手に楽しい思いをさせるやり方を知ってるみたいだな」彼はラヴィの肩に冗談まじりのパンチをくらわせた。「それに加えて、おれたちとしてはセンサーがちゃんと機能してることがわかったわけだし。課外の単位もだ。考えてもみろよ、あれがなかったら、あの探査機がエアロックのすぐ外側にいても、見つけられもしなかったろうな。ばかげた話じゃないか、なあ？」

ラヴィは何かいいかけたが、言葉は出かかったところで立ち消えになった。

「何か気にかかることでもあるのか？」とアンシモフが尋ねる。

「いや、なんでもない」

「よし」とソフィアがきびきびとした口調でいった。「なにしろ、このゲスト特典はじつに気前のいいものだから。バーを試してみるべきね、いますぐにでも」

ラヴィとアンシモフも彼女のあとにつづいてドアを出た。これから何をして過ごそうかとアンシモフが興奮しながら切り出すと、すべて前もって計画してあるからあなたたちはただわたしについてくればはるかにスムーズにことがはこぶはずよ、とソフィアが説明した。

ラヴィは彼らと同じペースでついていったが、何もいわずにいた。さっきアンシモフが触れたセンサーについて、まだあれこれ考えていたのだった。とうとう、高級店であふれた環状通路にソフィアが気をとられているあいだに、ラヴィは友人の肘を引っぱった。

「船内警備隊士官（シップセク）がぼくらにいったこと、あれって本当に筋が通ると思うかい？」

大きな、明るい色の帽子のディスプレイからアンシモフが注意を引き戻した。目標（デスティネーション）・世界（ワールド）の未来のファッションと謳（うた）って、息を呑むほど華やかに宣伝している。

「もちろん」と彼が応じた。「どうしてそうじゃないと思うんだ？」

「なぜなら、もしスヴェンソンのいうとおりだとすれば、ぼくらの最新の、とびきりのセンサーは〈ボーア〉のろくでなしがいたずらで飛ばしてた探査機をどうにかかろうじて探知できただけだってことになる」

「それこそは、あの女（ひと）がいってたことだろ。それがどうしたんだ？」

「それでだね、機関士の観点からいえば、探査機っていうのは、いってみればじつに退屈なものだろ。惑星や衛星のまわりをぐるぐる周回して、何枚か写真を撮るだけだ」

アンシモフの意識が帽子のほうにふらふらと戻っていった。

「何をいおうとしてるのかよくわからないな、友（アミコ）。おれたちはここで楽しい時間を過ごしにきたんであって、宇宙探索の初歩を学びなおすためじゃないぞ」

「探査機だよ、ヴラド。ただの探査機なら、なぜあれほど黒くて、ほとんど人の目には見えなくて、最新の、とびきりのセンサーでさえもほとんど見てとれないようなやつをつくる必要があるんだい？」

アンシモフはしばらくのあいだ帽子をじっと見つめたまま、考えに沈んでいた。

「おれにはさっぱりだ」と彼がついにいった。「とにかくおれとしては、くそったれな士官どもが自分のやってることをわかってるものと願うのみだね。なぜって、連中のインプラントにはチップセットがひとつ足りてないように思えはじめてきたところだから」

15.0

〈ボーア〉のゲスト特典には驚くほど寛容な水の使用許可も含まれていたため、帰路につくため小型艇に乗りこんだラヴィは、ソフィアといっしょに当直ができるくらい身体がきれいだった。出発時であれば、いまのような状態でいられるなら脳内のマザーボードが焼け焦げてもかまわないとさえ思っただろう。汗のにおいもそれほどひどくなく、ストラップで座席にかるく固定した身体のほんの数センチ離れたところでは、ソフィアがカウントダウン前の最終確認をおこなっている。しかしながら、いまの彼はそんなことを少しも気にかけていなかった。実際のところ、もう一度あの〝発作〟が起こるのではないかとひどく怖れていた。もしまた幻覚を見ることになるとすれば、そのときはソフィアにそばにいてほしくなかった。だが、一人で当直をこなすという選択肢はもっとまずいことのように思えた。少なくとも、ソフィアが隣にすわっているときにおかしくなったなら、彼が何か本当に愚かなことをしでかす前に彼女が止めてくれるだろう。たとえば、ボートを大破させるとかいったようなことを。

クランプをはずして〈ボーア〉から離れ、小型艇のずんぐりしたノーズを戻る方向に向け、ドライヴ機関に点火するあいだ、ソフィアは親しげに、あまり深く考える必要もない話題をおおよそ彼のほうを向いてしゃべりつづけた。それに対して、彼は答えるとしても最小限にとどめていた。自分のことで精いっぱいで、単純にほかのことまで考える気力がなかった。自分の頭がおかしくなっていることに疑いはなかった。あの娘などどこにもいるはずがないのだから。彼女はいきなり隣の席にあらわれ、彼がプラグを引き抜いた瞬間の激痛のあいだに姿を消した。あの短い時間で彼女が操縦室から逃げ出すことなど不可能だ。仮にそうできたとしても、反対方向から駆けつけてきたアンシモフやソフィアと出くわしていたはずだ。

そうしたすべてが、のがれがたい結論へとまっすぐにつづいていた。訓練プログラムを辞めないといけない。何かミスをしてほかの者を殺すようなことになる前に治療を受けるべきだ。これからの人生のために、何かほかにやることを見つけるべきだ。彼の心臓が胸のうちでドクンと打った。一度ならず、彼は叫びたくなる衝動を抑えこんだ。

「痛っ！」

脇腹をこづかれ、彼は精神崩壊のぎりぎりのふちから戻った。

「いったいどうしたの？」とソフィアが尋ねる。

「このシフトのあいだじゅう、ほとんどひと言もしゃべってないわよ」

「なんでもないよ」そうして、今度はもう少し正直になって、「自分が機関士に向いてるのか確信がもてなくなったんだ。それだけだよ」

小型艇の加速が彼の身体をそっと座席に押しつけた。過酷なみじめさが輪の重みのように彼を押しつぶそうとするのに比べればなんでもない。自分に向いてないことをやろうとしても、いずれそうなるのがオチだ、と彼の父親ならいうかもしれない。

「ばかなことをいわないで。あなたはとってもよくやってるって誰もがいってるわよ。あのウォレンでさえも」彼女は小声でくつくつと笑った。「少なくとも、ならず者ぞろいのあなたの一族について嫌味をいってないときにはね」

「ぼくの一族には、どこも悪いところはないよ」ラヴィはいらだって反論した。だが彼の心には、彼の母親が監察官の前でできるだけ体裁よく見せようとしていた姿が思い浮かんだ。彼の父親にさらなる休眠処分の判決を出さないでくださいと頼む姿が。「それに、たとえそうだとしても、惑星に降りたあとは話が変わってくる。誰にとっても新たなスタートになるんだから」

「ほんとにそう思う？」

「そう思わないの？」

インプラントを使うのに飽きて、ソフィアはすらりとした腕を伸ばしてパネルを調節した。

「話が変わってくるかって？　そうかもね。だけど、おそらくはいい方向にじゃなさそう」

ソフィアはラヴィの反論を予期して、座席を回してまっすぐに向きあった。コントロール・パネルの明かりが彼女の身体にやわらかな影を投げかけている。

「ねえ」と彼女がいう。「わたしたちの船団は宇宙に出て百三十二年になる。ＬＯＫＩのおかげで、深宇宙に存在している人類はわたしたちだけよね。そしてわたしたちは、自分たちがつくりあげたささやかな文明社会が気に入ってるでしょ？　指で数えられるくらいしか殺人は起きなかったし、犯罪もほとんどない——法律違反者は何人かいるにしても」

——彼女はラヴィと目をあわせようとしなかった——「そして、誰もがたいていはほかの誰ともうまくつきあって暮らしている。人類のあらゆる歴史のなかで、かつてそんなことが一度でもあった？」

ラヴィはしぶしぶながら同意してうなずき、操縦室の窓から外を見つめた。星をちりばめた闇が彼を見つめ返してくる。

「惑星に降りたからといって、そのどれも変わることにはならないよ」彼は少し考えたうえで反論した。「人間が変わるわけじゃないから」

「ううん、そんなことない。目標世界（デスティネーション・ワールド）はわたしたちを変えることになる。だって、惑星で暮らすのは宇宙船のなかとはわけが違うから。惑星は人間をだめにする。わたしたちはホーム・ワールドみたいになる。殺人や犯罪が起きて、誰もが他人を警戒するようになって」彼女はいまやはっきりと活気づき、その目が熱情に輝いていた。「船の存在こそがわたしたちを団結させてきた。船こそがわたしたちを最良のわたしたちにしてくれている。ここでは、誰かが自分の仕事をしないと、ほかの人々が死ぬことになる。腕のよくない機関士が修理をすると？　人々が死ぬことになる。無能な植物学者がいると？　人々が死ぬことになる。無能な船内事務長（パーサー）がいると？　人々が死ぬことになる。そして誰もがそのことをよくわかっている」彼女が彼の手首に手を重ねた。その力はしっかりとして、断固たるものだった。「ここでは、わたしたちはみんないっしょに取り組んでいる。惑星では？　ええと……」彼女の声は尻すぼみになった。言葉ではいいあらわしようもなく悲しげで、少なからず怒りもあった。

ラヴィはパネルの数値から、小型艇のエンジンがかるく速度を上げはじめたことを見てとった。だがこうして速度が増しても、明るい星々はその場に釘づけになったように動かない。暗闇のなかに浮かぶ街灯のようだ。ソフィアの懸念など一顧だにしなかった。というか、それをいうなら彼自身の懸念もだ。

「ああ、なんていったらいいかな。それについては、ぼくらが何かできるわけでもないだろ？〈減速の日〉がきたら、ぼくら全員が下に降りることになるんだから。好むと好まざるとにかかわらず」

そのあとはどちらもほとんど口を開くことはなかった。

深刻な悲嘆にはよい面もある、という事実をラヴィは発見した。彼は気分が悪くなるだけの精神的なエネルギーさえも欠いていた。そのおかげで、〈アルキメデス〉に帰りつくまではひとつの問題も起こさずに済んだ。船内に戻ると、まっすぐチェン・ライのもとに向かってすべてを片づけてしまうことも考えてみたが、代わりにただ自室を目指した。見慣れた狭い空間を見まわすうちに、あらためて涙があふれそうになった。明日以降は、ここで暮らすこともできなくなるだろう。ため息をつき、作業服を脱ぐと、壁からベッドを引きおろして眠りについた。

彼は皿を見つめていた。青、黄色、そして筆記体のような黒色の筋が有機分子のパターンで混じりあっている。

コケ状の巻きひげが皿のまるみをゆがめて、ギザギザの醜い形に変えていく。不均等な緑の三角形に。それはひとりでに形を変えて、巨大な、毒性のある芝生になった。その芝生の上を、丈の長いコートにバックルで留めた靴、そしてやたらと大きな白い鬘姿の男が歩いていく。男は手にボズボールをつかんでいる。シンプルな黒色で、これといった特徴はない。男はそれを空中にほうり上げ、恐ろしい火の玉によって焼け焦げた空を高くのぼっていくのを見守った。それは高くのぼりつづけ、ついには空が暗くなり、火の玉は消えて、青白い星屑の川が宇宙空間をうねうねと伸びていった。

ボズボールは黒色よりも黒く、空をのぼりつづけて、さらに高いところに見えるぼうっと煙った光のリボンを目指した。そうしてのぼりつづけるあいだに、ある小さな星がほかの仲間から離れ、降りてきてそれを出迎えた。星は形を得て、実体を得た。丸くずんぐりしたノーズ。フレア状に広がった船尾。汚れた船体には大きなステンシル文字が刻まれている。〝ISV－1－LB－03〟と。

〈アルキメデス〉の小型艇、〈スピリット・オブ・サンクトペテルブルク〉だ。

ボズボールは小型艇のほうに落ちていき、船体にぶつかって跳ね、クモのような脚でしがみついた。ちょこちょこと船首のほうに駆けていくと、そこには髪をブロンドに染め、わずかに八重歯をのぞかせた娘が待っていた。彼女はボズボールを片手で拾い上げ、操縦室の分厚い遮光ガラスの窓からほんの数センチのパネルの上に置いた。彼女の口が声とは同期せずに動いた。その声ははるかかなたからささやくようにかすかに届いた。

「これを取りにきて」と彼女がいった。

ラヴィははっとして目を覚ました。目を突き刺されたような頭痛に備えて身をこわばらせた。ただし、頭痛はやってこなかった。それでも、すぐにインプラントを使う気にはなれなかった。

「明かりを」彼はかすれた声で告げた。

まだ〇一三〇時になったばかりだ。厳密にいえば早朝だが、まだ早すぎる。チップセットを一チャンネルずつそっと開いてみたが、船内の誰もがぐっすり寝入っているようだった。〈ハイヴ〉を行き来するデータの流れはしたたり程度にまで弱まり、自動化されたシステムがひとつかふたつ、夜サイクル中もささやいているだけだ。

〝これを取りにきて〟

その声が頭のなかでこだました。まるであの娘がすぐ隣にいて、耳もとでささやいているかのようだ。彼ははっとして、思わず周囲を見まわした。誰もいない。

落ちつかないまま、彼はベッドに身体を横たえなおした。頭がおかしくなるときってこんなふうなのか、と心のうちでつぶやいた。目を閉じ、もう一度眠りに戻ろうと決意した。

自分の頭がおかしくなったことを全世界に認める前に、あとほんの数時間のやすらぎを得てみてもいい。

〝これを取りにきて〟

彼は目をきつくつむり、反応しないようにした。狂気というのは精神のひとつの状態だ。確かに悪い状態だが、精神の状態には違いない。そしてこれは彼自身の精神で、ほかの誰のものでもない。頭のなかで何が起きているか、決めるのは自分だ。声など何も聞こえないと無視していれば、いずれ消えてなくなるに違いない。彼はまぶたを開け、身体を楽にして、深呼吸をくり返した。

〝これを取りにきて〟

〝これを取りにきて〟

〝これを取りにきて……〟

「黙れ!」彼はそれ以上我慢ができなくなって叫んだ。「黙れ、黙れ、黙れ!」

彼は身体を起こしてベッドのふちにすわり、誰もいない部屋に向けて一人で怒鳴っている。洗面台の鏡にいつもより顔色の悪い自分の姿が見える。顎ががくんと下がって口が開き、いかにも錯乱している。彼はがばっと立ち上がり、収納箱から作業服を引っぱり出して着こんでいった。

「くそくらえ（サード・ユー）」と彼はなおも大声でいった。ブーツを履く。「おかしくなった人間を見たいか？　だったら、見せてやるよ、このくそ野郎め」彼はよろけながら、外の暗い通路に出た。なおもひとり言をつづけている。「ぼくはおかしくなんかない。そっちがおかしいんだ。そして、いいか？　それをこれから証明してやる」

彼はパターノスターにつかまってハブに向かい、小型艇用エレベーターがある〝下〟の方向へとび出していった。荒々しくコードを投げつけ、エレベーターのドアを開ける。

エレベーターがゴトゴトと三千五百メートルにわたって船の中心軸をくだりはじめたときになって、嘔吐袋を持ってくるのを忘れたことに気づいた。しかしながら、実際のところ袋は必要なく、彼はなんの問題もなく移動を終えた。

エレベーターがやかましい音をたて、〈スピリット・オブ・サンクトペテルブルク〉のエアロックやコネクターとリンクしていった。運のいいことに、まだ小型艇の管理システムに作業クルーとして登録されていたから、セキュリティをハッキングする必要はなかった。小型艇は不平ひとつもらすことなく、彼を招き入れてくれた。

ラヴィは冷たく黒い虚空に浮かび、薄い空気を吸いこもうとしてあえいだ。艇内の照明やヒーターは何時間も前に止められていて、空気は頭がくらくらするほど薄い。船内規定では小型艇内をつねに人間が〝生存可能な〟状態にたもたなければならないが、無人の艇内を温めておくのはエネルギーの無駄づかいだし、循環されずに残っている空気はいずれ漏れてしまう。だから空気のほとんどはタンクに吸いこまれて回収される。休眠状態の小型艇内に入っても死にはしないが、あまり楽しい体験ではない。

ラヴィは無理にも気持ちを落ちつかせ、ゆっくりと息を吸いこんだ。インプラントを使って照明をつける。母船に同期されているため、艇内も夜サイクルの明るさだ。そうではあっても、小型艇の表面に氷が張りつきはじめているのが容易に見てとれた。急な明かりを浴びて、氷がしぶしぶながらぎらついている。

グローブを持ってくればよかったと思いつつ、ラヴィは感覚のない指で手すりを〝上〟にたどっていった。彼はかるく跳ねながら乗船客用のスペースとクルー用の部屋を素通りし、いちばん奥の操縦室に向かった。ようやくたどり着くと、彼はプラグインする手間をかけようとしなかった。小型艇全体を起動させる必要はない。必要なのは小さなドローン一機だけだ。彼はインプラントをもちいて探し、それを見つけ出した。

点検用ドローンは、通常の区画、すなわち船体中央の予備エアロック付近に収納されていた。ドローンのセンサーが脳内の目を映像で満たすにつれ、彼がいる操縦室のようすが背景に薄らいでいく。ドローンが収納されている区画のドアが開くと、まぶたの裏側に星明かりが急に映し出された。ドローンが小さくガスを噴きながらそのスペースを出て、小型艇のノーズのほうに飛んでいく。カメラの広角レンズのせいで映像はゆがみ、船腹はどの方向にも巨大な凸面体のように湾曲して見える。センサーが一連のゴーサインをラヴィの視界に送ってきた。解きはなたれたドローンはさっそく船体の検査をはじめた。船腹は何も問題なし、とドローンが告げている。すべて正常値だ。

曲面がいきなり角度を増して形を変え、ドローンがノーズ部に到達した。操縦室の窓の一部が視界に入ってきた。実際のサイズよりもはるかに大きく見える。ラヴィが位置感覚をつかむまで、ドローンはじっと待機していた。少し時間がかかったものの、彼は探している窓の隅をどうにか見つけることができた。ドローンを窓のふちと平行にゆっくりと移動させる。それが飛んでいくあいだ、ラヴィはパネルの数を一枚ずつ数えていった。一、二、三……

四枚目のパネル、窓からほんの数センチのところに、小さな黒い玉が貼りついていた。

16.0

チェン・ライ機関長が説明中だったが、ラヴィは話の内容に集中することにひどく苦労していた。自室の収納箱の底に押しこんでおいた小さな黒い玉のことを考えていたからだ。ドローンが回収してきた当初はあまりに冷たくて手でさわることもできず、ひどく冷える小型艇内で温まるのを待たないといけなかった。そのあとでスキャンしてみたものの、うまくいかなかった。簡単な検査からはシールドで守られていたし、〈ハイヴ〉と通じあうともしない。ボズボールと同じように、表面は完全になめらかなわけではなかった。くわしく観察すると、表面にいくつか精巧な接合部が見てとれる。〝証明〟が必要だとすれば、これこそはこの玉が形を変えて、おそらくは彼が夢のなかで見たとおり、クモの脚を生やした形にもなれることの証明になりそうだ。

ラヴィは三つのことを痛感していた。ひとつ、得体の知れない物体をけっして船内に持ちこむべきではなかった。ふたつ、船内に持ちこんだなら、すぐに報告すべきだった。そして三つ、この物体は彼がすっかりおかしくなったわけではない証拠になる。とはいえ、これは彼が使うことのできない証拠だった。もし彼がこの物体を報告すれば、どうやってそこに玉があることを知ったのかと尋ねられるだろう。そうなれば、訓練プログラムからはずされるか、営倉にほうりこまれるだろう。そういったわけで、収納箱の底にある小さな黒い玉が彼の良心をいまも焼き焦がしている。

会議室の全員が彼を見つめていた。

「何か考えごとかな、候補生（ミディ）？」とチェン・ライが皮肉混じりに尋ねていた。

「ノ……ノー、サー」

「ほほう。それはきみの頭に何も考えることがないからだろうな！　集中せよ！」

「イエッサー」

チェン・ライは読みとりがたい表情で彼をじっと見つめている。おそらくはいまの叱責のほかに、懲罰を加えることを考えているのだろう。機関長はさらに少しにらみつけてから視線をほかに移した。ラヴィはそっと安堵のため息をついた。

「さっきもいったとおり」とチェン・ライがあてつけがましく、また説明をはじめた。

「航法部がいうには、われわれが向かっている星系は宇宙のちりであふれた空間なのだそうだ。どうやら、われわれの故郷の星系よりもはるかに。いずれにしても、彼らはいかなるものも電波望遠鏡による観測のさまたげになることを望んでいない。それゆえ、今朝〇二〇〇時より、船団は無線の使用を禁止している。これより、すべての通信はメッセージ・レーザーのみでおこなうものとする」

「ニュースフィードも使えないっていうのか」とアンシモフが反抗的につぶやいた。「〈アーキー〉の名にかけて、まわりで何が起きてるのか、いったいどうやって知ったらいいんだよ？」

おそらく彼は、意図したよりも大きな声を出しすぎたのかもしれない。

「無線なしでどうやって生活できるのかと頭を悩ませている者がいるとすれば」とチェン・ライがつけ加えた。「答えは、より多くのメッセージ・レーザーを使うのだ」いきなりデータ・パケットが送られてきて、ラヴィのまぶたがぴくぴくした。「それはつまり、さらに多くの受信アンテナが必要となることを意味する。要するに……諸君らは中心軸まで出張って、それを設置しなくてはならん、ただちに。チーム編成とスケジュールは割り振ったとおりだ。物を壊さぬように」

大切なニュースフィードは入手可能だという事実は、アンシモフの気分を向上させる役には立たなかった。

「百三十二年も考える時間があったっていうのに、いまごろになってメッセージ・レーザーがもっと必要になるとわかったってのかよ？　何年も前に設置しとくべきだったのに。いまになっておれたちがイカレた実地訓練をしなくちゃいけないなんて」

「おいおい、ばかいうなよ」とラヴィからかう。「宇宙空間で一・五シフトの作業だって？　すばらしいじゃないか。今日の授業はなしになったし――それにそこから見える景色のことを考えてみろよ。天の川？　目標星（デスティネーション・スター）？　きっと気に入るって」

「景色なんてくそくらえだ。一・五シフトの作業だぞ。おれはベッドが恋しいよ」

一シフトと四分の一が過ぎる頃には、さすがのラヴィも景色が魅力を失ったことを認めないわけにいかなかった。彼とアンシモフはずっと働きどおしで、食事の時間もなかった。小休止のたびに栄養剤と水をチューブごしに摂取して、残りはドローンにコードを送ってアンテナの組み立てとボルト締めと調整をおこなう、ぼんやりとかすんだ時間のうちに過ぎていった。

彼の想像でしかないのだろうが、それ以前に外に出たときよりも目標星（デスティネーション・スター）が明るく見えるように思えた。その青白い光が氷の膜に覆われた格子の支持部材に荒涼とした影を投げかけ、繊細な格子の組みあわせからなる中心軸を荒涼たる浮き彫り（レリーフ）に変えている。氷はドローンがアンカーを打設する箇所をきれいにするあいだにピンクがかった茶色のかたまりとしてはがれ落ちていく。氷の破片はゆっくりと船から離れていき、くるくると回転しながら星明かりを浴びて、明暗をくり返すストロボ映像のように見えた。

「これで終わりだ」とアンシモフがつぶやいた。作業クルー全員が安堵したことに、宇宙服の無線までは禁止されていなかった。「エレベーターにビリっけつで戻ったやつはLOKIに決まり！」

そういいはなつなり、アンシモフは命綱のフックをはずすと、格子状の支柱を手でつたいはじめた。ドローンの群れがガスを噴きながらあとにつづく。アンシモフの無鉄砲なスピードに追いつくことなど不可能だった。彼はエレベーターにラヴィよりも数分早くたどり着いていた——そして、それをいうならほかの誰よりも先だった。

自室に戻ると、ラヴィは必要以上に長時間のシャワーを使ったが、そうするだけの仕事はこなしたと思えた。それに〈ボーア〉で無料の水を五十リットル以上は手に入れていたから、彼のアカウントには普段よりもたくさん残っていた。実際に、今回はそうするだけの余裕があった。

身体がきれいになると、彼は〈ハイヴ〉内で手を伸ばして、ボズを探した。

《聞こえるかい？》と彼はメッセージを送った。《返事をしろよ。心配してるんだ》

いまはまだ夜サイクルの早い時間だ。この時間の〈ハイヴ〉はデータが騒々しく行き来している。だがそのどれをとっても、ボズからではなかった。ラヴィはため息をつき、

〈アンシモフの店〉に本物の食事をとりに出かけた。

ウォレン大尉教授に出された化学の課題をさらいなおすために、いつもより早く待ちあわせたいとソフィアが望んだから、ラヴィは樹木園でいちばん大きな木の下で日射しをよけることにした。それでもまだ、人工的につくられたホーム・スターが木の間（こま）からぎらつくのが見てとれた。ラヴィは放射線量を確認せずにはいられなくなった。

ソフィアは土壌の化学に本当に手こずっていて、恐ろしいくらいに青い空が濃紺に染まり、もっと気の落ちつく暗さになってようやく概要を呑みこんだ。闇の訪れとともに、樹木園内の小道は散歩する人々であふれはじめた。ソフィアが木の幹を支えにして背中をそらせて、筋肉の凝りをほぐした。ラヴィはあまりじろじろ見つめないように気をつけた。

「昨日（イエスタ＝ソル）はどうして授業を休んだの？」と彼女が尋ねた。「大事な作業があったとか？」

「チェン・ライがメッセージ・レーザーの設置を命じたんだ。無線の使用禁止の対策として」

「愚かね」

「なんだって？」ラヴィは顔にかっと血がのぼるのを自分でも感じとれた。

「あなたのことじゃないわよ、おばかさん。無線をシャットダウンするのが妙案だと考えた間抜けたちのことをいってるの。だって、完全に時間の浪費でしょ。電波望遠鏡は毎日使ってるけれど、完璧によく見えているもの、おかげさまで。これまでずっとそうだったし、これからもずっとそうであるはずよ」

「だけど、障害は……」

「問題なし。アルゴリズムで障害物を除去できるように設定されているから。船団のすべての無線をいっせいに使ったとしても、望遠鏡は気づきもしないわ」

ラヴィは自分が眉をひそめているのを感じた。

「なら、どうしてそんなことしてるのかな？」彼は無意識のうちに肩の筋肉痛をさすった。

「かなりの重労働だったのに」

ソフィアがすまなそうに肩をすくめる。

「わたしの大おじさんのせいよ。あの人のことは大好きなんだけど、本当に。でも、こういうことになると、やたらと心配症の老人だから。すべてが〝予定どおり以上〟でないと気が済まないの」彼女は指二本で引用符（エア・クォーツ）をつくるまねをしてみせた。

「それなら、きみの大おじさんは実際に外に出て、〝予定どおり以上〟に何かをボルト留めでもしてみるべきかもね」ラヴィはそうこぼしたものの、ほんのわずかながら笑みを浮かべた。「そうすれば〝予定どおり以上〟に物事を冷静な目で見ることができるだろうに」

　ソフィアがくすくす笑いで彼をねぎらった。

「そうしたところでなんのいいこともないでしょうね。水があれば濡れるのと同じくらい確実に、何か文句をつける理由を見つけて、修繕するように要求するわよ、すぐにでも」

　ラヴィは顔をしかめた。ソフィアの大おじさんはチェン・ライにとてもよく似ているように聞こえた。ソフィアがじっと見つめていることに彼が気づくまでに少し時間がかかった。かすかな笑みが唇に浮かんでいる。

「ねえ、ラヴィ？　ひとつお願いしてもいい？」

「もちろんだよ。なんだってどうぞ」彼のみぞおちに温かな感覚が広がった。

「ドライヴ機関をわたしにも見せてもらえないかしら？　あなたはあそこまで行ったことがあるってヴラディミールが話してくれたの。手遅れになる前に、どうしても一度見てみたくて。つまり、あれがわたしたちみんなを、ここまで長距離を運んできたあとで、最後にもう一度点火される前にひと目でいいから見てみたいの」彼女は愁いに沈んでいるように見えた。「いつか自分の子どもたちに話して聞かせるため、かな。わかる？」

　ラヴィにもわかった。ドライヴ機関というもののアイデア自体が、あのすさまじいパワーやその……容赦のなさが、子どもの頃から夢にまで出てきて彼を魅了してきた。あれが人の心をつかんで離さないこと、あれの誘引力を彼は理解できた。まさしくあれが、星間宇宙のかなたまで彼らをやすやすと運んできたのだから。だとしても……

「あそこは立入制限区域なんだ。誰でもエンジン室に降りていくわけにはいかないよ、ソフィア。使用許可が必要だ。アクセス・コードも。しかも、それはエレベーターだけの話じゃない。エンジン室のほうも休眠状態だ。空気はあまりなくて、暖房もない。つまり、電源を入れるのにさらなる許可がいる」彼はしぶしぶながら首を横に振った。「できないよ」

「チェン・ライに頼むことはできないの？　あなたはお気に入りだってみんないってるわよ。あなたの頼みなら、きっと聞いてくれると思う」

ちょっとした驚きにラヴィは目をぱちくりさせた。誰かがチェン・ライのお気に入りだとか、ましてや彼がお気に入りだという考えはひどくばかげたことのように思えた。彼はソフィアを疑わしげに鋭く見た。ラヴィのその視線を、彼女は目を大きく見開いておもしろそうに見つめ返した。唇がわずかに開き、かすかな笑みがのぞく。彼にはまったく信じられないが、彼女のほうはそうではない――そしてソフィアには家柄によるコネがあった。自分が何を話しているのかくらいわかっているだろう。ラヴィは急に温かみを感じ、少なからず頭がくらくらしてきた。結局のところ、チェン・ライは本当に彼のことを気に入っているのかもしれない。そうだとすればすばらしいが、それでもチェン・ライはチェン・ライだ。彼は慎重さをとり戻した。

「機関長はうんといわないよ」とラヴィは心から残念に思いながらいった。「あの人は規則に厳格だから」彼はけげんな顔でソフィアを見た。「もっとも、きみの大おじさんの説得があれば……」

ソフィアが笑って首を振る。

「ユージーン・チェン・ライとおじさんは仲がよくないの」秘密をこっそり打ち明けるかのように、彼女は声をひそめた。「かつては、二人ともわたしのおばさんと結婚したがってたの。でもユージーンが負けた」――彼女がいたずらっぽく目を上に向ける――「明らかにね」

ラヴィはまたしても驚かされた。あの機関長にそんな人間らしさがあるなんて。

ソフィアが手を伸ばし、彼の手首に重ねた。その手はやわらかく温かで、急にラヴィはほかのことを考えるのが困難になった。

「きっと、何かほかに手段があるんじゃない？　エンジン室にちょっと行ってみるくらいのことが、そんなに難しいとは信じられないけど。でしょう？」

彼の手首に重ねられた手は、とても、とても温かだった。

「何かできないか確かめてみよう」まるで自分以外の誰かが、とても遠くからしゃべっているようだった。

「ありがとう！」とソフィアが歓声を上げる。「ほんとにありがとう！」彼女が彼の首に腕をまわして抱きついた。その一瞬、輪の回転が止まったようにラヴィには感じられた。

ソフィアが後ろにさがった。

「ええと」と彼女がいう。「そろそろ帰らないと。明日は忙しい日になるだろうし。航法計算がたくさんあって」

ソフィアは木の下から出ていった。夜空を背景にして、木の葉が黒い影を描いてそびえている。彼女は小道のほうに向かった。ラヴィは彼女が去っていく姿を、そぞろ歩くカップルに視界をさえぎられるまでじっと見送った。

「いまのはじつに興味ぶかい展開だったね」とボズがだしぬけにいった。

ラヴィはまさしく心臓がとび出るほどびっくりした。

「あんたさ、彼女にすっかり手玉にとられてたね」ボズは否定的というよりはおもしろがっているようだった。彼女はいま目の前に立ち、トレードマークの、彼女にいわせるとレザー製だというジャケットを着て、ポケットに手を突っこんでいる。この場所の公共性に敬意を払って、タバコは手にしていない。

「なんだって？　どこに？」ラヴィは自分のいっていることが支離滅裂だと痛いほどわかっていたが、どうしようもできなかった。彼にできたのは、とにかく呆けたようににんまりすることだけだった。ボズは芝生の上に腰をおろし、木の幹に楽にもたれた。

「あんたのメッセージを一時間ばかし前に受けとったところなんだよ」好奇心に満ちた目で樹木園の人々を眺める。「あんたとあのガールフレンドは、ニュースフィード・チャンネルみたいに大量のコードをまき散らしてたよ。それであたしは、パン屑をたどってあんたを見つけたってわけ。あんたに驚きをプレゼントしてやろうと思ってね」

「というよりも、心臓発作をだね。それに、ガールフレンドなんかじゃないよ」

ボズが片方の眉をぴくりとつり上げる。

「ほんとに？　じゃあ、あたしが誘ってみてもいい？」

「彼女はきみとは家柄が違うんだ。それに彼女は売約済みだよ」その言葉は舌に苦い後味を残した。彼は急いで話題を変えることにした。「それより、どこに行ってたんだい？　この一週間近く、ずっと連絡をとろうとしてたんだぞ」

「オーストラリア輪だよ」とボズがあいまいにいった。

「営倉を出たあとでだよ、このろくでなしめ！　きみが釈放されたっていうメッセージはぼくも受けとった。そのあとで、いきなり姿をくらましたんだ！　連絡も何もなしに」

「オーストラリア輪だよ」彼女の含み笑いはあまりにふっくらしていて、ナイフで切ることもできそうなくらいだった。ラヴィは完全に不信の目で彼女をにらんだ。理解の蛇口から水滴がしたたり落ちるまでにしばらく時間がかかった。

「〝士官の領地〟にいたんだな」彼はのろのろといった。「〈ハイヴ〉から切り離されて。だからきみにたどり着けなかったのか」

ボズがうなずいた。彼女の目は興奮できらきらしている。

「あたしが営倉で腐りきって、裁判もなしに〝死の重し(デッド・ウェイト)〟にされるのかなって考えてたとき、警備兵があたしに面会者だっていうんだよ」彼女の声がわざとらしくひそめられた。「面会者っていうのは、ヴァスコンセロス隊長と忌々しい(サーディング)航法長だったんだ！」

「冗談だろ？」

ボズが自分の胸に手を当てる。

「〈アーキー〉に誓って、本当の話だよ。とにかく、ヴァスコンセロスなら息をするくらい簡単にあたしをリサイクルしかねないけど、航法長のニコ・イボリがいったいここになんの用があるわけ？ 刑の執行に、なんで航法長の立ち会いが必要なの？」ボズは状況を彼の頭に染みこませるために、いったん間をおいた。「それで、ヴァスコンセロスがあたしに尋ねてきたんだ。告訴を取り下げて、評価を〝良好〟に格上げしたくはないかって。

そう願わない者なんていると思う？　あたしはイエスっていった――ていうか……当たり前じゃん！　けどさ、落とし穴は何かなって？　そしたら、イボリがべらべらと話しだしてさ。連中は目標世界（デスティネーション・ワールド）や内星系を調べるのに探査機を必要としてて、よりよいソフトウェアをいかに必要としてるか、そしてあたしにプログラミングを手伝う気はあるかって。なぜなら、あたしは、えへん、連中の手持ちのコマのなかでベストの人材だから」

　ボズの顔には、はっきりとうぬぼれがあらわれている。ラヴィは口をぽかんと開けて彼女を見つめた。

「連中はきみに探査機のプログラミングをやらせたがってるっていうのかい？」彼は自分の耳が信じられずに尋ねた。彼はいとこの過去を振り返ってみた。「きみはプログラミングを禁じられてたんじゃなかったっけ？　ほぼ永久に。監察官があのとき、いってなかったかい、きみはどこに向かうかわからない危険な人物で、重要なことを何ひとつまかせることはできないって？」

「監察官がいってたのは、あたしがプログラミングの天才だってことだけだよ」

「そのいたずら好きな性格と、権威に対する全般的な軽視、そして過去三度の有罪判決のゆえに、あらゆる重要事案、要するに、プログラミングに関連するすべてから除外する、だよ」

「こうもいってたかもね。過ぎたことは過ぎたことで、水に流そうって。禁令は解かれたんだ」ボズは興奮で文字どおり身体を震わせていた。「連中は本当にあたしを必要としてる。その探査機っていうのは、きっと……」

なんの警告もなしに言葉がいきなり途切れた。ボズは言葉がそれ以上こぼれ出るのを止めようとするかのように、自分の口を手でふさいだ。

「その探査機っていうのは、きっと、なんだっていうんだい、ボズ？」

かすかな懸念がラヴィの腹のうちにそっと入りこんだ。ヴァスコンセロスは船内警備隊（シップセク）の隊長だが、ニコ・イボリはボズ・マクラウドが知る人ぞ知るすぐれたプログラマーだとは知らなかったはずだ。この二人は友人でも親族でもなく、彼女になんの恩義があるわけでもない。ラヴィは父親があざけって床に唾を吐くさまを思い描くことができた。ヴァスコンセロスとイボリはどちらも士官だ。二人がボズのためを思っているとはとうてい考えられなかった。

「ボズ！　連中はきみをどんなことに引きこんだんだ？」

「何も。ええと、それともすべてにかな。けどさ、何も悪いことじゃないんだよ。この件は、ほんとに、ほんとにクールなやつなんだ。とにかく、まだ話せないんだよ。だからこそ、オーストラリア輪に身を隠してたんだ。連中はあたしが取り組んでるこの件が〈ハイヴ〉に漏れることを望んでない。すべてがあるべき位置におさまるまでは」ボズは普段よりもはるかにまじめな顔つきになった。彼女がラヴィの前腕に手を伸ばし、言葉を強調してきつくつかむ。「この件は重要なやつなんだ。あんたもそのうちにわかるよ」

ラヴィは深く息を吸いこみ、そして吐き出そうとした。

「よかったね」と彼はできるかぎり明るくいった。「もしかしたら、〈ボーア〉のいたずら者が飛行中にそれをハイジャックするのを、きみなら止められるかもしれないな」

「何をハイジャックするって？」

「探査機だよ」ラヴィは小型艇内での騒動についてボズに話してやった。彼らが探知できるまでに探査機が百キロ以内まで近づいていたことを。だがボズは、そんなことがありえるとすれば、それまで以上に困惑したように見えた。

「そんなわけないよ。まだ組み立ててさえいないんだから。まだ構造設計に取り組んでる段階で。それに、さっきあたしがいったとおり」――彼女が自分の頭をとんとつつく――「ソフトウェアもまだできてないし」

「ええと、〈ボーア〉の船内警備隊（シップセク）はその意見に同意しかねるだろうね。向こうの連中がいうには、探査機はさかんに動きまわってるそうだよ。それに、ぼくはこの目で見たんだ。最新のセンサーでね。そういっただろ？」

ボズが反論しかけるのを見て、彼は話題を変えた。

「それはどうでもいいんだ」と彼はすばやくいった。「ほかにもっと重要なことがある」自分の顔がとてもとても真剣になったことが自分でもわかった。「聞いてもらいたいことがある——見てもらいたいものがあるんだ。どうにもおかしなものを」彼はいとこの目の奥をじっとのぞきこみ、以前からのボズらしさを探した。

「きみはいまも秘密を守れるかい？」

17.0

フィジー輪のボズの隠れ家のエアフィルターはだめになりかけていた。タバコの煙が通風口のあたりにたまってよどんだ紫雲をつくり、それ以上はなかなか進もうとしない。ラヴィはぼんやりと、あれを修理できるだろうかと考えていた。彼は下唇を噛みつづけ、皮膚が裂けそうになってようやくそれをやめた。

ボズは片手にタバコを、もう一方にはラヴィが回収してきた物体を手にして、この小さな黒い球体を空中にかるくほうり上げた。ここの低重力を完璧に計算に入れ、天井からわずか数センチのところまでほうっていた。玉は今度もゆっくりと落ちてきた。彼女がそれを簡単にキャッチする。

「ふうむ、あんたは完全におかしくなってたわけじゃなさそうだね」とボズが認め、眉をひそめた。「だけど、薬(ドラッグ)による幻覚が、どうしてこんな……現実のものをもたらしたのかがあたしにはどうにもわからないね」彼女はもう一度ボズボールのそっくりさんを、さらに天井すれすれのところまでほうり上げた。

「ドラッグをやってたわけじゃないぞ」ラヴィはかっとなっていった。「それに、おかしくなってたわけでもない」だが、後半の部分については、前半の部分よりもはるかに確信がなかった。

「ふうむ、だったら、どういうことなんだい？」とボズが答えを迫る。「例の娘なんてどこにもいやしない、そうだろ？　ただの幻影だもの。髪を染めた娘が操縦室にいきなり実体化したり、超真空の宇宙空間で呼吸できるはずがないよ。それでいて、あんたは彼女を目にしてるっていう――しかも、四六時中――昼サイクルと同じくらいくっきりと。これが狂気でもドラッグのせいでもないなら、なんなのかさっぱりわからないね」彼女はいらだちのあまり首を振り、いとこをじっと見つめた。「ドラッグなの？」

「違うって！」強い否定の言葉が、落書きだらけの壁に跳ね返ってこだました。

「けど、これには何か意味があるに違いない、だよね？」

ラヴィはうつむいて、足もとを見おろした。

「何ひとつ思いあたらないよ。医務室に行っても、インプラントが少し炎症を起こしてるっていう以外に何も異常は見つからなかった。ドラッグはやってない、処方された薬以外は――あれはインプラントの炎症を抑えるためのものだ。確実にわかってるのは、彼女がこいつを手にしてるのを夢に見たってことだよ」——彼は黒い玉を指さした——「そして確かめにいってみると、まさしく彼女が置いていったところにあった」

ボズはタバコを深々と吸いこんだ。

「答えがわかったよ」と彼女がいきなりいった。ラヴィは彼女に鋭い視線を送った。ボズのほうもじっと見つめ返す。その表情はまじめくさっている。「あんたは霊能者なんだよ」と彼女が告げた。声がささやきにまでひそめられる。「その娘は第二世代なんだ——そうに違いないね。髪を染めたりっていう証拠もあるし。誰かのおばあちゃんのおばあちゃんにでもひどい殺され方をして、それではるか以前に死んだ幽霊が復讐をしたがってるんだ」

ほんの一瞬、ボズは真剣なのだろうかとラヴィは考えた。そうして、彼女が大笑いしはじめ、そのとどろきが落書きだらけの隔壁に跳ね返った。

「そんなのよりも、いちばんありそうなのは、あんたの頭がおかしくなったっていう仮説だね」彼女はそういって、目ににじむ涙をぬぐった。

「ハハハのハ」

ボズはすでに頭を切り替えていた。ボズボールのそっくりさんをしげしげと見つめている。彼女の右目が奇妙にきらめいたことにラヴィは気づいた。増強視力によるものだ。彼女が〈ハイヴ〉にコードを、おそらくはランダムに送っていることに彼が気づくまでにはさらに少しかかった。コードはデータの流れのなかに姿を消し、少ししてかなり違う形になって戻ってきた。あいまいなデータを濾過する、一方通行のフィルターだ。〈ハイヴ〉から流れてきたデータは入ってくることはできても、二度と外には出られない。ボズとラヴィがこれからすることは誰にも聞かれる心配はない。

こうして詮索好きなトレーサーから安全に守られると、ボズは偽のボズボールにコードで質問を浴びせ、侵入口を見つけてそいつに会話させようとした。コードは大量にくり出され、ラヴィはついていくのもやっとだった。それらのコードは独創性や可変性があり、何よりも驚くべきは、それを彼女が即興でこしらえていることだ。コードの扱いとなると、船団の誰一人としてボズにかなう者はいない。

だが、その彼女をもってしても充分ではなかった。偽のボズボールはポリマー製のプディングか何かのように、じっとしている。ボズが投げつけるコードは跳ね返りつづけたが、何も変化はなかった。ボズのタバコは手にしたまま灰になっていた。彼女はポケットをまさぐって、別のに火をつけた。室内の煙の雲がまた濃くなった。

「やり方を間違えてたのかも」彼女はのろのろといって、ラヴィのほうに考えぶかげな視線を向けた。「何がしたいのかこいつに尋ねてみなよ」

「なんだって？」

「何がしたいのかこいつに尋ねてみなよ。単純に、脅したりせず。とにかく、何がしたいのかこいつに尋ねてみなよ、正直に」

ラヴィは咳払いをひとつした。自分でもばかげているように感じられる。

「ええと……おまえは何がしたいんだ？」と彼は尋ねた。

「コ、コードでだよ、アホか！」

ラヴィはいったん間を置いて、険悪な視線をボズに向けた。そうして彼女が要求したとおり、黙りこくった球体に今度はいくつかの波長で問いかけた。

そうした波長のうちのひとつがほんのかすかな反応を引き出した。ごく小さな戸口が開くように。ボズがそれをとらえて、侵入口に彼女自身のコードをねじこんだ。

「捕まえた！」と彼女がつぶやき、つづいて、「やあ、おちびさん、調子はどうだい？」

それに応えて、偽のボズボールが脚を生やし、一瞬にして色を黒から鮮やかな黄色に変えた。ラヴィにはぎりぎり声の届かないところにいるかのように、小さなマシンとボズのあいだにデータの流れがあることには気づいたものの、それがどんなものかまではわからなかった。偽のボズボールが何歩かあとずさる。

「怖がらないで」とボズが猫なで声で呼びかける。「あたしたちは話がしたい、それだけなんだから。何も心配することはないよ」彼女がタバコを長々とひと吸いするあいだ、コードの流れが弱まった。「さあ、それじゃ、あんたが何でできてるのか見てみようか」彼女はその玉を撫でるかのように手を伸ばし、それにあわせてデータのさざ波を送りこんだ。

ドローンは脚を踏んばり、色が赤くなった。白い煙があふれ出てラヴィの視界をふさぎ、こめかみに刺すような鋭い痛みがともなった。

「痛っ！」と彼が思わず叫ぶ。

ボズには彼の声が聞こえていなかった。彼女のほうも悲鳴をあげるのに忙しかったからだ。彼女は床に倒れこんで、両手で頭を抱えこんだ。ラヴィは視界が戻りはじめると、よろけながらも彼女を助けに向かった。目に涙があふれてくる。

ボズは気を失っていた。偽のボズボールはまたもとの球体に戻り、黒い不活性状態になった。数メートル離れた床の上にころがっていると、制御室の残骸のひとつにしか見えない。ラヴィ以外の誰かがたまたまこの現場を目にしたなら、気を失ったクルーと〝それ〟を絶対に結びつけるわけがない。

ラヴィはボズの首筋に指を二本あてて脈をさぐった。ひどくほっとしたことに、脈はなんの問題もなく見つかった。少しして、彼のいとこのまぶたがまたたいて開いた。

「忌々しい（サーディング）ハンガリー輪にかけて」と彼女が小声でもらす。「いまのはヘマだったよね！」

「大丈夫かい？」

「うん」ボズが自分のこめかみをさする。「だいたいはね、ともかくも」

彼女はラヴィに手を貸してもらって立ち上がると、奇妙なマシンのほうに突き刺すような視線を向けたが、それ以上コードは送らないように気をつけていた。また別のタバコを求めてポケットをさぐった。とはいえ、まだ足もとがふらついているに違いなく、焼け焦げた回転椅子の残骸に身を落ちつけるまでは火をつけようとしなかった。ラヴィを振り返ったときの彼女はひどく考えぶかげだった。

「ここまででいえることが三つあるね」と彼女がいった。「ひとつ、あいつは複雑だよ。誰かが真剣につくり上げたみたいに」驚いたことに、彼女はしょげ返っているように見えた。「あれに比べたら、ボズボールなんて五歳児のおもちゃみたいに見える。あたしが百歳まで生きたとしても、こんなのはとうていプログラミングできないだろうね。あれはまるで……まるで生きてるみたいだもの、ほら。まるで、自分がなんなのかわかってるみたいに。自分が誰なのかを。そしてふたつめ。あいつは間違いなくあたしみたいなのと話したがってない」彼女は悲しげに首を振った。「そのことをとてもはっきりさせたよ」

彼女はまたしても深々とタバコを吸いこんだ。薄暗い明かりのもとで、タバコの先端が赤く輝く。

ラヴィは彼女が何かつづけるのを待ったが、ボズはそれ以上しゃべろうとしなかった。彼女は煙のなかですわったきり、考えに沈んでいる。

「それで？」と彼のほうからついにうながした。

ボズがぽかんとして彼を見る。

「それでって？」

「さっき、三つあるっていってたろ。〝あの小さな黒い玉は本当に複雑だ〟というのと、〝あいつはあたしと話したがらない〟で、まだふたつだけだ」

「ああ、そうか」ボズは見るからに努力して気を取りなおそうとしていた。「あいつの特性の三つめ。船内の誰にもあれをつくることはできない。誰にもね」

ラヴィは心臓が不快に打つのを感じとれた。

「〈ボーア〉には？」と彼がほのめかす。「でなけりゃ、〈チャンドラセカール〉には？」

ボズが首を横に振る。

「〈ボーア〉にいる頭のいい女子を二人知ってるけど、あの連中ならボズボールの半分くらいの性能のやつならつくれるだろうね」と彼女が少なからぬ自負心をのぞかせていった。「そして、もしかしたら〈チャンドラ〉にも一人いるかも。それくらいだよ」

「だけど、ほかに誰もいないじゃないか。ぼくらは文字どおり、忌々しいこと（サーディング）に何もない宇宙のまんなかにいるんだから」

「これまでのあたしらほど忌々しいこと（サーディング）に何もないってわけじゃないよ。あんたが気づいてないときのためにいっておけば、すべての船がいまは〈減速の日〉に備えてるところだからね」彼女がラヴィの目の奥をじっと見つめた。「あたしらはすぐそこまで来てるんだよ、いとこ殿（カズ）。深宇宙はミリ単位で浅くなってきてる。いったん星系内に入りこんだら？向こうで何があたしたちを待ち受けてるか、誰にわかるっていうわけ？」

「エイリアンじゃないよね、絶対に」そういって、ラヴィは冷笑した。というか、少なくともそうしようとつとめた。ブロンドの髪の娘と、八重歯ののぞく笑顔が彼の心の目に浮かぶ。「航法部の連中は目標星（デスティネーション・スター）を百三十二年にわたって見つめてきたんだし、LOKIはさらにその五十年前からさぐってきたんだ。これまでのところ、誰も何も見ていない」

　ボズが両手を上げて、〝あんたと議論するつもりはないよ〟というジェスチャーをした。

「ただいってみただけだよ。もっとましな説明がある？」

「うん。船団には三万人ものクルーが乗り組んでる。そのうちの誰かが、きみよりもずっとプログラミングの力量にすぐれてるんだよ」

だが、ブロンドの娘の姿はなかなか頭から離れようとしなかった。

これほど偽のボズボールのことにとらわれていなかったなら、ラヴィはもっと喜んでいただろう。ボズのほうは、新たに手に入れた華々しい〝良好〟の評価を意識して、彼がエンジン室にこっそりもぐりこむ計画に手を貸すことを拒絶した。とはいえ、どうやったらそうできるのか――あくまでも仮定の話だ、もちろん――話すことまで差し控えはしなかった。機関部のログの使われていないセクションに偽造の通行許可証を埋めこめば、ドライヴ機関まで行ってまた戻ってくるのに必要なものはすべてそろう。そのために幾晩かどきどきしながらハッキングをおこない、そしてボズがあらかじめ警告してくれたセキュリティ・ソフトウェアにあやうくつかまりかけたが、なんとかやり遂げた。準備はすべてととのった。彼は勝利を感じてしかるべきだった。それとも、罪悪感を。それとも、その両方を。

その代わりに、彼にできたのは自分の収納箱の底に隠してある黒い球体について心配することだけだった。あれがボズを気絶させたという事実は、危険な存在である可能性を示している。だが、彼女を失神させたあとでズキズキする頭痛を与えたという以外に、実際になんの影響もなかった。そして結局のところ、あれはハッキングから自分の身を守ろうとしただけだ。ボズがハッキングをやめると、もとの状態に戻った。退屈な、これといって特徴のない、なんの変哲もない玉だ。いまはただじっとしているように見えた。

だがラヴィは、念のためにあの玉を装甲用のプレートでつくった箱に入れて、封をして鍵をかけた。そうしてさらに、彼はマクラウド家の一員であるゆえに、いっそうの念を入れて、装甲製の箱に急ごしらえのアラームまで装備した。あの玉を報告すべきだということは彼もわかっていた。だが、いまはまだやめておこう。あれのことがもっとよくわかるまでは。〝本当に奇妙な夢を見たんです。それで、点検用ドローンを作動させて、あれを見つけたんです〟というのよりもましな話を考え出すまでは。彼は精神病棟に連れていかれたくなかった。あるいは、営倉にも。

いまはもう遅い時間で、彼はハブの船尾方向の端の暗闇にふわりと浮かんでいた。真夜中のサイクルがはじまったばかりで、ガーナ輪と小型艇用エレベーターのあいだのひどくまばらな照明はほとんどが消えかけていて、船の下方の疵痕が残る壁を隠している。だが、回転を止めて久しいハンガリー輪から冷たさが忍びよってくるのを彼は感じとれた。幽霊のうめき声のごとく、ガーナ輪が関節炎持ちの膝のようにきしむ。

ラヴィはぶるっとする震えを抑えこんだ。この船は古い。チェン・ライが采配を振るっていてさえも、この船が永久に機能しつづけることはない。遅かれ早かれ、修復しようのない何かが壊れるときがくるだろう。〈ボーア〉の水耕栽培所のように。彼らはぎりぎりのところで目標星(デスティネーション・スター)にたどり着こうとして……

「自分のほうがうまくできるよ」とラヴィがいって、固い決意を示して顎を突き出す。「マシンには絶対に判断できないもん。あまりにもごちゃごちゃしてるから。人にはもっと細かな感覚が必要なの」

彼はソファーにストラップで身体を固定されていた。まわりをモニターの壁がずらりと囲んでいる。視界の隅のほんの少し先で、誰かが足を引きずるようにして歩きまわり、調子はずれの口笛を吹いている。その口笛がやんだ。

「きみにはその処理能力がない」と見えない人物が反論した。「きみはこの世のあらゆる感覚を手にできる。ただし、インプットされたものをきみが処理できなければなんの意味もない」

「マシンが代わりにやってくれるでしょ。こっちはただ制御すればいいだけだもの」

長い間があった。

「そうかもしれないな」と声がついにいった。「そうかもしれない……」

あまりエレガントではないデータのかたまりにラヴィのまぶたがぴくぴくし、いま現在の状況に引き戻した。ソフィアが彼を探している。彼はサイバー内で手を振るのと同等の反応で応え、パニックを起こしかけた呼吸をなんとか平静にたもとうとつとめた。ぼくはおかしくなんかない、と自身に強くいって聞かせる。ぼくはおかしくなんかない……

ソフィアの影が彼のほうにただよいながら近づいてくる。彼は手すりにつかまって自分の身体を固定し、彼女の腕をつかんで行き過ぎないように止めた。

「ありがと」と彼女が息をはずませながらいった。この暗闇であっても、興奮に瞳が輝いているのが見てとれた。「準備はできてる？」

彼女の全身が期待に震えている。ラヴィはそれを無視するのにひどく苦労した。

「うん」と彼はいった。どうにか声を事務的にたもつことができた。壁につくりつけてある手すりを彼は示した。もとからのものもあれば、小惑星が衝突したあとで交換したものもある。「こっちだよ」

手すりはあまり使われることのないエアロックへとつづいていた。ボズに教えてもらったハッキングのやり方に正確に従ったものの、エアロックが彼らの訪問を事前に予期していたことがわかるとラヴィはそれでもほっと安心した。短いコードを送ると、ドアが開いた。少したって、二人はエレベーターにただよいながら入りこんだ。ソフィアが値踏みするように見まわす。

「見るからに旧式ね」

「エンジン室に直行するやつだから。基本的に〈出航の日〉から何も変わってないんだよ」

船の紋章を刻んだ古いブロンズの板をソフィアが感慨ぶかげに撫でる。年月がたつにつれて、そのデザインは簡素化されていった。簡素なほうが、つくるのも容易だ。これこそは、バロックふうの渦巻き模様で飾られた、船団の輝ける日々を象徴したオリジナル版だ。

「なかなかイケてるわね」と彼女がつぶやいた。

エレベーターがそっと振動して出発した。ゆるやかな加速とともに、二人は天井のほうに浮かび上がっていった。

「どれくらいかかるの？」とソフィアが尋ねた。

「一時間ってとこかな」彼は肩をすくめた。「長旅だよ」

ソフィアが周囲をあれこれ探査しはじめると、彼女の発するコードが彼のインプラントにも押し寄せてきた。ラヴィは彼女の腕に手をかけて警告した。

「それはやめたほうがいい。ぼくらはここに存在しないことになってるだろ？　なるべく足跡を残さないほうがいい」

ソフィアは口をとがらせたものの、いわれたとおりに従った。コードもダウンロードも分析も何もできず、彼女はいらいらして安全用の手すりを指でコツコツと叩いた。

「あなたのいったとおりね」と彼女が絶望をよそおっていった。「長い旅になりそう」

ラヴィはにんまりした。実際のところ、この旅は少しも時間がかからなかったように思えたくらいだった。彼の胃袋も今回ばかりは行儀よくふるまってくれたし、それに下へ降りるまでソフィアが延々としゃべりつづけたからだ。エレベーターにブレーキがかかりはじめたときになってはじめて、彼女はふつりと黙りこんだ。エレベーターが止まり、やわらかなカタンという音とともにエンジン室とつながれた。

今回は、あらかじめ部屋が温まるまでエアロックのドアを開けるのを待つことにした。二人は天井ごしに浮かんでその先の部屋に入り、円形のコンソールと五脚の椅子を見〝おろし〟た。この空間はまだ冷たかったが、不快なほどではない。氷の名残(なごり)はどこにもなかった。

「これが予備の制御室。ドライヴ機関の作動中は機関室から操作するんだけど、何かまずいことが起きたときのために、ここに人員を配置して目を光らせるんだ」

ソフィアは目を大きく見開いて、興味津々といったように周囲を見まわした。制御室もエレベーターと同じく年代物だ。ここには、船内の普段から人が暮らしている部分では長らく廃れてしまったような旧風なつくりであふれている。彼女は椅子のひとつにすべるように降りていってストラップで身体を固定すると、すらりとした指を制御盤にはしらせた。「どんな気分だったのかな」と彼女が物思いにふける。「〈出航の日〉にここにすわっているのって」彼女はコンソールの上で両方の手のひらを大きく広げてみせた。顔が輝いている。「想像できる？　足もとのドライヴ機関にはじめて点火されたときの感覚を？　自分ではけっして終点を見ることのかなわない旅をはじめるときの感覚を？」

ラヴィは何もいわず、代わりにゆっくりと高まっていくエンジン・スラスターのとどろきを想像してみた。巨大な船体が驚くべきエネルギーの爆発によってしぶしぶながら動きはじめ、はじめは人が歩く速度よりもゆっくりとした動きで、数カ月の絶え間なく執拗な加速によって秒速数万キロへと達するさまを。

そのあとにエンジンのシャットダウンがつづく。そして、その後数十年におよぶ沈黙が。彼はこうしたすべてに圧倒され、震える息を深々と吸いこんだ。「ここには余分にシールドが張りめぐらしてあるの？」

「放射線はどうなの？」とソフィアが尋ねてきた。

「ああ、そうだよ。ただし、制御室だけだ。残りの区画はドライヴ機関がオフになってるときにだけ出入りできる。保守作業や点検とか、そういったときに」彼は苦笑した。「ドライヴ機関が点火されたときに、ここにいたくはないだろうね」

彼はいちばんそばの隔壁を押して離れ、空中に浮かんで室内を横切り、反対側の重たそうに見えるハッチまでたどり着くと、それを開けた。

「こっちだよ。ここにやってきたお目当てのものを見学しにいくとしよう」

ラヴィは彼女を案内してこの空間の残りを抜けていった。大半は倉庫で、予備の部品やさまざまな用途に特化したドローンが棚におさまっている。外部エアロックにたどり着くと、彼はごくりと唾を呑みこんだ。今度もまた、船窓ごしにブロンドの髪の娘が手を振ってくるのをなかば予期したが、何も起こりはしなかった。ソフィアは敬意をもってこうしたすべてを受け入れ、必要なときだけ質問したが、ほとんどはラヴィの説明を黙って聞いていた。説明は彼が意図していたよりもはるかに多くなった。気づいてみると、彼はドライヴ機関についてあれこれと語りだしていた。それがどのように機能するのか、そしてさまざまな配管やバルブ、あちこちの隙間や割れ目にいたるまで、ほとんど詩的な表現とひどく興奮した熱意でもって。ソフィアは彼のあわただしく発する言葉のすべてに熱心に耳を傾けていた。

そのことにラヴィは夢中になっていた。

「ここが終点だ」とラヴィは告げた。脳内の目で船内図をダブルチェックし、それを正面の隔壁に映し出す。彼は隔壁と天井の境目のところまで浮かんでいって、エアフィルターの格子網をのぞきこんだ。彼はそこに手をあてて、にっこりした。温かい。

「何してるの？」

「ちょっと待ってて」と彼は謎めかしていった。天井と壁のあいだに身体を押しこんで固定し、身体が回転しないようにしたうえで、自前のスクリュードライバーを取り出して、フィルターのネジをはずしていった。あとはぐいっと引っぱるだけで簡単にはずれた。彼はフィルターをそのまま空中にただよわせた。空中に浮かぶ、薄紙のような膜の重なり。

「上がっておいでよ」

彼は手を振って示した。ソフィアがただよってきて彼に合流し、フィルターを取りのぞいたあとの暗い穴をのぞきこんだ。

「それで、わたしは何を見たらいいの？」

「手を入れてごらん」とラヴィがささやく。「できるだけ奥まで」

少しのあいだ、ソフィアはためらい、不快ないたずらを予想しているかのような顔をした。ラヴィは彼女ににんまりして、自分の手を先に突っこんだ。ソフィアは好奇心としかめっ面のあいだといった表情で、彼のやり方に従った。彼女の目が驚きに見開かれる。

「感じるかい？」とラヴィが尋ねた。いわずもがなの質問だった。ソフィアも彼とまったたく同じように感じとっていた。彼女の手は彼のすぐ隣にあって、通風口の向こう側に触れようとしてぎりぎりまで伸ばしている。壁の表面はほとんど熱いくらいで、ラヴィは指先にかすかな振動を感じとれた。

「なんなの、これ？」ソフィアの声は小さくて、ほとんど畏敬の念に満ちている。

「ドライヴ機関だよ。これは完全に止まってるわけじゃない。眠ってるだけなんだ。反応炉は何もすることがなくて、低くとどろく音をたててるだけだ。そして余剰のエネルギーは電力の形で供給されている」彼は通風口の向こう側を爪でトントンと叩いて、うつろな音を響かせた。「ここが船内から接近できるいちばん近いところなんだ――それをいうなら、どこからでもだけどね。Q76サブ＝コイル――配管だね、要するに――それがぼくらの指のほんの数センチ先にある」

「危険はないの？」そういいながらも、ソフィアは手を引っこめようとはしなかった。

「大丈夫だよ。現在のところは出力のほんの一部だし、充分なくらいしっかりとシールドで覆われてる。少なくともドライヴ機関が実際に点火されるまではね。さっきもいったとおり、あれが本格的に活動しはじめたときは、この近くにいたくないだろうね」彼はにんまりした笑みを彼女に向けた。機関士訓練生としての本領発揮だ。「正直にいって、ドライヴ機関がぼくらに危険をおよぼすよりも、むしろぼくらがドライヴ機関に危険をおよぼしてるくらいなんだ。ここのシールドはあまり分厚くないから、あやまってぶち破るとか何かしたら、向こう側の配管にダメージを与えて、ドライヴ機関はそれをちっともお気に召さないだろうね。完全にシャットダウンしてしまい、また作動させるのに何カ月もかかるだろう」

彼としてはこのままもっと話していたいところだったが、何かとても妙なことが起きていた。

ラヴィの身体が落下しはじめた。確かにゆっくりとではあるが、それでも落下していることに変わりはない。ソフィアのほうも同じだった。彼女が急に警戒して、ラヴィを振り返った。

こんなことは起こるはずがない、と彼は考えた。ぼくらは居住区輪にいるわけじゃない。何も回転していないし、よって重力も発生しない。いったいどうして、落下するなどということがありえようか？

赤く点滅するスクリプトが彼の視界内にスクロールしていった。ソフィアのほうもはっとした。

「制御室へ！」ラヴィが鋭く命じた。「いますぐに」

まぶたの裏側に、荒涼として、容赦なく、データの残像が焼きついていた。この区画は放射線に浸(ひた)されている。まだ致死量というほどではないが、すみやかに上昇している。二人は制御室に駆けこみ、背後でハッチを叩きつけるようにして閉めた。

「何が起きてるの？」とソフィアが尋ねる。

ラヴィの脳がその質問のまわりを、パニックを起こして高速でぐるぐる周回しはじめた。放射線の上昇と急な重力の発生はただひとつのことを意味しているが、それを自分の口からいいたくなかった。

「ラヴィ！」とソフィアが金切り声をあげる。「これはなんなの？」

彼は急にかさかさに乾いた唇をなめた。

「ドライヴ機関が作動してる。ありえないはずだけど、作動してるんだ」

18.0

「意味がわからない」とソフィアがもらす。無事に制御室まで戻ると、彼女の警戒心はいらだちに変化していた。「いまはまだドライヴ機関に点火するときじゃない。おじさんはまだ最終計算にサインもしてないし、推進に影響しそうなものを何も保護してないし、忌々しい（サーディング）この船は正しい方向を向いてもいないのよ！」

ラヴィは彼女を鋭く見やった。ソフィアのいうとおりだ、もちろん。船首はまだ目標（デスティネーション）・星（スター）のほうを向いている。ドライヴ機関に点火したら、単に船の速度を速めるだけだ。〈減速の日〉のいちばんの要点は速度を落とすことにあるのに、かえって速度を増すことになってしまう。意味がわからない。

だが、現実にそれが起きている。ソフィアは床の上に立っている。ドライヴ機関がつくり出す重力はかなり弱いが、それでも彼女を床におろすには充分だった。とはいえ、腕を振りまわしたりしなければだが。そしてそれこそは、いまの彼女がやっていることだった。

その動きによって、彼女の足が天井のほうに浮き上がった。

「〈アーキー〉の鉤爪にかけて、何これっ！」と彼女が叫ぶ。

ラヴィはなかば浮かんで、なかばは落下しながら制御室の座席に身を落ちつけた。彼の前にあるコンソールはバックアップの制御システムの一部で、メインの操縦室で何か問題が起きたときに独立して操作できるように設計されている。〈ハイヴ〉から完全に遮断するにはいくつかスイッチをオフにするだけでよかった。こうして匿名性を確保すると、彼はデータ・プラグをつかんでプラグインした。ごちゃごちゃしたさまざまなデータ情報が彼のインプラントに洪水のように押し寄せ、彼の生理的感覚を浸した。あたかもそれは、ドライヴ機関自体のただなかに彼が浮かび、白熱のエネルギーのうねりに囲まれているようなものだった。

彼の一部は怖れおののき、別の一部は高揚した。こんなことをする準備ができていないということは自分でもわかっていた。彼はこのための訓練を受けていない。まぶしい光に目がくらみ、生のアウトプットに耳が聞こえなくなった。だが彼は理解する必要があった。できることなら、自分のインプラントを破裂させることなしに。

身体の外にいると感じているにもかかわらず、彼は自身の肉体に何度かゆっくりと深呼吸をさせた。何を目にしているのか自分の頭に無理にも理解させ、これがただのデータであり、ただのシミュレーションであると思い出させた。ゆっくりと、純粋な意思の行使によって。だが、光は少しずつまぶしさを減じ、ノイズもなんとか我慢できる程度になった。いくつものパターンがあらわれはじめた。ひとつの流れと、それとは逆の流れ、渦と堰（せき）、仕切り弁と水の停滞を引き起こすくびれた区間。逆巻くエネルギーの川が土手や堰や水路によって制御されていく。ただし、ひとつの場所をのぞいてだが。あふれた水を流す排水管、堰の水門。エネルギーは道を逸脱し、荒れ狂い、興味をもって、それを見つけて、怒りの叫びを発しながらその先の暗い闇へと流れこむ。

見えないどこかから、おそらくは彼の背後かもしれないが、小さな、遠い声がした。心配している。「ラヴィ？　大丈夫？」

うめきのもれるほどの努力でもって、ラヴィはデータの流れを止め、ようやくにして周囲の世界をぼんやりと把握できるようになった。うなじに手を伸ばしてプラグを引き抜く。唐突な静けさは耳を圧するほどだった。

ソフィアが眉根を寄せて見つめていた。弱々しく微笑む。

「あなた、いまにも頭が爆発しそうに見えたわよ」と彼女がほっとしたような低い声でいった。

「自分でもそんなふうに感じられたよ」とラヴィは認めた。「次回は、単にモニターをオンにすることにするよ。昔ながらのやり方で」

「でも、少なくともやってみる価値はあったの？　何かわかった？」

「うん」彼は当惑を隠そうともしなかった。「ドライヴ機関は確かに点火してる。ただし、わずかにだけどね。だから、重力がこれほど弱いんだ」

今度は困惑した顔をするのはソフィアの番だった。

「どうしてそんなことが可能なの？　ドライヴ機関というのはオンとオフのどっちかなのかと思ってた。航法計算では、すべての推進をひとつの数値で仮定してきたのに」彼女はかるく困ったような顔をした。「変数を使えるなら、はるかに創造性を発揮できるのに」

ラヴィは肩をすくめた。

「ドライヴ機関はオンとオフで設計されてる。途方もないトン数の宇宙船を十一・九光年ぶんの星間宇宙のかなたまで進ませるとなったら、あまり繊細に考える必要はないんだよ。ぼくらは単純に〝ドライヴ〟と呼んでるけど、実際は九つのスラスターを束ねたものなんだ。機械工学的にいえば、各スラスターはそれぞれが独立してる。それを互いにリンクして統合するのはソフトウェアだ。ソフトウェアを書き換えれば、各スラスターは独自に点火することもできる」彼はソフィアをじっと見て、相手が話についてきているか確認した。「いまはスラスターがひとつだけオンになっていて、ほかの八つはオフの状態だ」彼はコンソールに慎重に手を置いた。振動の兆しはない。「つまり、きみが上のどこかの輪にいたら、気づきもしないかもしれないってことなんだ。ハブ内にいてさえも、単に動きを調整しすぎたかなとかそんなふうに感じるだけかもしれない。推進がこの程度なら、影響はじつにささやかなものなんだ」

「スラスターはみんな同じサイズなの？」

ラヴィはうなずいた。

「なら、なぜそんなことをするの？　なんの意味があるの？　ハンガリー輪にかけて、おもしろ半分に燃料を消費してるっていうの？　そんなの数学的に意味がとおらない！　船の速度をほんのちょっぴり上げて、そのあとで〈減速の日〉にまた速度をゆるめるっていうの？」彼女は座席の端に腰をおろし、急に絶望的な顔になった。「そんなのおかしい」

「ほかに何がおかしいかわかるかい？　これをやってるのが誰だとしても、こっそりやってることだ」

ソフィアが彼に鋭い視線を向けた。

「考えてもみてよ。これは部屋の明かりをつけるのとはわけが違う。単にボタンを押して、ジャジャーン！　ドライヴ機関がオンになりましたっていうわけにはいかないんだ。これにはあやまって点火されるのを防ぐための連動式の防止機構がある。すべてが規約と手つづきによって守られてる。シミュレーションがあって、テストがあって、ウォームアップがあって、ウォームダウンがある。そして打ち上げ担当チームがあって、委員会があって、そしてクルーへの警告がある。そうしたどれも、起こらなかった！　ほとんど誰も、これが起きてることを知らない。ぼくら以外には。そしてぼくらは、本来ならここにいるはずじゃない」

　ソフィアが考えぶかげな顔になった。

「わたしたちがこれをやったという可能性は？　ほら、うっかり間違えてとか？　あなたのいうとおり、わたしたちはここにいるはずじゃない。スイッチか何かにつまずいたっていう可能性は？」

「ありえないね」とラヴィは忍耐づよくいった。「インターロックを覚えてるだろ？　簡単にドライヴ機関をオンにすることなんてできるわけがない。あまりにたくさんのセーフガードがある。緊急再起動をすることはできるけど、それでさえも、システムに同時にアクセスするために三人の士官が承認し、三つの異なるキーを使う必要がある」彼はきっぱりと首を横に振った。「これはぼくらがここにいることとはなんの関係もない」

　ソフィアが天井をじっと見つめた。まるでその向こうの、氷の張りついた全長十数キロの格子の中心軸の先を見てとれるとでもいうように。

「おじさんはこれを知ってるはず」と彼女が小声でいった。「船長も」ソフィアは興奮してふたたび立ち上がり、床から浮き上がった。彼女は天井にぶつかってからまた降りるために身構えないといけなかった。「でも、なぜこんなことをするの？　これは単に……単にばかげてる」

「ボン・ヴォイのしわざっていう可能性は？」

ソフィアは彼がいきなり頭をふたつ生やしたかのようにまじまじと見つめた。

「それなら意味がとおるよ」とラヴィはいい張った。「この旅が永遠につづくようにすることこそが、ボン・ヴォイの目標じゃなかったかい？　連中がドライヴ機関をハッキングしたのかも。ぼくらが速度を出し過ぎて、減速が間にあわないようにしたいのかも。それとも、大量に燃料を消費させて、減速時に充分な量が残ってないようにしたいのかも」

ソフィアが首を横に振る。

「わたしが知ってるボン・ヴォイなら、きっとこういうはずよ。ボン・ヴォイであることの目標のすべては、無垢な世界を人間から守ることにあるんだって。止まらずに進みつづけるというのも、確かにひとつのやり方だけど、それだけじゃない。それにもしドライヴ機関をハッキングできるほど彼らの頭がいいとしたら――彼らは実際に頭がいいんだけど――当然ながら、それがけっしてうまくいかないこともわかるはずよ」彼女は天井を強調して指さした。「遅かれ早かれ、上の誰かが目を覚まして、何かがおかしいことに気づくでしょうね。そうなる前に、船を充分に加速させることも燃料を大量に消費することもできるはずがない。もしこれがボン・ヴォイの計画だとしたら、彼らにとって最悪の計画で、それはつまり、これはボン・ヴォイのしわざではありえないということになる。だけど、船長が何を考えてこうしてるのか、わたしにはさっぱりわからない。このすべてに……意味がないのよ」

ラヴィは反論したかったが、確かにソフィアのいうとおりだ。ドライヴ機関をハッキングできるほど頭がいいなら、こんな無駄な努力はする価値もないことがわかるはずだ。彼はコードをすばやく送って天井のエアロックを開けた。

「そろそろ戻る時間だ」

エアロックの扉のすぐわきの天井の壁に、折りたたみ式のはしごが収納されていた。明らかに、船の推進中に使うためのものだ。だがいまは重力があまりに小さいため、それを使うまでもなかった。

ソフィアがジャンプしようとして、その寸前で思いとどまった。

「放射線は？」と彼女が尋ねる。「安全なの？」

「まったく問題ないよ。エレベーターはこんなときを想定して設計されてるんだ。制御室よりもさらに頑強なシールドで遮蔽されてる。きみの線量アラームはぴくりともしないよ」彼が先にジャンプし、軽々と舞い上がってハッチをくぐった。「何が起きてるにしても、ここで答えは見つかりそうにないな」

19.0

皿とその色鮮やかな装飾が混じりあってゆがみ、不均等な緑の三角形になり、折り紙のように折りたたまれていたのが開いていって、巨大な、毒性のある芝生になった。

そこに男がいた。丈の長いコートにバックルで留めた靴、そしてやたらと大きな白い鬘(かつら)姿だ。ただし、どういうわけかそれは男ではなく、あの娘だった。彼女は木の下にすわっていた。リンゴがひとつ、実のなった枝から落ちて、娘の手のなかにやわらかにおさまる。娘は笑って、リンゴを毒性のある芝生の上にころがした。芝生は急に伸びて雑草になった。ころがるリンゴは浴槽の脚にぶつかって止まった。その浴槽は、白黒映画のなかでも古いタイプのものだった。浴槽には温かな泡だらけのお湯が王様の身代金になりそうなほどなみなみと注がれていて、それが波打ってふちからあふれている。なぜかといえば、彼がそのなかに浸かっているからだ。彼は貴重な液体があふれるのを止めるため必死に起き上がろうとしたが、どうしてもうまくできないようだった。そして彼が必死にそうしようとすればするほど、ますますお湯がぶちからあふれていく。そしていま、娘は浴槽のわきに立ち、身を屈めて、上から彼に顔を近づけている。もはや見慣れた、かすかにゆがんだ八重歯が唇のあいだからのぞくあの笑みを浮かべながら。彼女の奇妙なアクセントはじつに明白だった。

「あなたの助けが必要なの」と彼女がいった。

だが彼は浴槽のなかで裸でお湯に浸かり、身体を隠すものが何か必要で……

彼はベッドの上でがばっと身体を起こし、荒い息をついた。額にはかすかに汗がにじんでいる。まわりは漆黒の闇だ。

「明かりを」彼は念のために声を使った。だが頭痛はなかった。処方薬が効果を発揮している――ようやくにして。もう一度眠りに戻ろうかと思ったが、すでに〇五二七時だ。どのみちインプラントにもうすぐ起こされる時間だった。彼はシャワーを使い、蒸気が曲線を描いてリサイクラーに呑みこまれていくようすを見守った。蒸気のぬくもりのなかでなかば寝ぼけながら、彼はホーム・ワールドの映画に出てくるシャワーのシーンや、水滴が地面に落ちていく不自然な流れ方のことを考えた。まるで水は、最小限の努力でまっすぐ地面に向かって落ちることしか望んでいないかのようだ。惑星の重力のせいだろう。ホーム・ワールドの人々は床に足をつけて立ちつづけるために輪を回転させる必要もなかった。

重力か。シャワーの蒸気が冷たくなったのと同じくらい、彼ははっと目を覚ました。外の通路を少し行ったところに重力計がある。彼は〈ハイヴ〉に脳内の手を伸ばしてそれを見つけた。計器は一・〇〇三Gを示していて、退屈なくらいに正常だ。さらにもう少し深くさぐってみて、機関部の自動診断を実行し、力ベクトルについてのより詳細なデータを掘り起こした。これまた退屈なくらいに正常だ。ほんのわずかな異常もない。数値を狂わせる予想外の加速もない。唯一、センサーに影響しているのは、エクアドル輪のゆっくりとした終わりのない回転だけだ。真夜中のサイクルのさなかに誰がドライヴ機関を作動させたのだとしても、また止めたに違いない。

それとも、チェン・ライがそれを止めさせたのだろうか？

だが、もしチェン・ライがドライヴ機関の異変について何か知っているとしても、そのことについては何も報告していない。ラヴィは訓練生の説明会議の終わりに、推進テストの予定が何かあるんですかと尋ねてみたが、無表情とノーというそっけない答えが返ってきただけだった。クラスメートたちも同じく何も知らないようだった。昨晩の自分が何をしていたのか打ち明けることはできなかったから、ラヴィはその話題を遠まわしに振ってみた。しかし、彼が話しかけた相手は誰一人として異常を感じていないようだった。アンシモフからはっきりと、なぜそんなことに興味があるのかと訊き返されると、そこでやめておくしかなかった。

その夕方、樹木園で、彼もソフィアも勉強に集中できなかった。二人は木陰に身を隠して、ホーム・スターの悪意に満ちた目が沈むのを待った。

「航法部でも、そのことについては誰も知らなかった」とソフィアが小声でつぶやいた。「それとも、話そうとしなかっただけなのかも。おじさんにじかに尋ねてみたら――」

「何をしてみただって？」

「――おじさんも初耳だって。だけど、調べてみるといってたわ。機関部がスラスターのひとつに問題を抱えてるのかもしれないからって」

「もしそれが真実だとしたら、誰もぼくらにそのことを話してない」

「ほかにもあるの。船は昨日の朝と同じ方向を向いていないのよ。スラスターのひとつに点火したせいで船が針路から軸外に押されたのか、それとも誰かが船を約三十度回転させたかのどちらかね」彼女がおもしろがるような笑みをのぞかせた。「わたしたちはある意味、斜めになって進んでる」

「シールドについては？」オーストラリア輪の前方に配置されているシールドは幅が二千メートルもある円形のもので、超高密度の耐衝撃性ポリマーでできている。船を破壊する小惑星との衝突から身を護るためのものだ。それが前方に位置しているかぎりは。

ソフィアの笑みが消えた。

「そのことは考えてもみなかったわ」彼女は少なからず不安げな顔つきになった。「船は剝き出しでさらされてる。その大部分をね、とにかく」

ラヴィの頭のなかに、壊滅して久しいハンガリー輪とプレートでふさいだスポークの入口がぱっと浮かんだ。そしてそれは、シールドがきちんと配置されていたうえでの出来事だ。彼は船腹を切り裂いていくちりや粒子をほとんど感じとれそうなほどだった。それと、噴き上がる炎や減圧を。

「誰かにこのことを伝えないと」と彼はいった。

それを聞いて、ソフィアが大笑いした。その声が頭上の木の葉のそよぎと混じりあう。「船の向きが三十度も変わっていながら、航法士が誰も気づいていないと思う？」笑いすぎて、彼女は少し息をととのえないといけないほどだった。「みんなが気づいたわよ！ 計器が正しくない方角を指してたんだもの！ さすがにわかるわよ」

「それなら、その〝みんな〟はなんといったんだい？」とラヴィが問いただす。少なからず、おもしろくない気分だった。

ソフィアはまじめな顔をどうにかたもった。

「おじさんがいうには、周囲の宇宙空間がよく見えるように船を回転させたんだって。別の侵入軌道が必要になったときに備えて」

「それで、その話をみんなは信じたのかい？」

ソフィアがうなずく。

「たぶん、それは本当よ。わたしたちが入りこもうとしてるのはとてもちりの多い星系なの。おじさんはできるだけ多くの選択肢を求めてる」

ちりの多い星系にシールドなしで突っこんでいくというのは、ラヴィにはあまり思慮ぶかいやり方のように思えなかった。

「ちょっと調べて見るだけのために、えらく大勢の命を危険にさらしてることになるね」

「船長は自分が何をしてるのかわかってるわよ」

「ああ、そうだろうね」ラヴィはそれ以上追及せず、代わりに偽のホーム・スターが偽の地平線に沈んでいくのを見守っていた。

「冗談だろ！」ラヴィはひそめた鋭い声でいって、テーブルの下のボズボールを見つめた。

「なんでまだ破壊してないんだ？」

〈アベル３８６〉をマクラウド一族のお気に入りのたまり場にしている最大の理由でもある安価な瓶ビールをちびちびとやりながら、ボズはタバコの箱を探してポケットをまさぐったものの、残念ながらどこにも見つからなかった。いまのボズボールは地味で目立たない灰色に塗りなおされ、彼女の足もとにおとなしくころがっている。二十世紀当時に流行(はや)った音楽が——この店に品格を加えようというむなしい試みだ——時代とずれがあるように見えるスピーカーから大音量で鳴り響き、二人の会話を覆い隠している。

「ちぇっ(サード・イット)」とボズがつぶやく。「部屋に忘れてきたに違いない」そうして、彼女はいたずらっぽくラヴィを見た。「どうしてあたしがこれを破壊するなんて思ったの？ 少なくとも、あたしの禁じられた工作物は自家製だからね。あんたのやつはどこ製なのか、誰にわかるっていうの？」

彼の収納箱の底におさめられ、さらに装甲製の箱に鍵をかけて閉じこめた黒い球体を頭のなかに思い描き、ラヴィは顔をしかめた。だが彼は、簡単に引き下がろうとしなかった。

「こっちはあと少しで〝死の重し(デッド・ウェイト)〟の境界線に到達しそうなわけじゃないからね」と指摘する。

「あたしもだよ。いまのあたしの評価は〝良好〟なんだよ、覚えてる？ 一度や二度の失敗をするくらいの余裕はあるし、それに外出制限もないし」

「ボズ！ ラヴィ！」とトークィルおじさんが、そばのテーブルから大声で呼びかけた。「ちょっと静かにしろ！」彼がよろけるようにして立ち上がる。明らかに、ひどく酔っている。「ちょっと話しておきたいことがあるんだ！」

ボズとラヴィはいわれたとおりに口をつぐんだ。店内の半分は一族の者で占められていたから、同じように従った。ラヴィはちらっと母親のほうに目をやった。トークィルのすぐ左の席にすわっている母親の目は異様なくらい明るかった。

「ラミーシュ・マクラウドに乾杯」とトークィルがいって、ビールのボトルを掲げた。「人が考えうるかぎり、最高の兄貴に。兄貴は相手にするだけの価値がないやつは誰も相手にしなかったし、誰も彼にちょっかいを出そうとはしなかった」トークィルはいったん口をつぐみ、眉をひそめた。「士官連中は別だがな、もちろん。やつらは兄貴にえらくちょっかいを出してきた。なんのために？ 兄貴が商品を取引してたからだ……企業家精神にあふれた勤勉さを通じて手に入れたものを。それだけのために！」

「それと、大尉を殴り倒したために」とラヴィとボズが声をあわせてつぶやいた。

「……それと、大尉を殴り倒したために」とトークィルがつけ加える。「そいつには当然の報いだ」

彼の母親は無言で涙を流していた。

「誕生日おめでとう、兄貴」とトークィルが締めくくった。「くそ野郎どもに堆肥にされちまったかもしれんが、おれたちは永遠にあんたのことを忘れない！ ラミーシュ・マクラウドに乾杯！」

「ラミーシュ・マクラウドに乾杯！」一族がそろって叫んだ。ほかのテーブルの客たちがはっきりと居心地が悪そうに見えたとしても、マクラウド家の者たちは壊れた回路ほども気にかけていなかった。トークィルおじさんは盛大な喝采を浴びながら腰をおろした。ラヴィの母親はかすかな笑みを義弟に向け、彼の袖に触れて感謝の気持ちをあらわした。

母親が本当はこういうのを嫌っていることをラヴィは知っていた。だが、一族の者たちがどうしてもといって聞かなかった。彼らにとって、ラヴィの父親はある種の地下世界（アンダーデック）におけるヒーローだった。だがラヴィと母親だけは、真実のラミーシュ・マクラウドがどんな男かを知っている。ずる賢く、好機を見のがさないいかさま師で、中央の環状通路から足を踏みはずさずにいれば、いまでも家族といっしょに暮らしていられただろう。愚かなくず野郎だ。愚かで、自分勝手なくず野郎だ。

彼は刃（やいば）のごとく鋭い記憶に身を切りさいなまれた。父親に肩車されて、大声で笑いながら、まわりのことになど何も気にかけず、群衆のあいだを縫って通路を進んでいった記憶。

彼はゆっくりとビールをあおった。

「もしそいつを持っているのを見られたら」ラヴィは厳しい口調でボズにいった。「頭がくらくらするくらいすばやく再逮捕されるよ」彼は懸念を顔にあらわさずにはいられなかった。「そうして堆肥にされる」

ボズはただ単ににんまりした。

「そんなこと、ありえないね。いまのあたしは、連中にとって重要な存在なんだから。あたしを必要としてるんだよ」彼女の目が興奮で輝いている。「ほら、あのときの……出来事を覚えてる？　あんたの小さな黒いボットとの？」

ラヴィはこくりとうなずいた。あれにやられて気を失ったあとで、ボズがどれほど青ざめて脆弱に見えたかをはっきりと覚えている。

「あいつのソフトウェアは……まったく違う。あのあとで、別のプログラミングを考えるようになったんだ。あれをハッキングしたときに、あれがあたしをハッキングしてくる直前に見たようなのを」ボズは興奮のあまり、自分を抑えきれずに椅子の上でぽんぽんと跳ねている。「解決できたように思うんだよ、ラヴィ。探査機のプログラミングの問題を。もしあたしの考えが正しいとすれば――そしてあたしはいつだって正しいんだけど――今後は航法士の要望どおりにどんなスペックのやつでもつくれるし、それ以上のだって可能だよ」

ボズの喜びには感染性があった。いつの間にか、ラヴィもいっしょににんまりしていた。

「すごいじゃないか、いとこ殿（カズ）」だが、彼の笑みはすぐに霧散してため息に変わった。

「その探査機の仕事が片づいたら、今度はぼくの正気を取り戻すプログラミングをお願いしようかな」

　ボズが心配そうな表情になった。

「またイカレた幻覚を見たの？」

「それと、夢もね。日を追うごとにイカレたものになっていくんだ。もしまだイカレてないとしても、すぐにそうなりそうだ」彼はボズに最新の夢を話して聞かせた——裸で浴槽に浸かっていたところまでも。ボズの性格からして、きっとこれを聞いて大笑いするだろうと彼は思っていたが、そうはならなかった。彼女はしげしげと彼を見つめている。

「あんたさ、これまでにこの船の紋章を見たことある？」と彼女が尋ねてきた。「新しいやつじゃなくて、古いタイプのほう、第一世代のバージョンを？」

「ああ、もちろん。見るところを見ればあちこちに残ってるからね。エンジン室のエレベーターにも……」

　ボズが焦れて、手を振ってさえぎる。

「じゃあ、あれはなんの絵？」

「さっぱりわからないな」ラヴィは肩をすくめた。「単に曲線がたくさんあって。最近のやつはデザインがもっとすっきりしてるけど」

ボズの口の端にいたずらっぽい笑みが浮かんだ。

「あんたって、生まれて以来ずっとこの船で暮らしてきながら、あたしたちの船の紋章がなんなのかも知らないの？」

「さっきもいったろ、曲線だらけだって。のたくった曲線だらけのは、古いタイプのやつで、もっとすっきりしたのは新しいやつだ。それだけのことだよ」

「あんたはそれほどまでに忌々しい（サーディング）機関士体質なもんで」とボズが笑いながらいう。「頭が尻よりもはるかに上のほうにあって、計算式だの修理のスケジュールだので頭がいっぱいで、自分の鼻先にあるものもまともに見てとれないんだろうね。たぶん、自分の尻以外は」

「ならば、教えてもらおうか、おお、賢き者よ」

「あたしたちの船の名は」とボズがわざとゆっくりと強調していった。「〈星間宇宙船（ISV）‐1アルキメデス〉だよね。その紋章は、浴槽に浸かってる男性がモチーフなんだ」

ラヴィはまじまじといとこを見つめ、ゆっくりとまばたきした。そして自分がまったくの愚か者のように感じられた。もちろんそうだ。こうしてボズに指摘されてみて、生まれたときから何度となく目にしてきた、あの様式化された曲線が急に意味をなした。

ボズの笑みが、皮肉たっぷりなものになった。

「船団の三隻の船は、LOKI以前の重要な物理学者にちなんで名づけられてるんだよ」と彼女が思い出させてくれた。「なかでもアルキメデスは、ずば抜けていちばん古い時代の人だよね。彼には有名な逸話がある。おそらくはあとからつくられたものだろうけど、黄金でできてるはずの王冠にまつわる話が。王様はそれが黄金じゃないんじゃないかと疑って、アルキメデスに確かめさせようとした。王冠だから、溶かしたり、削ったりして検査するわけにもいかない。もちろん、その重さはわかるし、同じ重さの純金がどれだけの体積になるかもわかる。わかってなかったのは王冠の体積だった。ごてごてと飾りたてた複雑なつくりだったから、どうやって測ったらいいのかさっぱりわからなかったんだ。そして王様がいらだちはじめた。

だけど、アルキメデスはホーム・ワールドで暮らしてたんだよ、ほら。どうやら彼は、使いきれないくらい大量の水を所有してたみたいだね」こう話すボズの口調からも、この部分こそは彼女がいちばん信用を置いていない点だというのは明らかだった。「とにかく」と彼女がつづける。「アルキメデスは無尽蔵の大金持ちで、文字どおりお湯をたっぷり張った巨大な浴槽に浸かって身体を洗うことができた。浴槽にお湯をあまりにたくさん入れてたから、彼がとびこむと、お湯がふちからいくらかこぼれたんだ」彼女はそのことを考えてぶるっと身を震わせた。「そのときに外に押し出した水の体積と浴槽内の自分の体積が同じであることに気がついた。王冠でも同じことができる。ふちまでいっぱいに水を張った容器に王冠を入れて、こぼれ出た水の体積を測ればいい。彼は問題を解決できたことにあまりに興奮して、浴槽をとび出して通りを駆けていった。〝エウレカ！〟と叫びながら。彼の母国語がなんだったにしても、それは〝見つけた！〟という意味だった」ボズの表情がはっきりといたずらっぽいものになった。「実際、彼は興奮のあまり、服を着ることも忘れてたんだよ」

「そんなばかな！」

「ああ、うん、たぶん実際はそうじゃなかったのかも。けどさ、肝心なのはこの話が数千年にわたって語り継がれてきて、だからこそ、この船の紋章は浴槽に浸かってる男性なんだよ」彼女は含み笑いをもらした。「あまり多くの人間が知ってることじゃないけどね」

「そんなこと、考えてもみなかったよ」とラヴィはいって、床を見つめた。そうしてまた顔を上げたとき、眉をひそめていた。「だけど、それがどういう意味になるんだろう？〈アーキー〉の名にかけて、いったいなぜぼくが、自分で知りもしなかった紋章にまつわる夢を見たんだろう？」

ボズはまたしても見つからないタバコを探しながら、小声で毒づいた。

「ほんとに大きな論理の飛躍をして、あんたはおかしくなってないと仮定してみようか」

彼女の指がテーブルの面をせわしなく叩く。「そしてさらに大きな飛躍をして、あんたがあの小さな黒いドローンを見つけたのは何かのイカレた偶然なんかじゃないって仮定してみよう。そうすると、何者かがあんたにあのデバイスを見つけてもらいたがってたってことになる。そうすると、あんたの夢はただの夢じゃなかったってことになるし、あんたの幻覚はただの幻覚じゃなかったってことになる。あれはメッセージなんだ」

ラヴィの心臓が肋骨にドスンと打ちつけた。

「メッセージって、誰からの？　それに、どうして意味がまったくわからないようなものを送ってくるんだい？」

「誰が送ってきたのかについては、いまのとこ問題にしないでおこうか。何をいおうとしてるのかを考えてみようよ」

あの娘が妙なアクセントでくり返した言葉をラヴィは思い出した。

「彼女はぼくの助けが必要だといってた」彼はいらだちまぎれにテーブルを叩いた。「だけど、どうすればいいのか、なぜなのか、どこでなのか、何もわからない」

「ゆっくりとひとつずつ取り組んでいく必要があるよ」とボズが提案した。「コードの解読みたいに扱うんだよ。わかってることからはじめるとしよう。夢のなかで、あんたは浴槽のなかの男だった。この船の紋章は浴槽に浸かった男性だから、例のブロンドの娘はあんたをこの船と結びつけてる」

「きみがそういうなら」

「ほかにもっとましな仮説はある？」

彼はすなおに首を横に振った。彼のいとこは、少なくとも謎を解明しようと努力している。それだけでも彼よりはましだ。

「それなら、あの娘は何を象徴してるのかな？」とボズが、ラヴィにというよりも自分自身に問いかけた。「歳とった誰か？　第一世代以降は誰も髪の毛を染めたりしてない。けど、彼らは何十年も前にリサイクラーに入ってる。となると、第二世代、かな？」そういったそばから、彼女みずから首を横に振った。

ラヴィも首を横に振る。理由は同じだ。計算があわない。

「だとしたら、彼女は最低でも百七歳くらいじゃないといけない」と彼は指摘した。「それはありえないよ」

「契約放棄者、かな？」

ラヴィは今度も首を横に振った。

「誰もが七十五歳で〝死の重し（デッド・ウェイト）〟になる。契約放棄者だとしても、八十歳を超えた者がいるなんて話は一度も聞いたことがない」かつて教えられたことが予想外に彼の頭によみがえった。「それを考えてみると、第二世代じゃなかったっけ、その規則を最初につくったのは？　その当時、クルーたちはひどい状態だった。そして生命維持システムが崩壊するのをくいとめるために、それがもっとも人道的な手段だった」彼は急な知識の流入を、ねじくれた意味でおもしろく思った。「ぼくは歴史をあまりよく知らないけど、このことは知ってる。もしも第二世代の誰かがまだ生きてるとすれば、ニュースフィードじゅうの話題になってるはずだ」

「もっともな指摘だね」ボズは考えこむように下唇を噛んだ。「染めた髪のことは忘れて。彼女について、ほかに何か特徴は？　夢のなかで、彼女は古い時代の衣服を着てたっていったよね？　クルーの作業服じゃなくて」

ラヴィはうなずいた。

「どれくらい古い時代の？」

「さっぱりわからないよ。とにかく古いやつだった。LOKI以前であることは確かだね。産業革命前かも」

ボズが疑わしげに、片方の眉をつり上げる。

「ハンガリー輪にかけて、いったいどうしてぼくにそんなことがわかるっていうんだい？」ラヴィは何よりもいらだちから声を上げた。「あのばかでかい、忌々しい（サーディング）鬘をつけるのをいつやめたんだろう? それをいえば、あのばかでかい、忌々しい鬘（サーディング）をいつからつけはじめたんだろう? ぼくは歴史家じゃない、そうだろ?」

「そりゃそうだね」とボズがいって、かるい笑みを浮かべた。「けど、あんたはホーム・ワールドの古い映画のマニアだろ。そういうのを頭にかぶってる連中をどこかで見たことは?」

「よく覚えてないなあ。あるかもね。そうだ」彼の顔がはっきりと明るくなった。「映画ライブラリにアクセスしてみよう。あらためて考えてみれば、たくさん見たことがあると思う」彼はキーを固定し、ボズにすばやく送った。「きみも合流するといい」

ボズが彼の頭のなかになだれこみ、彼が〈ハイヴ〉に手を伸ばして大きな鬘をかぶった人物が出てくる映画を探すのを見守った。長くはかからなかった。

「『アマデウス』」と彼が小声でもらした。「『三銃士』。『英国式庭園殺人事件』」

「気のきいたタイトルだね」ボズがくっくっと笑い、彼のあとを追って映像をたどっていった。その笑い声がラヴィの頭蓋の内側と外側から同時に聞こえて反響しあった。

ラヴィはそれを無視し、映画と実際のホーム・ワールドの歴史につながりを見いだそうとした。普段なら、歴史となると彼は眠気をもよおすものだが、これはある意味で少しおもしろかった。

「オーケイ」しばらくして彼は告げた。「ぼくらが問題にしてるのは、確実に一七〇〇年代までで、もしかしたら一六〇〇年代かも。それより前には鬘をつける習慣はないし、それ以降のは小さすぎる──そして、たいていは弁護士がつけてるだけだ」

「弁護士が？」ボズは笑ってはいても、かすかにびっくりしたように聞こえた。「〈アーキー〉の名にかけて、いったいなんで？」

「さっぱりわからない。ともかく、肝心な点は、問題のあの娘は古めかしいどころじゃなく古い衣服を身に着けてたことになる」

「そして……」ボズは少しためらい、急いで地名を確認しなおした。「ヨーロッパの。それも助けにはなりそう」

「どう助けになるのかわからないな。はるか昔にリサイクルされた……ヨーロッパの娘が、ここでいま起きてることとなんの関係があるっていうんだい？」

「何かがあるに違いないよ。あんたの頭のなかで起きてることは、ランダムに起きてるわけじゃない。そのことははっきりしてる」

「ああ、うん、これは船の紋章と何も関係がなさそうだね。浴槽に浸かってる男を見てもぼくには認識できなかったかもしれないけど、〈ボーア〉のほうは簡単だ。原子核のまわりを電子がいくつも回ってる旧式の模式図。そして〈チャンドラセカール〉のほうは──」

「どうにも退屈なやつだよね」とボズが口を挟んだ。「ブラックホールのまわりを白色矮星が軌道周回してる。両方とも、ばかでかいヨーロッパの鬘とはまったく関係ない」

二人の会話は床から聞こえてきた鋭いクリック音にさえぎられた。ボズボールが身体を安定させる必要があるかのように、ひと組の脚をさっと突き出したのだった。

「妙だね」とボズがいう。

ラヴィは聞いていなかった。ボズボールはころがらないように身体を支えたのであって、その理由が彼にははっきりわかった。彼は〈ハイヴ〉に手を伸ばした。どこかこの近くに、機能している重力計があるはずだ。少し時間がかかったが、二階層下でひとつ見つかった。数値がおかしいことがわかるまでに、時間はほとんどかからなかった。

「また加速してる」と彼はボズに告げた。「昨日の晩と同じように」

「昨日の晩？　あんた、何いってんの？」

「ソフィアと二人でエンジン室にいたとき、ドライヴ機関が急に動きだしたんだ――とにかくも、ドライヴ機関の一部が。それがまた起きてるんだ、たったいま。ドライヴ機関が燃焼してる。ひどくそっとだけど、確かに力が加わってる」

なんらかの振動を感じとれるかと期待して、彼は疵のついたテーブルの表面に手をあててみた。だが彼の手は、名称のついた四十八の神経が張りめぐらされているうえにインプラントでアップグレードされているが、ボズボールの繊細なバランス感覚とは比べものにならなかった。何も感じとれない。ただニルヴァーナとかいう鉄器時代の楽団(オーケストラ)の打ちつけるベース音だけが響いた。

20.0

「本当なんだって」とラヴィがいい張りながら、普段どおり教室の後ろの席にどさりと腰をおろす。「誰かがドライヴ機関に点火してるんだ──ドライヴ機関の一部に──夜サイクルのたびに」

「ああ、そうだな」アンシモフのほうは、そんなたわごとにはひっかからないぞという考えでいることは明らかだった。

「真剣にいってるんだよ」

「そうだろうとも」アンシモフがにんまりとして見せる。「おまえが何をたくらんでるのか知らないけどな、ラヴィ、このつくり話はうまくいかないぞ」

ウォレン教授が教室に入ってくると、二人の議論はそこまでになった。

授業が終わり、機関部の説明会議に向かう途中で、ラヴィはもう一度友人にいって聞かせるつもりだった。しかしながら、彼がもう一度その話題を持ち出す前に、グローブをはめた、ずっしりとした手が彼の肩をつかんだ。

「いっしょに来てもらえるかな、士官候補生」

振り向いたラヴィは、船内警備隊（シップセク）士官の目をのぞきこむことになった。鉄灰色の髪をした壮年の士官で、プロフェッショナルらしい無表情だ。ラヴィは喉に急に生じたかたまりのことはなんとか無視しようとつとめた。

「ぼくは逮捕されるんですか？」と彼は声の調子をかるくたもとうとしながら尋ねた。

「逮捕されたいのかな？」

クラスメートの半分が彼を見つめているのを意識しつつ、ラヴィは首を横に振った。ほんのかすかな笑みが士官の顔をちらっとよぎる。

「だったらこっちへ、候補生（ミディ）」

機関部やその他の訓練生たちが急いでわきによけた。まるでラヴィの突然のトラブルには伝染性があるかのように。

「いつかこうなると思ってたよ」とヒロジ・メネンデスが、ラヴィにも確実に聞こえるようにいった。「あいつはマクラウド家の出だからな、結局のところ」

「おい、ヒロジ」とアンシモフがやり返す。「弟のウィレムのようすはどうなんだ？　営倉ではよくしてもらえてんのかよ？」

忍び笑いがいくつか聞こえてきたのをラヴィはうれしく思った。彼は断固として前方に視線を定めつづけた。

最寄り(もより)の船内警備隊(シップセク)の詰所は、五階層上がって輪を半分めぐったところにあった。そこまでやってくる頃には、ラヴィは息があがっていた。フルの一Gであってさえも士官の足どりは速く、ラヴィに休憩を取らせる気など毛頭ないのは明らかだ。弱さを見せまいと決意して、ラヴィは必死に士官と歩調をあわせてきたが、いまはそのつけがまわっていた。額にうっすらと汗が浮いているのが自分でも感じられるし、鼓動も速まっている。しかしながら、激しい運動がたたったというほかにも、彼のコンディションの変化には原因があった。彼は護衛つきで船内警備隊(シップセク)のなわばりに足を踏み入れようとしている。彼は深呼吸をひとつして、入口のハッチをくぐり……

彼は床の上で身体をまるめたが、ブーツの足はそれでも彼の腹に容赦なく振りおろされた。

「化け物め！」と声が叫ぶ。「おまえはここにいるべきじゃない！　実験室に戻れよ！　おまえは化け物なんだから！」

またしてもブーツが振りおろされる。ラヴィは痛みに悲鳴をあげたかったが、なんとか呼吸しようとあえぐことしかできなかった。

「この子に手を出すな！」と怒鳴る声がする。歳のいった、男性の声だ。「さもないと、わたしの手でくそったれな(ジンティング)おまえを痛い目にあわせてやるぞ！」

ラヴィの母親が彼を見おろした。ピストルを手にしている。しわの刻まれたその顔には怒りと心配が混じっていた。

「大丈夫？」と母親が尋ねた。力強い腕がラヴィを引き上げて立たせてくれた。

ラヴィは母親の胸に顔をうずめて、大声で泣き叫んだ。

「どうしてみんな、ほうっておいてくれないの？」と彼は叫んだ。「ほかのみんなと同じ人間なのに」彼は安心したくて母親を見上げた。「そうでしょ？」声には不満と不安があふれている。

彼の母親が、骨を砕くほどの激しさで彼を抱きしめた。

「もちろんそうだとも、お嬢ちゃん……」

「大丈夫か、候補生(ミディ)？」

船内警備隊士官(シップセク)が妙な顔で彼を見ていた。おそらくは彼が、ハッチをまたいだまま、動きを止めていたからだろう。

「ええ」ラヴィは震える声で答えると、ハッチをくぐって室内に入った。「なんともありません」

士官は片方の眉をぴくりと動かしたものの、彼をともなって受付カウンターの奥の小部屋に入っていった。この部屋はどうにかデスクと椅子二脚をおさめるスペースしかなかった。しかも、その椅子のうち片方はすでに人が占めているという事実が嫌な予感をさらに強めた。

「やあ、候補生。どうかすわってくれたまえ」

ヴァスコンセロス隊長は満面の笑みをたたえている。ボズによると、それはけっしていい兆候ではない。

膝が震えだしたりしないように、ラヴィはいわれたとおりに従った。

「来てくれたことに感謝するよ」ヴァスコンセロスが丁寧にいった。「きみがとても忙しくしていることはわたしも知っている」

ラヴィはすでに立ち去ろうとしていた船内警備隊士官のほうを驚いて一瞥した。

ぼくに選択の余地なんてなかったように思うけど。

しかしながら、そのことを声に出していう度胸は彼にはなかった。対峙するヴァスコンセロスは値踏みするようにこちらのようすをうかがっている。

「それで、マクラウド士官候補生、訓練のほうはどうかね？」

「まずまず、だと思います」

隊長がくっくっとかるい笑い声をもらした。

「謙遜する必要はない、候補生。きみの訓練はとてもうまくいっていると聞いたよ」

「それは知りませんでした。でも、そう聞いてうれしいです」

ほかの状況でなら、ヴァスコンセロスのこの言葉を聞いて彼の胸は誇らしさであふれたことだろう。だがこれは船内警備隊の詰所だ。彼はなんとしてもほかのところに——ここ以外ならどこでもいいから別の場所にいたかった。この部屋の壁は完全に剝き出しで、壁画もポスターも、どんなかたちの装飾もない。通常の通風口とエアフィルターを別にすれば、ここには誰かがこっそり盗み見る手段もない。フィルターのひとつがかすかにパタパタと音をたてていた。もうじきだめになる明確な兆候だ。そのせいで空気がこもっているように感じられ、圧迫感を覚えるのかもしれない。それとも、単なる彼の想像かもしれないが。

「きみは順調にクラスを卒業する途上にある……あとどれくらいかな？」とヴァスコンセロスが問いかけた。「あと百八十日くらいで？」

「イエッサー」

警備隊長の笑みがかすかに鋭さを増した。

「それで、きみはその路線にとどまりたいのではないかな？」

ラヴィは椅子の上で身を固くした。

「はぁ？」

船内の規則や常識にもかかわらず、ヴァスコンセロスの椅子はボルトやほかのなんらかの手段によっても床に固定されていなかった。そのおかげで彼は椅子の背を後方に傾けて、後ろの脚二本だけで背中が壁につくほど傾けることができた。彼はわざとらしく天井を見上げ、おびえた士官候補生に向けてではなくひとり言のようにいった。

「航法長の話では、きみとイボリ士官候補生は何かホラ話を広めているそうだな。ドライヴ機関が夜サイクルのさなかに点火されているとかいう」

ラヴィの心臓が喉まで出かかった。船内警備隊（シップセク）は彼がエンジン室まで遠出したことを知っているのだろうか？　自分は訓練プログラムからほうり出されようとしているんだろうか？　それとも、もっとひどいことに？　部屋の狭さは偶然ではない、ということに彼は気づいた。壁の飾りけのなさも偶然ではない。狭い部屋は抑圧的で、彼の平常心を乱すことを狙っている。ヴァスコンセロスの思うがままに屈服させるために。そして、それはうまくいっている。

こんなとき、ボズならどうするだろうか？　とラヴィは自問した。そうしてさらに、ぞっとしながら考えた。死んだ父親ならどうしたろうか？

〝実際につかまるまではつかまったわけじゃないんだぞ、息子よ。わざわざ相手を手助けしてやるこたぁないさ〟

彼は正面をまっすぐに見つめたまま、何もいわなかった。

警備隊長の唇から乾いた笑い声がもれた。

「芯までマクラウドの一員と見えるな。きみの一族の名にちなんだ独房があってしかるべきだ」隊長の顔から笑みが消えた。「船内警備隊（シップセク）の尋問への協力をこばむのは、きみを訓練プログラムからほうり出す理由として充分なものだ」彼が強い口調でいった。この言葉にあわせて、体重をのせて椅子を前方に傾けたため、前の脚が床を打って金属的な音をたて、ラヴィはびくっとした。「ドライヴ機関が夜サイクルのさなかに点火されているということを、きみはみんなに触れまわったのか、それとも触れまわらなかったのかね？」

「話しました」

「どうして？」

「実際にそうだったからです」

「どうやってそのことを知ったのかな？」

ラヴィはためらった。ソフィアがすでに何を話したのか確信がなかったからだ。彼女がエンジン室のことを話してしまっていたら、どのみち彼は終わりだ。だがそうではないとすれば……うむ、いずれにしても、警備隊長の仕事を楽にしてやるつもりはない。

「一昨日(おととい)の夜サイクルのことですが、低重力エリアにいたとき、ドライヴ機関が点火されたことに気づいたんです」と彼はいった。「はっきりと気づくほどの影響がありました。近くの重力計をチェックすると、船が加速していることを示していました。確かに、ごくわずかですが、そんなふうに船を動かすことのできるのはドライヴ機関だけです」

これは、厳密にいえば、ほぼ正しい。

ヴァスコンセロスが重たいまぶたの下から疑わしげに彼を見ている。

「このたわごとを吹聴してまわるのをただちにやめるべきだ」と隊長がぞんざいにいった。「ドライヴ機関は点火されていない。そしてもし誰かがそうではないといったときには、それを否定するんだ。わかったかな?」

「ドライヴ機関は点火されています」気づくとそういっていた。その言葉は冷静で慎重なように聞こえ、他人が発したかのように感じられた。その一方で、いつもの自分はすでにふたたびパニックを起こしはじめ、椅子からとび上がって逃げ出したいという衝動にほとんど圧倒されかけた。だが、彼は無理にもやり通すことにした。「なぜぼくに嘘をつけと？」

ヴァスコンセロスは本当に怒ったように見えた。デスクを挟んでラヴィと顔が数センチに近づくまで身を乗り出す。

「いいから、いわれたとおりにするんだ」警備隊長がぴしゃりといった。その瞬間、隊長の顔がラヴィの父親そっくりに見えた。

「もし従わなかったら？」とラヴィも鋭くやり返す。マクラウドの気性がついにあらわれ出た。「真実を話すことは罪じゃありませんよ。そして、ぼくに嘘をつくようにと命じることもできません……サー。ドライヴ機関は点火されています。重力計のログ記録が、ドライヴ機関に点火されたことを証明しています。そしてドライヴ機関は点火されているとぼくが伝えたいと思えば、あなたが何をしようとぼくを止めることはできません」

ヴァスコンセロスが短くとどろく笑い声をあげ、身を引いてすわりなおした。

「真実を愛するマクラウドだって？　こいつは新しい」隊長は大きく息を吸いこむと、あたかも何かひらめきを探すかのように、ラヴィの肩ごしに向かいの壁をひたと見つめた。ふたたび彼が口をきいたとき、その声は氷のように冷静だった。「これを見るといい」

ラヴィのまぶたがデータ・パケットを受けてぴくぴくした。文面は短く、簡単に目をとおすことができた。

船内警備隊　ISV-1　アルキメデス
文書要約
船員番号　6-7864　ロベルタ・J・マクラウド
最新罪状　条件つきにて保留
船内評価　良好（暫定）

しかしながら、ラヴィが見守るうちに最後の二行が変わっていった。

最新罪状　船内規則3-111（a）ほかの違反
船内評価　死の重し（デッド・ウェイト）

「そんなことできるもんか！」
「じつのところ、わたしにはできるんだ。きみのいとこの境遇は完全にわたしの裁量下にある。彼女の、その、いわゆる技量のために、航法長は彼女を生かしておくことを望むだろうが、わたしはいつでも彼女の境遇を書き換えることができる。これは信じてもらってかまわないが、今回の件で彼女の〝死の重し（デッド・ウェイト）〟という宣告が撤回されたと思っているなら、考えなおしたほうがいい。ただし、もちろん……」

隊長は注意ぶかく間をおいた。

「わかりましたよ」ラヴィはもごもごといった。「これ以上ドライヴ機関のことはしゃべりません」

ヴァスコンセロスの笑い顔にパンチをお見舞いしたくなる前に彼は立ち上がり、詰所をあとにした。

「あいつがなんていったって？」

ボスは驚愕していた。彼女の手が震えはじめ、ラヴィは警戒心とともに気づいた。自分だって同じだ。もしもリサイクラー送りの可能性が船内警備隊（シップセク）のボスの気まぐれに左右されるとしたら。彼女が手にしていたタバコの先端の赤い火が、落ちつきなく小刻みに揺れ動く。このままだと指から実際に跳ねとんでいってしまうかもしれない。そうなるのを防ぐために、彼女はタバコを口にくわえた。ラヴィは煙に咳きこまないようにこらえた。このエアフィルターは壊れかけている。タバコの煙がなくても、フィジー輪の高い階層にある打ち捨てられてた制御室の空気は危険なくらいによどんでいる。空気はじっとりと湿ったにおいがした。

「重要なのは」とラヴィはいって、彼女を落ちつかせようとした。「誰も何もしないっていう点だよ。ヴァスコンセロスはぼくがドライヴ機関のことで口をつぐむように期待してる。ぼくはドライヴ機関のことをこれ以降は誰にも話さない。それで一件落着だ」

「冗談でいってんの？」口にくわえたタバコのせいでボズの言葉はくぐもっていたが、信じられないという気持ちははっきりしている。「あたしたちが問題にしてんのは〝ヴァスコンセロス〟なんだよ。探査機のプロジェクトが片づきしだい、あいつはあたしを堆肥にするつもりだよ」

「彼にそんなことができるとは思えないな」とラヴィはいったが、あまり確信はなかった。そのあとで、もっときっぱりと、「きっとそんなことはできないよ。規則に反してる。そうであるはずだよ」

「うん、あんたが船内弁護士なら、もう少し信じる気になれるかもね」とボズが皮肉をきかせていった。「けど、あんたはそうじゃないんだから……」

彼女の言葉は尻すぼみになり、そのあとにつづいた沈黙は絶望をはらんでいた。

「弁護士の意見を聞いてみることもできるよ」とラヴィが提案した。「そうすれば、少なくともぼくらがどんな立場にあるのかがわかるよ。ぼくらはあのくそったれなろくでなしに、何も抵抗せずに好き勝手にやらせとくべきじゃない」

「誰が弁護士に支払うほどの水の余裕があるっていうんだい？」ボズが疲れた笑みを彼に向けた。「あんたの夢に出てきた浴槽をいっぱいに満たすぐらいは必要だよ」

「弁護士は無料（ただ）なのかと思ってた」

ボズはただ単に笑った。

「罪を告発されてるなら、船が弁護料を払ってくれるだろうね」彼女はくわえていたタバコを口からはずし、煙を吐き出して長く立ちのぼらせた。「そうでなけりゃ、自費払いだよ」

急に、ラヴィの口のなかに苦い味が広がった。問題自体のためではなく、その解決策のために。

「ソフィアの……」彼はかろうじて口にすることができた。「ソフィアの彼氏は船内弁護士だ」

「ジェイデンのこと？」

ラヴィはうなずいた。

「ソフィアはぼくにいくつか借りがある。彼女なら、ぼくらの頼みを聞いて、彼を説得してくれるかも」

「かもね」とボズが同意した。少しだけ表情が明るくなった。「ジェイデンはうぬぼれが強いけど、自分の商売のことはよくわかってる。彼はあたしのこの前の訴追も免訴にしてくれたし」かすかな笑みが彼女の顔をよぎった。「ほら、ストラウス＝コーエンの出にしては、彼はやけに権威を目の敵にしてるんだよ」

「たぶんそれは、彼がボン・ヴォイだからだろうね」とラヴィは不機嫌にいった。

ラヴィの表情を見るまで、ボズは彼が冗談をいっているのかと思ったに違いない。

「マジで？」

「マジで」彼はハブでのボン・ヴォイのデモ集会のことを彼女に話してやった。仮面をつけたジェイデンとばったり出くわしたことを。

ボズは驚きに首を振った。

「それなら」と彼女がいう。「いろんなことの説明がつくね。船長は驚愕するに違いないけど……あの女も一味じゃないかぎりは」

それを聞いて、ラヴィはにんまりしないわけにいかなかった。

「あたしが何にムカついてるかわかる？」とボズがつづけた。「このドライヴ機関の件がまったくの秘密にされてるってことにだよ。どうして？　なぜ秘密にするわけ？　ドライヴ機関に点火するのに十以上のまともな言い訳があるはずだよ。なんでこんなふうにすべて覆い隠そうとしてんの？」

「目標星（デスティネーション・スター）の周辺はちりや小惑星でいっぱいなんだ」ラヴィはソフィアから聞いた話を思い出していた。「単に些細な針路調節なのかも」

「それとも、そうじゃないかもね。何かマズいことしてるところを見つかったときほど人がブチぎれることはないから。士官だって例外じゃない。あんたの話だと、ヴァスコンセロスはハンガリー輪みたいにめっちゃくちゃ怒ってたみたいだし」彼女は赤く光るタバコの先端を彼に突きつけて、その点を強調した。「このことは覚えとくといいよ、ラヴィ。なんのためにドライヴ機関に点火してるにしても、あたしたちがそれを気に入ることはないだろうね」

ボズの疑念は、ラヴィが自室に戻ってベッドを壁から引き出し、明かりを消したあとも長いこと頭のなかに残っていた。翌朝目を覚ましたとき、夢がどんなものだったかは覚えていなかった。だがそれが楽しい夢ではなかったことには確信があった。

ラヴィとソフィアは樹木園のまんなかの大きな木の下で、つくりもののホーム・スターが沈むのを待ちながら居心地悪く立っていた。あとでわかったことだが、船内警備隊（シップセク）から尋問を受けたのはラヴィだけだった。ソフィアのほうは、航法長でもある大おじさんと楽しい会食をともにして、ドライヴ機関の話題は二度と持ち出さないほうがいいと諭(さと)されただけだった。どうやら船長には彼女なりの理由があるらしい、という点でソフィアも同意していた。

「どうして反論しなかったのかって？」彼女はラヴィにそのことを追及されるといった。「そのことについてわたしが何か話すのを彼らが望んでいないとすれば、反論したからってどれほどの意味があるっていうの？　それをいうなら、あなたのほうもよ」

ラヴィはうまい答えが見つからなかった。

つくりもののホーム・ワールドの空が暗くなりはじめた。

「彼、遅れてるね」とラヴィがつぶやく。

「ううん、そんなことない」ソフィアがいちばん近い入口のほうを指さした。目がきらきらと輝いている。

ジェイデン・ストラウス＝コーエンが彼らのほうに自信たっぷりの大きな足どりでやってくる。豊かな髪はふちの広い帽子の下に隠れていた。明らかに、昔の西部劇映画で人々がかぶっていたものをモデルにしている。ラヴィはいつも以上に嫉妬を感じた。その帽子は樹木園の昼サイクルの焼けつくように強烈な光からジェイデンの目を守ってくれている。おそらくは川の水くらい値が張るのだろう。どのみち、ラヴィには手が出せるはずもない。

そしてそれは、ほんのはじまりにすぎない。ジェイデンが身に着けているものはどれも標準支給品ではないし、どれも安物ではない。ラヴィは自分の作業服を見おろしてため息をついた。ボズでさえも、あの身の毛もよだつレザーのジャケットを所有している。彼が持っているのは船内支給の作業服ばかりで、ほとんどは膝が擦り切れ、セーターは二枚とも肘に穴があいている。彼は気がそれたまま、ほつれた糸くずをつまんだ。まるでそれを取りのぞくことで、彼の衣服が急にエレガントなものに変わるかのように……

実験室にぎゅうぎゅうに詰めこまれた士官の集団を無視するのは難しかったものの、彼はできるだけそうするようにつとめた。

ケーキを手に取ってごらん、と彼は心のなかで呼びかけた。きみが食べたがってることはわかってるんだから。とってもおいしいよ。

作業机の反対側では、少年がひと切れのケーキをじっと見つめている。少年の頭蓋にはあちこちに電極がつながれ、顔には葛藤（かっとう）した表情が浮かんでいる。少年は首を横に振ったものの、力はなかった。

さあ、ケーキだよ。おいしいよ。取り上げられて、二度と味わえなくなったらどうするの？

衝動的に、少年がケーキをつかもうとしたが、皿に手を触れた途端に電気ショックがビリッときて、少年は悲鳴を上げて毒づいた。

「信じられない」と士官の一人がつぶやく。「そして、これをできるのは彼女だけなのかな？」

「イエッサー」彼の背後の見えない位置から、声が応じた。「このような題材をあらかじめ完全にマップ化しておけば、彼女は九十三パーセントの成功率をあげています。少年は電気ショックを受けるとわかっていても、手を伸ばさずにいられません」

少年が悲しげに同意してうなずいた。

士官が大股で作業机の前に近づいてきて、そこに手を突いて身を乗り出した。士官はラヴィの目をじっとのぞきこみ、剝き出しの好奇心を顔に浮かべている。

「お嬢ちゃん、きみはわれわれの敵を殺す手助けをすることになる。それについてどう思うかな？」

「喜んで務めを果たします」

だが本当は、喜んでやりたいわけではなかった。ほんの少しも……

「ジェイデン！」とソフィアが叫び、彼のほうに駆け寄っていった。「来てくれてありがと！」興奮した彼女が彼の手を取って、太い木の枝の下に立っているラヴィのもとまで引っぱってきた。

ジェイデンのほうはといえば、少し退屈そうに見える。

「ソフィアがいうには、きみのいとこが船内警備隊（シップセク）とトラブルになってるそうだね。またしても」ジェイデンの口ぶりは、何よりもまずおもしろがっているように聞こえた。警備隊長の手のひと振りでボズが堆肥にされかかっているという事実など、少しも気にかけていないらしい。

あまりに頭が混乱していたため、ラヴィは腹を立てるだけの帯域幅さえもなかった。

「自分たちがどんな立場にあるのか知りたいんだ」彼はなんとか手さぐりで現実に戻ろうとしながらいった。

ジェイデンは木の幹を背にして地面に楽にすわり、ソフィアを引き寄せた。彼女は流れるような優雅さで彼に従い、そばにいられることを喜んでいる。ラヴィは立ったまま、遠くを見つめて答えを待っていた。第七世代の幼い子どもたちがそばの牧草の広がった場所で遊んでいる。彼は目を閉じて、子どもたちのかん高い笑い声に耳をすました。

「ソフィアがいったことをぼくが正しく理解しているとすれば」とジェイデンがものうげにいった。「ロベルタは暫定的な評価の再区分の恩恵を受けたようだね。上級士官は、船の利益になるかぎり、そういう裁量の自由を有している。通常は、なんらかの交換条件（クイド・プロ・クオ）のようなものがある。船のためになる何かよいことをすれば、高い評価に再区分されるといったように」彼はぼんやりとソフィアの髪をもてあそび、長い指で撫でている。「もしそのとおりなら、ヴァスコンセロス隊長がロベルタを単に〝死の重し（デッド・ウェイト）〟に再区分して、リサイクラー送りにすることはできない。少なくとも、聴聞会が開かれなければならないだろうね。そしてヴァスコンセロスとしては、ロベルタが彼女の側の取引を果たさなかったと監察官を納得させなくてはならない」彼はラヴィを見上げてにんまりした。「だから、きみのいとこがソフィアのおじさんの望むとおりにしているかぎり、彼女の未来は明るいよ」

ラヴィは胸が息苦しかったことに気づいた。というのも、それはジェイデンの言葉を聞いてわずかにやわらいだからだ。とはいえ、ほんのわずかにだったが。結局のところ、問題にされているのはボスの生死なのだから。

「だけど、もし――痛っ！」

もしボスがいわれたとおりに従わなかったり、あるいは航法長やヴァスコンセロスが彼女の任務について嘘をいったとしたらどうなるのか、と尋ねようとしたところだった。ところが、そうする代わりに彼は痛む頭をさするはめになった。

頭上の木から果実が落ちてきた。その攻撃的な丸い物体はすでに彼の頭と接触してこぶをつくり、ころがって彼の足もとで止まった。

「大丈夫?」とソフィアが笑いをこらえようともせずに尋ねる。

「ああ、平気だよ」とラヴィは悲しげにいった。「痛かったけどね」

「ニュートンの頭にリンゴがぶつかったときにどんなふうだったか、いまやっとわかったよ」とジェイデンが冗談をいった。

〝彼女は木の下にすわっていた。リンゴがひとつ、実のなった枝から落ちて、娘の手のなかにやわらかにおさまる。娘は笑って、リンゴを毒性のある芝生の上にころがす……〟

「大丈夫?」またソフィアの声だった。だが、今度のは心配しているようだ。

ラヴィは無理にも現実の世界にたち戻った。

「平気だよ」と請けあう。彼は力のない笑みを彼女に向けてから、ジェイデンのほうに注意を転じた。「ニュートンがリンゴとどう関係してるのかな?」

ジェイデンはこの質問に驚いたかのように、片方の眉をぴくりとつり上げた。

「ニュートンの重力理論の発見よ、ばかね」とソフィアがジェイデンよりも先にいった。

「話によると、ニュートンは落ちてきたリンゴが頭にぶつかったときに、その考えを思いついたの。ちょうどいまのあなたみたいにね」

ソフィアがさらに話しつづけたが、ラヴィはあまり聞いていなかった。彼は歴史や逸話にあまりくわしくないが、そんな彼でもアイザック・ニュートンの名前くらいは聞いたことがある。遠い昔の物理学者で、ラヴィが学校で習得に苦労してきた——そして航法士が船を操作するうえでいまも使っている——数式の多くの発明者だ。あまりあからさまに見えないように、彼はそっと〈ハイヴ〉に手を伸ばした。

アイザック・ニュートン、地球年（EY）西暦一六四三年にヨーロッパの海岸から少し離れたブリテン諸島というところで生まれ、当地にてＥＹ西暦一七二七年に死去。アイザック・ニュートンの写真、というよりも旧式の絵が彼の頭のなかに大量に押し寄せてきた。細くとがって荒々しく、輪郭のくっきりした顎は、歳を重ねてもさほど変わっていない。激しく、突き刺すように見つめてくる目はまったく変わっていない。そのほとんどは、ばかに大きな白い鬘の下から彼をにらんできた。

これこそは夢のなかの男だった。

21.0

「まったく意味がわからないよ！」とラヴィが心情を吐露した。そして、ボズが小さな搬送用ボットで荷物を降ろすじゃまにならないようにわきにどいた。これといって特徴のないふたつの箱のなかには、中古のコイル――おそらくはトークィルおじさんからのものと推測される――それと積荷目録から消えた大量の電子機器、そしてつくりたてのタバコの箱がおさめられていた。ボズはその箱をフィジー輪の隠れ家の片隅に積み上げると、今度は注意ぶかく包装されたチョコレートの箱をマシンで積み上げていった。

「アルキメデスは物理学者だった」と彼女が、これがはじめてではないが指摘した。ボズはボットのルーティング・ソフトウェアにいくつかコードを送り、メモリを変更した。

「彼は浴槽とお湯にまつわる真偽の疑わしい逸話と関係があって、あんたの夢にも浴槽が出てきた。そしてアルキメデスは、この船の名前にもなってる」彼女は作業のぐあいを点検するかのようにいったん口をつぐみ、ボットを次の作業に向かわせた。彼女がふたたび口を開いたとき、言葉はゆっくりとした慎重さでもって強調され、まるで子どもに話しかけているかのようだった。「ニュートンは物理学者だった。彼はリンゴにまつわる真偽の疑わしい逸話と関係があって、あんたの夢にもリンゴが出てきた。ということは、彼の名前も船の名前になってるに違いないよね」

「でも、そうなってないじゃないか！　船団には三隻の船があって、名前は〈アルキメデス〉、〈ボーア〉、〈チャンドラセカール〉だ。そのいずれも〈ニュートン〉と呼ばれたことはないし、誰も〈ニュートン〉という名を提案したこともなかった。ちゃんと確認してみたんだ。〈自由財団〉（リバティ・ファウンデーション）が深宇宙開発委員会から三隻の船を買いとった当時は、単に船腹の番号で呼ばれてた。ほかにもさまざまなニックネームがあって、〝ドレイデル〟（ユダヤ教の祭日に子どもたちに贈る、ヘブライ文字が刻まれた木製の四角いコマ）とか、〝フラフープ〟とか〝無用の長物〟（ホワイト・エレファント）なんて呼ばれたりもした。だけど、誰一人として、かつて一度も、ただの一度だって〝ニュートン〟と呼んだことはない」

ラヴィはしゃがみこみ、持参してきた雑嚢（ざつのう）に手を入れ、折りたたみ式の脚立（きゃたつ）と、亜酸化窒素の詰まった大きな円筒、そしてバミューダ輪から彼が〝解放〟してきたほこりまみれのエアフィルターを取り出した。それはリサイクラー送りになる寸前に彼が失敬してきたのだった。この目的のためにうってつけの品々というわけではないが、なんとか機能するはずだ。この打ち捨てられた制御室のものよりはよっぽどましだ。彼は脚立を立てかけて、だめになりかけたフィルターを取り替える作業にかかった。リサイクラーはその違いをい い当てることなどできないだろう。誰か興味をもつ者がいたら、ログにはバミューダ輪7の正式な修理作業とリサイクリング過程のあいだの異常な時間差が記されているだろうが、何も紛失したわけではない。そして作業が終われば、ここの隠れ家は少しだけ空気のよどみが解消されるだろう。

ボズはすわり心地のあやしい焼け焦げた椅子から、彼の作業を黙って見守っている。おそらくは、もうじき一時的に保護のなくなる通風口への配慮からだろうか、いつものようにタバコをふかそうとする気配はない。

「船の名前を確認してみただけじゃないんだ」とラヴィはいつのった。そのあいだにも、慣れた手つきでひとつめの古いフィルターをはずしていく。「過去に存在したクルーの名前もすべて確認してみた。第一世代にニュートンという名の者はいない。一人も。そしてそれ以降も、その名をつけられた者はいない」彼は代わりのフィルターを押しこんで、通風口の片側の〝NOBOSS〟と記されたパネルを開いた。古くなった窒素の筒をそれよりも少し新しい代替物と取り替える。

「NOBOSSってなんなの？」とボズが訊いた。

「亜酸化窒素をもとにした酸素供給システム（ナイトラス・オクサイド＝ベースト・オクシジェン・サプライ・システム）。緊急時の生命維持のためのシステムだね、要するに」

「うげっ。あたしの生命のうち、いまの五秒間は二度と取り戻せそうにないよ。それはそうと、〈チャンドラ〉にはニューマンって名前のやつが何人かいるよ」

「けど、ぴったり一致してるってわけじゃない。それはきみもわかってるはずだろ」彼はNOBOSSのパネルを閉じて、次のフィルターに移った。

ボズがぞんざいに肩をすくめて見せた。

「あんたの検索結果をもう一度確かめてみようか。何か見落としてるかもしれないし」

「何も見落としてなんかいないよ」そういいつつも、彼はキーを形づくり、ほうってよこした。ボズはそれを受けとると、彼の頭のなかに入りこんだ。リンクが確立され、彼はいとこの思考のせわしないうごめきをデジタル情報の流れや渦として感じとれた。それは彼の頭蓋の後ろのほうで、やむことなくつねにゴボゴボと音をたてている。ボズのような人間でいると、くたくたに疲れるだろうなと彼はふと思った。

彼はボズにも見えるように検索履歴を引き出した。彼は脚立の上に立っていて、一方のボズは制御室の向こう側で椅子の残骸にすわっているものの、彼女が眼球の奥を押してくるように感じられた。二人の前でデータが揺らいで動きはじめ、静止画像やビデオ動画、テキストになった。

《ほらね？》とラヴィはいった、というか、むしろ頭のなかでつぶやいて、コードによっていとこと意思の疎通をはかった。《何ひとつヒットしない。単に〝ニュートン〟でも、〝宇宙船ニュートン〟とか、〝ＩＳＶニュートン〟、〝第一世代クルーとニュートン〟、〝リバティ・ファウンデーションとニュートン〟、〝深宇宙開発委員会とニュートン〟、〝星間宇宙入植者とニュートン〟、〝くじら座タウ星とニュートン〟でも――》

「待って！」とボズが強い口調でさえぎった。「戻してみて！」彼女は現実の声を使っていった。低く、切迫している。

ラヴィはいわれたとおりに従った。ボズがデータの流れに無理やり入りこみ、そのせいで彼は少しめまいがした。彼女が下層のコードを引きはがし、さらにもう少しはがしていく。そうして深層まで達すると、コードの小片をいくつかランダムであるかのようにつまんで表面近くまで引っぱり上げ、きつくからみあったパターンに組みあわせた。

「あんたにはこれがどんなふうに見える？」と彼女が小声で尋ねる。

ラヴィの心臓が胸の奥で強く打ちつけた。

「追跡装置（トレーサー）だ」彼は声に出していった。「しかも、とても性能がいい」彼は胸がむかむかしはじめた。「ぜんぜん気づきもしなかったよ。考えてもみなかった――」

「これをもぐりこませた誰かさんがあんたを見張ってるかもしれないと思う？」ボズの顔に浮かんだシニカルな笑みを実際に見る必要はなかった。それを感じとることができたからだ。ラヴィは話そうとして口を開けた。

「話すのはやめて。それと何も考えないように。少し静かにしてもらう必要があるから」

頭のなかでかすかにむずむずする感覚があった。ボズがそっと忍び足で彼のインプラント内を移動し、検索データを拾って同時に〈ハイヴ〉に手を伸ばす――そのあいだじゅう、彼のチップセットを使っていた。息を呑むほどあざやかな手ぎわのデモンストレーションだったが、ラヴィは精神的なショックのためにそれを正しく認識することができなかった。〈アーキー〉にかけて、まさか誰かが彼の行動を追いかけていたなんて。

自身の足跡を残さないように大げさなくらいの慎重さでもって、ボズはラヴィがこれまでに検索した筋道をたどっていき、彼のさまざまなボットや検索事項を追って〈ハイヴ〉に深く深く分け入っていった。

ラヴィはただ魅了されて見守っていた。ほとんど息もつけないほどだった。

ボズはボットや質問がどこに向かったのかをさぐっているだけではなかった。そうしたボットや検索事項がどのように〈ハイヴ〉に影響したかを探している。それはまるで、池の深みに投げこんだ石の軌跡をたどり、それと同時に表面のさざ波にも注意を向けて、表面と水中の両方に目を向けているようなものだ。彼女はそうしたすべてを極度のスローモーションでたどっていった。

これ以上ないほど奇妙な光景だった。ラヴィの検索記録はどれひとつとっても本来それがたどるべきほうに向かっていなかった。どれも潜んでいたコードの小片にハイジャックされ、向きを変えて、無用な情報の砂漠へと追いやられていた。そしてその無意味な情報にくるまれて、ともに浮き上がってくるのは、実際のところ、トレーサーそのものだった。プログラミングのポイズンピルと呼ぶべきもので、ありとあらゆる検索情報を送信する仕掛けになっている……ヴァスコンセロスのもとに。

「それは確かなのかい？」とラヴィが尋ねた。サイバー上の会話は盗聴されているかもしれないと懸念して、また現実の声を使っていた。

「うん」ボズが椅子の残骸から跳び上がるようにして立ち、間延びした歩調で制御室内を歩きまわりはじめた。〇・五Gの重力が、なんとか彼女を床にとどめている。「このニュートンとやらの正体がなんだとしても、あんたがただ夢に見ただけじゃないね。これは本物だよ。あまりに本物すぎて、ヴァスコンセロスがボットを使って隠蔽しようとしたり、あんたにトレーサーを貼りつけたりするほどに」

「ぼくは何かのトラブルに？」不安のあまり、命じられることもなく言葉がこぼれ出た。

訓練プログラムからほうり出されることになったら、母親になんといったらいいんだろうか？

「なんの罪状で？」とボズが笑いながら問い返す。「〈アーキー〉の鉤爪にかけて、候補生（ミディ）、あんたは検索を実行しただけだろ。そんなのは罪にもならないよ！」

「けど、こうしたものすべてについてはどうなんだい？」彼はこの部屋をぐるりと手で示した。「ここのことを船内警備隊（シップセク）に知られたくないんじゃないかな？」

「問題ないね。第一に、トレーサーは空間的に有効なものじゃない。あんたの検索行動をモニターしてるだけで、それ以上でも以下でもない。第二に、たとえそうだとしても、この場所は何年も前に船内図から消え失せてる。もしヴァスコンセロスがあんたを物理的に追跡しようとしても、あんたの現在位置はただの誤作動みたいに見えるだろうね。そこには何も存在しないんだから」

「ああ、うん」彼は狭い部屋でヴァスコンセロスに尋問されたときのことを思い返した。警備隊長がたやすく彼を屈服させたことを。「ヴァスコンセロスがぼくにタグを貼りつけてるっていう考えが好きになれない、それだけだよ。ひどくぞっとする」彼は不安を覆い隠そうとするかのように、力をこめてフィルターの交換品をはめこんだ。脚立を移動して、次のに取りかかる。

「フィルターを渡してもらえるかい」とラヴィが雑嚢を指さして頼んだ。ボズが交換品を取り出して彼に手渡す。

「あのさ」と彼女がいう。「あたしたち、逆にヴァスコンセロスに一杯食らわしてやるべきだよね。あいつがあのばかげた、せせら笑う顔の裏で何を隠そうとしてるのか確かめてみようよ」

脚立の上から、ラヴィはいとこを見おろした。彼女はいたずらっぽい笑みを浮かべ、生き生きとしている。やめておこう、と彼はいうつもりだった。警備隊長にちょっかいを出したらただじゃすまない。それはきみだって同じだ。ぼくは訓練プログラムからほうり出されるだろうし、きみはリサイクラー送りにされるだろう。

しかしながら、彼の口はマクラウドの一族に属していた。

「ああ、いいとも」と彼の口がいった。自分の口が横に広がって、向こう見ずなにやりとした笑みが浮かぶのを感じとれた。「何かプランは？」

「あるかもね。けど、まずはじめに、このトレーサーをなんとかしとくべきだよ」

ラヴィがただぽかんとして見守るあいだに、ボズは彼のインプラントを通じて〈ハイヴ〉にこっそり入りこみ、トレーサーのコードの端をほんの少しだけいじった。ヴァスコンセロスにしてみれば、トレーサーはまだ機能しているように見えるだろうが、ラヴィのほうでは自分の好きなときにそれをブロックできるようになった。そのときはトレーサーがでたらめなフィードをでっちあげて、主人のもとに送ることになる。隊長はそれがいじられているとは知りもすまい。そして何かの奇跡によってあの男に知れたとしても、ボズはすべての作業をラヴィのチップセット内からおこなっていた。かつて彼女は、長さが二メートルある箸を使って食べるようなものだと例えたことがあった。トレーサーを使用不能にしたのはボズではなくラヴィ自身だとヴァスコンセロスは考えるだろう。ラヴィに腹を立てるかもしれないが、彼のいとこのせいにする理由はどこにもない。

弁護士のジェイデンが請けあってくれたにもかかわらず、ボズを〝死の重し(デッド・ウェイト)〟に変えてしまう手段をヴァスコンセロスが見つけることをラヴィは危惧していた。その一方で、ラヴィはマクラウド家の者としてはずいぶんまっとうであるといっていい。実際にひどいダメージをラヴィに与えるためには、ヴァスコンセロスは持てるかぎりすべてのセンサーを立てつづけに注ぎこむ必要があるだろう。トレーサーが違法であることを考えてみれば、彼には合法的にそれを破壊する権利がある。もしヴァスコンセロスが彼を訓練プログラムからほうり出したいなら、チェン・ライに実際の証拠を何か提供する必要があるが、あの男の手には何もない。すべてを考えあわせてみれば、ヴァスコンセロスにできるのは彼を怖い顔でにらむことくらいだろう。それくらいなら、フルの一Gの重力下で逆立ちしながらでも耐えられる。

気づかれないようにトレーサーの機能をこっそり無力化したうえで、ボスはそれを解放した。そいつはふたたび〈ハイヴ〉のデータの満ち引きのなかに身を隠した。それが済むと、ボスは彼の頭のなかからとび出して戻った。

「いまのあれは」とラヴィは息を切らしつついった。「忌々しいほどの驚きだったよ」彼は心からそう思った。一言一句そのとおりに。

人の注目を集めることが大好きな性格であるにしては、ボスはこの称賛に対して驚くほど冷静だった。彼女ははっきりとした好奇心をもってラヴィを見つめている。

「はたから見えるよりも簡単なことなんだよ」と彼女がいった。「チップセットっていうのは……きわめて個人的なものなんだ。本来はそこにあるはずのないさまざまなへこみや隙間のような特徴であふれてる。あんたのは……」一瞬、彼女はうまい言葉が見つからないようだった。そして正しい表現を見つけようと苦心するあいだに、彼女はどんどん好奇心を失って、より不安げな顔つきになった。「あんたのは……精密に区分けされてる。まるで、インプラント内のすべての曲がり角ごとに、誰かが案内標識を置いてったみたいに。あたしみたいな人間にとっては、すべての障害、すべての罠がきれいに均され過ぎてる。あんたのインプラントを使うのはじつに単純だったよ。あまりに簡単すぎた」

彼女はいきなりラヴィの手首をつかみ、目の奥をじっとのぞきこんで、問題を明確にしようとした。

「この前、あんたのインプラントをざっと調べてみたときのことを覚えてる?」

「もちろん。きみに船内の個人ファイルをハッキングするように頼んだときだろ」彼はあのときの経験を思い出し、悲痛な笑みを浮かべた。「ハンガリー輪なみに、とてつもなく痛かったよ」

「そう、それ。それで、あんたの頭のなかについて、あたしがなんていったか覚えてる?」

「ああ」彼はにんまりした。「きみのいったとおりに引用すると、ぼくのコードは〝なんともぐっちゃぐちゃ〟だって」

ボズは笑みを返そうとしなかった。

「ああ、うん。そのごちゃごちゃがすっかりなくなってるんだ。前から何もなかったみたいにきれいになって。誰かがあんたの頭のなかで勝手に遊んでるみたいなんだよ。しかも、派手にね」

22.0

「これはいい作戦とはいえないよ」とラヴィは指摘した。彼は宇宙服のヘルメットをボズのヘルメットと押しつけあっていたから、無線を使わずとも会話はできた。

「すばらしい作戦なんだってば」ボズの声は金属質にキンキン響き、遠くから発しているように聞こえた。「作戦立案の歴史上でも最高の作戦なんだから、黙ってやるべき仕事に取りかかりなよ」

ラヴィとしては、いとこの顔をよく見ることができたらいいのにと思った。それなら彼女が自分でいっていることを本気で信じているのか、もっとよくわかる。だがミラーガラスのバイザーがすべてを覆い隠し、エアロック内の薄暗い明かりを反射しているだけだ。

エアロック自体はすでに減圧されていた。ガーナ輪高層の六時方向のスポーク付近にある、狭くてあまり使われることもないエアロックだ。この区画全体がガーナ輪の不完全な回転にあわせてガタガタ震動している。ひどく不安に駆られているため、振動はそれまでよりもひどくなったように思えた。輪が壊れかけているのではないかと、唐突でしかも非理性的な不安がわき起こった。

「少なくとも、もっとましなエアロックを選ぶわけにはいかなかったのかい？」と彼は不平をもらした。

「その話はもう片づいたはずだろ」やけに甲高く、かすかに怒りのにじんだ声が返ってきた。「ここはガーナ輪で、何もかもがだめになりかけてる」ふくらんだグローブをはめた手で彼女がエアロックの壁をぽんと叩く。空気がないために、音は聞こえてこない。「だからこそ、このちっぽけなエアロックは船内図の網の目をすり抜けてるんだよ。かつて誰かがこれを修理したものの、報告はしなかったから。船内図で見るかぎり、これはもはや存在してない。だから、あたしたちはハッキングする必要もないってわけ。それに、これだけスポークの高い位置だと重力はないに等しいから、ジャンプするのもえらく簡単なんだよ」

「ああ、それなら」とラヴィはいいかけたが、ボズはもはや聞いていなかった。彼女はヘルメットごと顔をそむけ、外側のドアを開けるのに忙しくしている。ドアが開き、青黒い星の海がのぞいた。ドアの隙間から割れた氷の破片が暗闇に舞い散っていく。ラヴィは息を詰め、この光景に見とれた。彼らはいま、天の川の冷ややかな光を浴びている。銀河全体がブーツの下に広がっていた。

ボズはすでに外に出て、手すりにつかまって立っている。かなりためらったすえに、ラヴィも彼女につづいた。次にどうなるのか、彼にはわかっていた。その予想に彼の心臓が強く打つ。

彼の背後でエアロックが閉じた。

ボズが彼の肩をぽんと叩いて方向を示した。なおもガーナ輪の壊れかけた軸受の振動が感じられるが、安定してはいるようだ。そして船全体がそのまわりを回転している。ほんの数百メートル先に見えるハンガリー輪さえも回転しているように見えた。ほかの輪と違ってハンガリー輪はほぼ完全に真っ暗で、不注意な者が衝突するのを防ぐためにいくつか航行灯がついているだけだ。輪の大部分は暗い影のなかにあるが、外面(アウター・リム)の一部は目標星(デスティネーション・スター)の冷淡な視線にさらされている。このわずかな光のもとで、宇宙のちりによって塗装のはがれた引っ搔き疵や、小惑星の衝突によってあちこちに裂け目ができているのがなんとか見てとれた。船窓は吹きとび、エアロックやアクセス用ハッチは開いたままで、ひどくゆがんでねじ曲がっているために二度と閉じることはできそうにない。荒涼とした廃墟だ。

だがボズはそのハンガリー輪に向かおうとしていた。輪の内面(インナー・リム)とスポークが接合しているところから遠からぬあたりに。彼女はそれ以上ひと言も発することなく、身体をまるめて膝を抱えこみ、ただ見せつけるためだけに宙返りをして手すりから離れた。その数秒後には、明かりをつけていない彼女の宇宙服が視界から消えた。

ラヴィは一人きりになり、鼓動がそれまで以上に強く聞こえるようになった。

これがボズのいう〝作戦〟の最悪な部分だ。命綱なしで、しかも雑嚢の重量のおまけつきで、ひらけた空間をジャンプして渡る。もしも予測を間違えたら、隣の輪を完全にはずれて真っ暗な宇宙空間をどこまでも飛んでいくことになるだろう。そうなったら、最善のばあいでも、小型艇に回収され、そのあとで訓練プログラムからほうり出されることになる。最悪のばあい、宇宙空間を生命維持システムが尽きるまでただようことになり、本当に運が悪いとすれば、ドライヴ機関が夜サイクルのあいだに点火されたときにかかりかりに焼け焦げることになる。用心ぶかくからっぽにしておいた胃袋が、中身をぶちまけようとしてせり上がった。

「なぜ安全な命綱をつたって、歩いていかないんだい？」と彼は前もってボズに尋ねていた。

「時間がかかりすぎるからだよ」と彼女がきっぱりといった。「そのためにはガーナ輪のスポークをあと半分のぼって、ハブの外側を懸垂下降（ラッペリング）して、そのあとでまたハンガリー輪の内面（インナー・リム）まで降りていかないといけない。そんな時間はないんだよ。それに、このやり方はほんとに快感なんだから」ボズはそういうと、向こう見ずな笑みをのぞかせた。「あんたはどうなの？　腰抜け（チキン）？」

ラヴィの心臓はひきつづき激しく打っていた。ハンガリー輪は怖ろしく遠く離れて見える。黒い宇宙空間を背景にした輪の外縁部はやけに細く見えた。

だが、ボズが狙いを定めた着地点は休みなく動きつづけている。いま出発しないと、もう一回転するまで待たないといけなくなるだろう。

祈りの言葉をつぶやきながら、彼は軌道誘導用のグリッドを視界内におろして、まぶたの裏側に予想軌道がいくつか螺旋を描いて伸びていくのを見守り、そのうちのひとつを選ぶと、ハンガリー輪に向けて頭からダイブした。

緊張で身体がうまくはたらかなかった。ハブの内部でなら、躊躇することもなかったろう。だがここでは……彼はジャンプするときに強く蹴りすぎた。ハンガリー輪の内面（インナー・リム）が予想よりもはるかに急速に迫ってくる。彼の生物学的な目とインプラントはどちらも同じ予測を告げている。彼は左方向にずれすぎて、船尾方向のふちに近づきすぎている。許容誤差は一メートルほどしかなく、しかも内面（インナー・リム）の表面はふちに向かって傾斜がついている。もし着地点にうまくとどまれなかったら、彼はふちから宇宙空間にすべり落ちてしまうだろう。そうなる前に宇宙服が破れないと仮定してだが。ハンガリー輪はあちこちでギザギザの裂け目がめくれ上がっていた。不注意な者にとっての丸ノコギリだ。

ボズみたいに考えるんだ、と彼は息を切らしつつも自分にいって聞かせた。ボズみたいに考えるんだ！

ボズは何も考えたりしない、と彼は思い出した。単に行動したんだ。勢いよく。彼は最後にもう一度状況を見なおしたうえで目を閉じ、顔ににやりとした笑みを貼りつかせた。

そうして、くるりととんぼを切った。

ブーツの足が内面（インナー・リム）に触れると、彼は衝撃を吸収するために膝を折り曲げた。宇宙服に内蔵されたメカニズムがこの動きを支援しようとして、ジーッ、カチッと音をたてる。ブーツがすべりはじめた。動きが大きくなりすぎる前に彼は足を踏んばった。靴底が役に立ってなんとか動きが止まった。

やった、と彼は暗い満足感とともにつぶやいた。やったぞ。ゆっくりとあたりを見まわして、いちばん近いところにある固定用金具（アンカーポイント）を探した。

合流地点までは二百メートルほど離れている。船の巨大な影にすっぽりと包まれ、航行灯も消えているために、ボズの姿はなおも見えない。だが彼女がすでにたどり着いていることをラヴィは確信していた。苦い笑みを浮かべ、彼は合流地点に向かって出発した。近くで〝上〟方向にそびえ立っている黒いスポークのほうへと。彼は一歩ごとに命綱の許す範囲にとどまりつつ進んでいった。

「信じられないな」この言葉はラヴィの宇宙服の襟とヘルメットのあいだからあふれ出た。完全にヘルメットをはずすのを待ちきれないといわんばかりに。そうして彼を出迎えた空気はひどく冷たく、焼け焦げたにおいが鼻を刺した。「信じられないな」と彼はふたたびくり返した。

すでにボズはヘルメットをはずし、頭からほんの数センチのところにふわりと浮かべている。唇から漏れ出た息が白いかたまりとなってぷかりと浮かんでいる。

「ここに連れてきたことは、誰にもいっちゃだめだよ。本当に、誰にもだからね。あんたのママに知れたら、あたしのことを細かく刻んでリサイクラーに食らわせるだろうから」

それを聞いて、ラヴィは笑みを浮かべずにいられなかった。

「真剣にいってるんだよ！　あんたは善良なマクラウドだよね、覚えてる？　もうじき士官になろうとしてて。あんたはここのことを知ってるはずがない。いまも、これからも。知らなければ、害にならないから」彼女は片方のグローブをはずし、無頓着に空中にほうり出した。素手でにわかづくりのヒーターのスイッチをパチンと入れた。この区画にある大半のものと同じように、違法に集められたパーツでこしらえた不格好な集合体だ。とはいえ、うまく機能した。熱風がラヴィの顔を撫でる。

「驚くべきことだな」と彼はもらした。心からそう思っていた。ここの装置は粗雑ではあるが役に立つし、ボズの話を信じるとすれば、二十年近くも使われてきたという。マクラウド一族の最大級の秘密だよ、とボズが請けあった。そうに違いない。ほんの二日前まで、彼はこんなところが存在することなどまったく知りもしなかったのだから。

このような隠れ家が、ハンガリー輪の奥の居住空間にあるなんて。ラヴィの父親がこしらえて作戦基地として使い、まったく機能していないこの輪と手前のガーナ輪とのあいだを空気タンク一本だけを背負って何度も行ったり来たりする代わりに、廃墟を好きなだけ探索して略奪するのに時間を使えるようにしたものだ。

ラヴィはつぎはぎだらけの隔壁を手でなぞった。凍えるほど冷たい。父親もかつて同じようにしたに違いない、と彼は考えた。いまもなお、このでこぼこした表面に父親のDNAが少しは残っているかもしれない。

彼が父親と同じ道をたどったなら、これを共有することもできたろうに。父親に〝仕事〟に連れ出されるようになったのは、彼がまだ小学校に通っていた頃だった。運搬用ドローンが積荷を間違った場所に落として、それがどこだったか〝忘れる〟ようにプログラムしなおす方法や、在庫のゆくえがわからなくなるように副補給係長を説得する方法を彼に教えた。リサイクラー送りになった機械を途中で押さえて再利用する方法も。そうして、〝仕事〟が終わったあとで、父親は彼を映画に連れていってくれた。古いタイプの、オーストラリア輪にある映画館〈ロキシー〉へ。ポップコーンとソーダを買って。父親の温かな腕が彼の肩にまわされ、ともに笑い、泣き、そしてとにかく……やさしかった。

すべてが悪いほうに向かいはじめるまでは。

「ぼくはやらないよ」ラヴィは自分がそういったことを覚えている。声変わりしはじめていたし、身体も大きくなりはじめたところだったが、それでも父親の表情が一変すると怖くなった。

「おまえが一日じゅう何もせずにのらくらしてるために、リサイクリングのアルバイトにつかせたわけじゃないんだぞ。いいから、いわれたとおりにするんだ。何も難しいことじゃない。シフト終わりにA7のハッチを開けたまま帰ってくるだけでいい。それだけの話だ」

「お父さんが仕事を見つけてくれたんじゃない。お母さんだよ。それに、ちゃんとやるってお母さんに約束したんだ」

「おまえはちゃんとやってるさ。ハッチのこと以外はな。誰もそんなことを気にしないって」

「ぼくが気にするんだよ。これはよくないことだ」

「〝これはよくないことだ〟だって？　〝これはよくないこと、だ〟か。バグったコードみたいにくり返すのは勘弁してくれ、ぼうず。よくないのはおまえがつかまったときだけだ──そしておまえはつかまらない。それに、たとえつかまったとしても、それがよくないのは、どこかのくそったれな士官が自分のタンクに水を貯めるためにあれこれいってるだけだ。おまえの母さんにこんなたわごとを吹きこませるんじゃなかった。おまえは父さんのいったとおりにするんだ、でなけりゃ、どうなるかわかってるな」

「いやだ」

「いま、なんていった？」父親が拳を振り上げ、一歩近づいた。

「いやだっていったんだ」その声は泣き言のようだったし、彼は振りおろされる拳におびえてあとずさった。だが実際は強い平手打ちと大差なく、これまでにくらったのと比べたらなんでもなかった。父親はそれ以上何もいわずに大股で歩み去った。いまになって父親の表情を振り返ってみれば、覚えているのは父親が怒っているというよりも驚いたように見えたということだった。

裏切られたとでもいうように。

それ以降、二度と〝仕事〟は頼まれなかった。父親は息子の好きなようにさせた。彼が求めるまっとうな生活を送らせてくれた。だが、一族の秘密を共有することもしなくなった。ハンガリー輪の隠れ家に親子で行く機会もなかった。

もちろん、それは当時の話だ。そのあとで父親は堆肥にされた。喧嘩沙汰がひとつに、詐取事件がひとつよけいに重なって、上級士官たちはそれ以上容赦できなくなった。あのときの父親の顔、リサイクリング室へと向かう途中で厚いガラスの奥にぼやけて消えていった姿がよみがえり、いまも彼を苦しめた。彼はその記憶を手荒くわきに押しやった。

隠れ家のことを知っているマクラウド一族のなかで、使う度胸があるのはボズ一人だった。この移動はあまりにも神経をすり減らすし、わざわざここまでやってくるのは危険が多すぎる。地獄（ステュクス）のごとく真っ暗なこのハンガリー輪の廃墟の内奥で、ラヴィは隔壁がめくれて鋭く突き出た部分で何度も宇宙服を引き裂きかけ、すんでのところで何度となくボズに止められた。

部屋の片隅にけばけばしい色のものがあるのが目に留まり、それが何か気づいて笑みを浮かべた。

「少なくとも、きみがどこからチョコレートを手に入れてるのかがわかったよ」と彼は皮肉な口調でいった。

荷物用の防護ネットは紫色のものでふくらみ、配管の端切れをゆるく重しにして留めている。そのなかにはチョコレートが百本はあるに違いない。

ボズがちらっと笑顔をのぞかせた。

「あっちにはもっとあるよ。急速冷凍されて、ほぼ永遠に保存できるようになってる」彼女は少しのあいだ考えこんだ。「特別の事態にでも備えてたんだと思うね。惑星に降りたとき用だったのかも。そうでなけりゃ、第一世代がぺろりとたいらげちゃってたろうし」

「それで、あれのほうは……」

「死体のこと?」

ラヴィはうなずいた。

「いくつかあるよ。もっとだね、実際のとこは」彼女が神妙な顔になった。「嘘をつくつもりはないよ。暗闇のなかではじめてそれを目にしたら、ひどくぎょっとするだろうね。けど、しばらくしたら慣れるよ」ボズは空中をただよって近づいてきて、彼の宇宙服の肩に手を置き、その点を強調した。「もし見かけることがあっても、悲鳴をあげたりせずに、敬意をもって接してあげて。ここはあたしたちの場所じゃなくて、彼らの場所なんだから。あたしたちはただの訪問客なんだよ」彼女がかすかに当惑したような笑みを向ける。「あたしは彼らを友だちみたいに考えてる。ひどく扱わないかぎり、無事にここを出ていけるっていうふうに」

ボズは彼の雑嚢を指さした。

「準備はすべてできてる？」

ラヴィはうなずいた。

「凍りついたコンピューターを用意してくれてるなら、ぼくが目覚めさせてあげよう」

「よし」ボズが大きなバルブの集まりのほうにただよっていった。「あんたの空気タンクを満タンにしたら、ここを出発するとしようか」

数分後、二人はふたたびハンガリー輪の暗い内奥へとたどっていった。宇宙服の明かりはまぶしいものの、それはかえって周囲の闇を濃くしていた。曲がり角ごとに影がさっと動き、恐ろしい夜の異形が吹きとばされた隔壁やずたずたに引き裂かれた床に長く引き伸ばされてゆがむ。壊れた蝶番の残骸にハッチのドアがぴったりはまらずに浮かんでいて、円天井の空間には配管の端切れがぽつんと浮かび、そしてどこもかしこも氷の薄い層で覆われていた。白く凍りついた水だけでなく、くすんだ色のガスが凍りついた輝きも見てとれた。空気の分子が結晶化して、外に吸い出されて消える前にとらえられたものだ。

おそらく、とラヴィはぼんやり考えた。誰かの死の間際の息だろうか。

ここでは経路誘導システムなど無意味だ。ラヴィのインプラントは自分がどこにいるのかまったくわかっていない。彼らが普段から頼っている位置確認用の無線標識(ビーコン)はここにはまったく存在しない。爆発で吹きとんでしまったか、はるか昔に電力が途絶えたかだ。彼は生物学的な方向感覚を活用しようとしたが、まもなく完全にわからなくなってしまった。彼階層的にいえば、彼らはデッキ10より少し下のあたりから出発して、デッキ20より下へと向かっているように思えた。だが複雑に曲がりくねっているために、彼は絶望的に混乱していた。自分たちがいま、どこにいてもおかしくはない。どこに向かっているのか、ボズが実際にわかっているものと彼は切実に願って……


ラヴィは自分のベッドの上にすわり、膝を抱えて、ゆっくりと身体を揺すっている。

「なぜあれをつづけるの？」と母親が尋ねる。母親はお茶のカップを手にしていた。

ラヴィはありがたくそれを受けとり、ごくごくと飲んだ。

「興味があったの」と彼が打ち明ける。「あれがどんなふうに感じるのかが知りたくて。あれとひとつになること。飛ぶことも、ね？」彼はお茶をすするあいだに、すばやく、荒い息をついた。「あれになることは……ひどい経験だった、ママ。なんの喜びもなくて。愛情もない。人間性も。ただ単に殺したがってる」彼はためらい、神経質に唇をなめたうえでつけ加えた。「だけど、あれは夢を見てると思う。ときどきはね、とにかく」

「夢を？」母親は懐疑的に聞こえないようにとつとめている。「どんな？」

「燃え上がる夢……」

これがいったいなんであるにしても、彼は現実にたち返った。いまはいとこにみちびかれてパターノスターのシャフトを抜けていくところだった。ヘルメット内の荒い息づかいが彼女に聞こえていないことをラヴィはありがたく思った。それと、グローブのなかが汗でべとべとなことも。ボズがいきなり足を止め、剝き出しになったワイヤーの束を前にして踏みとどまり、あいているほうの手で警告のしぐさを示した。

二人の前に死体が浮かんでいた。女性だ、とラヴィは思ったが、なぜそう思ったのかは自分でもよくわからなかった。死体はほとんど認識できないくらいにしなびている。あらゆる水分が浸み出てしまっていた。骨格はつやつや光る革のような薄膜で覆われている。着ている作業服は放射線によって色あせ、もろくなって、大きすぎるように見えた。だが胸ポケットにステンシル文字で記された名前は簡単に読みとることができた。A・M・アンシモフ。

ラヴィの視線はすばやくその文字からそらされた。ネームタグは情報が多すぎるし、個人的すぎる。彼の友人、ヴラディミールの大おばさん、だろうか？　それとも、彼のひいおばあちゃんとか？　小惑星の衝突によって誰もが親族を亡くしている。向こうに戻ったら、彼女の身元は簡単に調べがつくだろう。ご先祖の一人に会ってきたよ、とアンシモフに教えてやるために。だが、そうするつもりなどないことは自分でもわかっていた。どうしてか、それが正しいようには思えなかった。それに、彼がここにいたことを知っている者は少ないほうがいい。

彼が精神的なメルトダウンを起こしていないことにどうやらボズは満足したらしく、すでに身体をよじって死体をよけていた。死体に触れないようにひどく気をつけている。ラヴィもそれにならった。女性の死体は、さよならのあいさつでもするかのように片方の腕を伸ばしたまま、二人の背後の闇に消えていった。

彼の宇宙服の無線がいきなり活気づいた。

「ここに死体はなかったんだよ、この前この通路を通ったときは。ドライヴ機関に点火したおかげで押されて動いたに違いないね」

「無線は使わないっていってたように思うけど」とラヴィが応じる。さっき目にしたものにまだ気をとられていた。

「宇宙服間のやりとりで？　これほど離れた輪の深いところで？　どれだけ耳をすまして

たって、誰にも聞こえやしないよ」ボズはいま、シャフトの壁に沿ってゆっくりと移動中で、明らかに何かを探している。

「あれは……死体はよく動くことがあるのかい？」

「たいていはそうでもないよ、たいていはね」とボズが応じた。「だけど、ときどき動くこともあるんだ。必ずしも、前回と同じ場所にとどまってるわけじゃない」彼女は小さなアクセス用トンネルの残骸をさぐりあてると、先にもぐりこんだ。「だけど、ドライヴ機関が彼らに忌々しい（サーディング）影響を与えることもある。あんたやあたしは、百分の一Gかどれくらいかはよく知らないけど、とにかくわずかな重力の変化には気づかないかもしれない。だけど、ここの人たちはそうじゃないんだ」彼女は頭上の空間が狭くなるとうめき声をもらした。「あたしらの凍りついた友人たちはいつまでもここに浮かんでて、彼らが所有してるものは時間以外に何もない。充分に長い時間があれば、ほんの百分の一Gでも、じつに長い距離を移動できるもんなんだよ」

今度はうめき声で応じるのはラヴィのほうだった。何かのせいでトンネルがねじ曲がり、ひしゃげている。彼のほうがボズよりも身体が大きかった。トンネルの壁が彼のタンクを押し、膝や肘にぶつかってくる。雑嚢を錨（いかり）のように引きずることになった。息が切れ、かるくあえぐ。途中でつかえて動けなくなるのではないかと心配になった。宇宙服が破けないかと心配だった。そして引き返したとしても、暗闇のなかで道に迷うことが怖かった。

そんなとき、いきなりトンネルを抜け出た。小さいながらも、見たところどこも損傷していない区画のまんなかで、ボズがぷかりと浮かんでいる。凍りついたコンソールとバケットシートの椅子ふたつが彼女の頭の〝上〟に逆さまにぶら下がっていた。不活性素材のケースが壁の棚にずらりと並んでいる。

ラヴィはすみやかに方向感覚を取り戻し、低い口笛をもらした。

「バックアップ・サーバーだ。きみがいってたとおりだね。壊れてないっていうのは確かなのかい？」

「自分で確かめてみなよ。機関士なんだから」

ラヴィは部屋の上のほうへと身体を引き上げ、並んだケースを目視でざっと調べてみた。雑嚢の口を開けてドローンを取り出す。ドローンはガスを噴きながら彼の横に浮かび、彼の生物学的な視力にX線と電子スキャン機能を増強した。

このように装甲化された狭い区画は船内のあちこちに存在している。さまざまな災害に備えた保険だ。緊急時の物資や予備の部品、そういったものを貯蔵している。船がなんらかの破局的災害に見舞われたとしても船団のほかの船が救援に駆けつけるまで、少なくとも事態を安定させるために避難できる場所、役に立つ備品の貯蔵所、という考えだ。

ここにあるのは〈ハイヴ〉のバックアップ、あるいはその一部だ。船やクルーを統率していくためのメイン・コンピューターやネットワークがダウンしたときには、ここに充分な量の情報を保管してあるため、一種の代替コンピューターとして立ち上げる。一部だけの〈ハイヴ〉として。そのあとも進みつづけるために。

ボズもラヴィもそんなことは関心がなかった。二人が関心を持っているのは別のことだ。かつての大惨事があって以来、ここのバックアップ・サーバーは〈ハイヴ〉から切り離された。ここに保管されているデータは古くて時代遅れのものだ。だが、ここにあるのは〈出航の日〉までさかのぼれるもので、ヴァスコンセロスのコードに防御されてもいない。〝ニュートン〟についての情報が何かあるとすれば、ここにあるはずだ。

もっとも、これをうまく作動させることができればの話だが。ラヴィとドローンは最初の位置に降りて戻った。

「それで？」とボズがうながす。

「できると思う」とラヴィは答えた。「動力電池は回復の見こみもないけど、使用不能なのはそれだけだ。そして動力電池は」――彼は雑嚢をぽんと叩いて空中で回転させた――

「交換できる」

「よかった。いつかここの装置をすべてバラして、パーツごとに売り払おうかと思ってたんだよ」

ボズは手助けというよりもじゃまにしかならなかったから、ラヴィはドローンの力を借りて、システムを動かすのに充分な動力電池を新しいのと交換していった。そうして、急に使ってひびが入ったりしないように、焦れったいほどゆっくりと時間をかけてすべてを温めていった。一度ならずボズに説明しないといけなかったとおり、この装置は真空でも機能するように設計されていて、深宇宙の極度の低温状態でも動くことは動く。とはいえ、内部に窒素の氷の膜が張っているような状態でいきなり操作するように設計されているわけではない。氷をすべて溶かすのにそれほど大量の熱が必要なわけではないが、ボズが望むよりもかなり時間がかかった。二人は夜サイクルが終わる前に居住空間に戻っている必要がある。さもないと、彼らがいないことに誰かが気づくだろう。

「早く！」と彼女はつぶやきつづけた。「早くしてったら！」

ラヴィは彼女のことを無視した。身体を引き上げてバケットシートにすわり、ストラップで身体を固定する。なおもボズが頭の〝上〟に浮かんでいる状態で、彼は手を伸ばしてコンソールのボタンを押した。

明かりがぱっとともる。何列も何列も、ほとんどはゴーサインの緑色で、黄色がふたつ、赤はひとつもなしだ。すべて異常なし。ボズも彼の隣の椅子にストラップで身体を固定した。ラヴィはためらった。

「何をぐずぐずしてんの？」とボズが焦れて訊いた。

「こいつはキーボード仕様なんだ」ラヴィがみじめな気分で打ち明けた。「宇宙服のグローブはキーボードを打つ作業に向いてない。船外作業用のものだから。この手でキーを打てるとは思えない」

「何いってんの？　いまは鉄器時代？　プラグインしなよ！　どのみち、キーボードなんて使ってるひまはないんだから。永遠にかかっちゃうよ」

ラヴィが静止するよりも先に、彼女は自分の宇宙服の胸からワイヤーを引き出すと、コンソールに伸ばしてプラグインした。

思わずラヴィは身をすくめた。たとえ何があろうとも、あらかじめテストしていないシステムにいきなりプラグインしてはならない。何かまずい問題があれば、インプラントがかりかりに焼け焦げることにもなりかねない——そのほかにもさまざまな影響が考えられる。いまにもボズの悲鳴があがるのではないかと彼は待った。

それはやってこなかった。ばつの悪さを感じながら、自分のコネクター・ケーブルを伸ばしていった。

彼の感覚にサイバー上のインプットがいきなり押し寄せてきた。唖然とするほどの即時性だった。まるで自分が実際にその場にいるかのようだ。もちろん、前にもそれを目にしたことはある。というか、そう思っていた。ホーム・ワールドでの〈出航の日〉のニュースフィードを。船団の堂々たる姿が、ゆっくりと月の軌道上から離れるときのビデオ映像だ。第一世代のインタビューがはじまる。報道番組の、困惑し、しかも少しからかいの混じったコメントが加わる。〝空想的〟、〝無分別〟、そして〝失敗する運命にある〟といった言葉。つまるところ、LOKIはこのミッションが容認しがたいほど危険であると断言していた。ほかに何をいう必要があろうか？

〈アルキメデス〉が最初に出発した。ホーム・スターの強烈すぎる光を浴びて、船体のペイントが輝く。まだ宇宙のちりであちこちに疵がついてもおらず、放射線で色あせてもいないし、氷でコーティングされてもいない。船のアングルがしだいに変わりはじめ、中心軸の長く伸びた格子の支柱に影がさす。ふくらんだ形状の巨大なスラスターがすでに後方から船を押しはじめていた。最初は数センチ単位で、やがて数メートルになり、ついには秒速数キロメートルに達する。速度が増すにつれ、ニュース映像は可能なかぎり最高レベルの倍率で拡大されているにもかかわらず、船が小さくなりはじめる。船は星間宇宙へと忍耐強く進みつづける。居住区輪はまだ固定されたままで動いていない。最初の回転がはじまるのは一年以上先だ。

次に出航するのは〈ボーア〉で、形状はすべてにおいて最初の船と同一だ。そのあとが〈チャンドラセカール〉で、こちらはわずかに形状が違い、流線型をしている。先行してつくられた姉妹船の建造時の経験から学んだ結果だ。

映像はここで終わるはずだった。いつもここで、当時の卓越したジャーナリストだったアドリアーナ・オノヴァの皮肉をこめたひと言で締めくくられていた。「さよなら」といって、彼女が冗談をつけ足す。「あなたたちにはなりたくないけど」

だが、その冗談は聞こえてこなかった。映像はまだ終わっていない。

さらに別の船が、王者のごとく堂々と、カメラから離れて進んでいくのが映し出された。先に出発した姉妹船たちと比べても、見るからに巨大で荘重だ。より大きく、より堂々として いて高貴さがただよう。居住区輪は少なくとも先の三隻よりも三割は大きく、そして一、二……全部で十輪もある。この船がホーム・スターから離れ、より小柄な姉たちのあとを追いかけた。そしてラヴィは、何よりも奇妙な印象をもった。この船はわざと力を抑えているというような。そうしないと、あまりにも早く追いついてしまうために。

これこそが〈ISV-4 ニュートン〉だ。

「さよなら」といって、ジャーナリストが冗談をつけ足す。「あなたたちにはなりたくないけど」

23.0

「お疲れかな、候補生(ミディ)」とチェン・ライが尋ねてきた。

「ノー、サー」とラヴィはごまかした。本当のところをいうと、くたくたに疲れていた。朝方、ボズと二人でハンガリー輪から戻ってきた頃には、ひと眠りする時間もなく、シャワーを浴びただけで勤務時間になった。

「それなら、意識を集中せよ」とチェン・ライがどやしつける。「わたしが説明しているあいだは、眠りこんでもいいと考えているのかね？」

「ノー、サー」ラヴィは恥ずかしさで身のすくむ思いがして、疲労が吹きとんだ。チェン・ライは最後にもう一度にらみをきかせてから、目下の作業のことに戻った。

「いちばんねぼけたクルーでさえもいまではわかっていようが、〈減速の日〉はすぐそこに迫っている。そのためには、船を反転させてドライヴ機関を前方に向けなくてはならん。そして点火すると、逆方向に力を与えることになり、われわれは減速しはじめる。単純なことだ」

《そんなことは第七世代の三歳児だって知ってるよ》とアンシモフがコードを送ってきた。

ラヴィはすばやい笑みで応じた。

「それほど単純でないのはシールドのほうだ」とチェン・ライがつづけた。「航法部が船を回転させたなら、前方のシールドはまったく役立たずになる。正しくない方向を向くことになるからな。それゆえ……われわれは新たにシールドを急造することになった。ハンガリー輪の後方に」かすかな笑みが彼の唇によぎった。「もうじきそれはハンガリー輪の前方になるわけだが」

会議室内に小声のつぶやきが広がった。アンシモフが挙手する。

「当初の計画では、ドライヴ機関そのものがわれわれのシールドになるものと思っていましたが。われわれのほうに向かってくるものすべてを、蒸散させるかはじきとばすかして」

「当初の計画ではそうだった。だが、航法部は目標星（デスティネーション・スター）の周辺に浮かんでいるちりの多さを懸念している。予想していた以上にちりが多いらしい。われわれの手もとには第二のシールドをつくるのに充分なスペアパーツが残っているため、そうすることになった」彼は警告として手を挙げて制した。「これは技術的に高難度の作業であり、これまで以上に船外作業が多くなるだろう。そのため、訓練生を使うことはしない。経験のある機関士と技術者だけだ」彼はいったん口をつぐみ、小さなうめき声の合唱を完全に無視してつづけた。「諸君はほかにもやることがたんまりある。そのことはわたしが保証しよう」

そうして送られてきたスケジュールの衝撃により、ラヴィのまぶたはぴくぴくした。

「あーあ」とアンシモフがうめく。「今日のところは、短い散歩が待ってるみたいだな」

ラヴィは興味を覚えて、親友の顔を見た。

「連中がフェニックスとマンチェスターの交差点に立てたプレートのことは覚えてるか？」とアンシモフがうながす。

「きみの忌々し（サーディング）い通勤に、よけいな十分をつけ加えたっていうあれのことかい？」

「まさしくそれだ。誰がそれを解体すると思う？」

いつもより余分にドローンの群れを使って重い物を持ち上げたり切断する作業の大半をやらせるにしても、プレートを片づけるのは重たいうえに汗みずくになる作業だ。そして環状通路の床下や壁のなかをはしる大量の配管や配線設備に損傷を与えないようにするために、作業はいっそう手間がかかる。彼らはシフトのほとんどをそれについやした。

しかしながら、最後のプレートをおろし終わってリサイクラーに向かわせる段階になったとき、ラヴィとアンシモフにもあたりを見まわすだけの余裕があった。

デンマーク輪の大通りのひとつであるフェニックス環状通路はあらためて通行が可能になった。だが、交差するマンチェスター通路のほうはそうではない。とにかくも、片方の側は。以前はひらけた通路だったのが、いまは真新しい、いくつかの区画の入口になっている。その前には、やけに角ばって見える保安用ドローンと、同じく角ばって見える船内(シップ)警備隊(ブセク)士官が立ち番をしていた。ラヴィは〈ハイヴ〉内をまさぐって、船内図を探した。

「あのさ」とアンシモフにささやく。「あの奥に何があるのか知ってるかい？」

アンシモフが首を横に振る。彼のほうの船内図探しもラヴィと同じく実を結ばなかったらしい。しかしながら、アンシモフはさらに一歩踏みこんで立ち番に近づいていった。

「なあ、友(アミコ)、あんたとその箱は何を見張ってるんだい？　何か興味ぶかいものでも？」

士官はかすかに不機嫌そうな顔で応じた。

「知らない者は知る必要がない」

一瞬、あとで後悔するかもしれない何かをアンシモフが口にしそうな顔つきになった。しかしながら、彼がそうする前に、厳重に警備されているドアが開いた。ラヴィは驚きのあまり、自分の眉が天井方向に弧を描くのを感じとれたほどだった。

「あれあれ」とボズがつぶやいた。「なんとも奇遇だね」

フィジー輪の高い階層にある隠れ家に落ちつくと、ボズが満足げなため息をもらし、またしてもタバコの煙を丸い輪っかにして吐き出した。

「それで、マンチェスター通路で何をしてたのか、そろそろ話すつもりはあるのか、どうなんだ？」とラヴィは問いただした。ボズは一日(ソル)じゅう言葉を濁して、公共の場では話せないよといいつづけた。ラヴィは好奇心にふたをしておくのがやっとで、ボズのおかげで神経がささくれだっていた。〈アンシモフの店〉の静かなテーブル席でも、彼女は話すことを拒絶したし、エクアドル輪の人けのない狭い通路でも要求をはねつけ、ハブのなかでも黙っててと彼をたしなめた。そうしていま、二人は船内の忘れられた片隅に身を隠し、〈ハイヴ〉からも見えないといっていい。ハンガリー輪の秘密基地を別にすれば、壁が落書きだらけのこの隠れ家ほど公共の場から離れた場所はなかった。

ボズがもう一度タバコをゆっくりとふかして、この苦悶をさらに引き延ばした。少なくとも、わざとそうしているようにラヴィには思えた。彼女が監視の目を警戒して〈ハイヴ〉をスキャンし、周囲にバーチャルの罠線(トリップワイヤー)のクモの巣を厳重に張りめぐらしていたことに彼が気づくまでにしばらくかかった。ボズボールを派遣して物理的な侵入に備えていてさえ、彼のいとこは偶然の余地を残そうとしなかった。

彼女はたなびく紫煙をぷかりと吐き出した。

「あたしたちは探査機を組み立ててるんだよ」と彼女が簡単にいった。

もしこの制御室の重力が〇・五G以上あったなら、落胆は物理的な衝撃を与えるものになったろう。

「それだけ？　たったそれだけのために、忌々しい(サーディング)半日も、ぼくを引きまわしてきたっていうのかい？　きみが探査機の製作に取り組んでることくらい、船内の誰だって知ってるよ！　厳密にいって、それは秘密ってわけでもないだろ？」

ラヴィとしては、いたずらがうまくいったといとこがにんまりとした笑みを浮かべるものとなかば予想していた。だがボズはにんまりしてなどいなかった。ぼんやりとボン・ヴォイの落書きを眺めている。かつてここにやってきたボン・ヴォイは、とうの昔にこの場所から撤退していた。壁に残されたこのスローガンは、第六世代というよりは第四世代当時のものだ。もっと古いかもしれない。〝永遠の旅を〟と書かれていたり、〝旅は運命(さだめ)だ〟というものもある。〝星を汚さずに〟と三つめのスローガンが要求している。別の片隅には、巧みに描かれた目標世界(デスティネーション・ワールド)の予想図が、同じく巧みな手ぎわで斜めの赤線で消されている。つかの間、ラヴィの思考はあのときハブで見かけたボン・ヴォイのデモ活動へと戻っていった。あのとき、ソフィアの彼氏はひどく積極的に関わっていた。「降り立つな！」と彼らは叫んでいた。「汚すな！　彼らの！　世界を！　救え！」と。これが現代のボン・ヴォイのスローガンだ。惑星に降り立ったら連中はどうするつもりなんだろうか、とラヴィは考えた。そこから離れることを要求するのだろうか？　まさか。

ボズの声が彼の思考をさえぎった。

「マンチェスター通路について考えてみたことはある？　あそこが探査機を組み立てるのにどれだけうってつけのロケーションかってことについては？」彼女の唇が、何かをおもしろがるようにゆがめられた。

ラヴィは答えようとした。一度もそれについて考えたことはないし、気にしたこともない、とはっきり説明しようとした。しかしながら、その言葉を口から出すことはなかった。その代わり、新たに別の言葉が形づくられた。

「じつにばかげた場所だよ」彼はのろのろといった。困惑して、下唇を嚙む。「実際、考えうるかぎり、もっとも愚かな場所といってもいいくらいだ。つねに回転してる居住区輪の外縁に近接したところでそんなものをつくろうとするなんて。フルの一Gの重力があって——実際はそれ以上だね、いちばん下の階層よりもさらに深いところにあるんだから——だから、すべてのものに重さが加わる。レンチを落としたら、たちまちのうちに宇宙空間に飛んでいって、二度と目にすることもないだろう。それとも、何かデリケートなものにぶつかるか。それとも、宇宙服を着た……」

彼の声は尻すぼみに途切れた。彼の頭のなかで、割れたフェイスプレートや、急速に噴き出して結晶化する気体と、そのなかにおさまっている肉体の不自然な硬直までもが想像できた。

「宇宙探査機は重力があるところで機能するように設計されてない」とボズが指摘した。「だったら、なんでわざわざそんなところでつくったりするわけ？　惑星の表面で製作するようなもんだろ。その、なんだっけ……」彼女は言葉を探して少し口ごもった。「地面の上で。鉄器時代のロケット科学者みたいに。いったいどこの間抜けがそんなことをするわけ？」

「ちょっとおかしな話だね」とラヴィも同意した。「なら、なぜそんなことをしてるのかな？」

ボズがまたしてもタバコを深々と吸いこんだ。

「チェン・ライがヴァスコンセロスや船長といっしょにもぐっていったあの区画と関係があるんだ。船内図にも載ってなかったあれと。あんたらのボスは、建造施設を船の外側につくることにひどくこだわってた。えらく熱くなって議論してたよ、なんて名前だっけ、ほら、ペトリデス副機関長と。どうして小型艇の補修用ドックで作業できないのかって彼女は知りたがってた」ボズが気まぐれな笑みを彼に向けた。「ほんとは議論なんてもんじゃなかったね。どっちかっていえば、チェン・ライが彼女を一方的に怒鳴りつけてさ」

ラヴィは考えこみながらうなずいた。ペトリデスが疑問をもつのも納得できる。補修用ドックはまさにそういうときのために設計されている。船の中心軸に位置しているためにあそこは無重力で、小型艇用エレベーターでアクセスできるために、かなり重たい道具でもハブからじかに運びこむことができる。小型艇の修繕や探査機を一からつくるとなったら、補修用ドックこそはうってつけの場所だ。

なぜ回転している居住区輪の外縁にしがみつく必要があるのか？　どれほど考えてみても、彼には答えが見つからなかった。

「ほかにもあるんだよ」とボズがつけ加えた。「探査機はでかい。星系内のすべての惑星を巡回するのに充分なほどの燃料を積めるくらいにね。そして、マーク9のスラスターを使ってるんだ」

ラヴィは疑わしげに眉をつり上げた。

「〈アーキー〉に誓って、マーク9なんだよ。そいつを昨日の夜サイクルに〈チャンドラ〉から運んできたんだ。もしこいつが活発に飛びまわるようになったら、あんたが〝やあ、こんにちは〟ってあいさつする前に、銀河のなかばまで進んじゃってるだろうね」

ラヴィはこの意味を理解しようとして眉をひそめた。探査機にそれほど強力なスラスターを搭載するのはやり過ぎのように思える。それに、そういう高性能のものは製作するのがひどく難しい。〈チャンドラセカール〉の特別仕様のプリンターでさえ、求められる許容値は厳しいものだった。

「連中はどんなリスクも冒したくないのかも」と彼は推測した。「航法長は偏執的な完璧主義者だってソフィアがいってたよ。彼女はよく知ってるはずだ。だって、彼はソフィアのおじさんなんだから」

「かもね」ボズの口ぶりは、完全に納得したようには聞こえなかった。彼女はタバコの燃えさしを注意ぶかく消して、別のにつけなおし、骨格だけになった椅子の残骸にもたれた。「つまり」と彼女がいう。「ひとつの謎からまた別の謎ってわけ。〈ニュートン〉についてはどうするつもり？」

ラヴィはすっかり途方に暮れ、肩をすくめた。

「船長のところに話を持ちこむこともできるよ」とボズが提案した。「説明を要求するんだ」

「そんなことしてもうまくいくとは思えないな」

「なら、ニュースフィードにぶちまけようか」そう考えて、ボズが目を輝かせた。「そっちのほうがいいよね、実際のとこ。ヴァスコンセロスに仕返ししてやるのにそれ以上のうまいやり方がある?」

「ニュースフィードだって? 絶対にだめだよ」ぼんやりした不安、彼にもうまく指摘できない何かがみぞおちに広がっていった。「しばらくのあいだは、このまま輪を回して、ようすをみるべきだ。何を相手にしてるのかがわかるまでは」

「何を相手にしてるのかなら、すでにわかってるよ。夜サイクルをまるごと使って、残りの記録をすっかり呼び起こしたんだから」

ラヴィの疲弊した身体にそのことを思い起こさせる必要はなかった。

「ああ、確かに」と彼も同意した。「だけど、正確にいって何がわかってると考えてるんだい? 船団にはかつて四隻の宇宙船があって、いまは三隻しかないってこと? とにかく、あれは船団に属してない船だった、実際のところは。〈リバティ・ファウンデーション〉――第一世代――はその船を買いとらなかった。そのことは事実としてわかってる。あの船の持ち主は〈人類継承会(ヒューマン・ヘリテージ)〉だ。ハンガリー輪にかけて、それがいったいなんだったとしても。ぼくらの知るかぎり、その連中は二の足を踏んで、故郷に引き返したんだろう」

「ちょっとありえなさそうな話だけどね。カイパー・ベルトまで出ていって、引き返してくるのはべらぼうな水の無駄づかいだよ」

「いまのところ、その点はどうでもいい。肝心なのは、あの船がいまここにいないことだ。そして事実として、〈ニュートン〉が船の名前であること、それが船団のほかの船と同じ日に出航したこと、そして乗り組んでいたのは〈ヒューマン・ヘリテージ〉と呼ばれていた者たちだったこと、それ以外は何ひとつわかってない」

「〈ヒューマン・ヘリテージ〉のことならよくわかってると思うよ」とボズがいった。

「ほんとかい？」

「ああ、ほんとだよ。ニュースフィードはちょっと説明があいまいだったけど、唯一のぴったりくる説明は、連中がなんらかの〝種族を守れ〟の一派だってことだよ。ほら、この世の終わりがやってくるっていうタイプで、いつの日かホーム・スター（ソル）が破局的な自然災害に見舞われて、人類は一掃されるだろうって信じてるような連中だよ。もしもたっぷりと水を持ちあわせてたら、そういう組織は宇宙開拓プロジェクトを買いとる機会にとびつくだろうね」

「かもね」

「もっとましな推測がある？」

「ない」とラヴィは認めた。「でも〈ヒューマン・ヘリテージ〉――それと、第一世代もだ――彼らはみんな、かつてはホーム・ワールドで暮らしてた。そしてホーム・ワールドはＬＯＫＩが牛耳（ぎゅうじ）っていた。そしてＬＯＫＩの得意とされてる機能をひとつ挙げるとすれば、リスク評価をすることだ。〈ヒューマン・ヘリテージ〉の考えが正しいとＬＯＫＩがみなしたのなら、そもそものはじめに撤退しなかったろう、違うかい？　連中はこの忌々しい（サーディング）プロジェクトすべてにゴーサインを出してたはずだ」

「オーケイ、それで？」

「それで……もしＬＯＫＩがいいアイデアだとみなさなかったのなら、なぜ〈ヒューマン・ヘリテージ〉は危険な賭けに出たのかな？　ぼくらはＬＯＫＩから逃げるために離れた。自分たちで判断をくだす自由を得るため、ふたたび人間らしさを取り戻すため、とかなんとか。けど、いまの段階でいえるかぎり、〈ヒューマン・ヘリテージ〉はＬＯＫＩにまったく不満があったわけじゃない。だったら、ぼくらが見たビデオ映像は？　あの映像の誰も、ホーム・ワールドがＡＩに支配されてることに対して穏やかな批評さえしていない。実際のところ、それとはまったく正反対だ。水を賭けてみてもいいけど、〈ヒューマン・ヘリテージ〉とＬＯＫＩの関係はうまくいってたに違いない。そうなると、ぼくらに残されてるのはこの小さな問題だ――〈ヒューマン・ヘリテージ〉がＬＯＫＩシンパだとすれば、そして宇宙開拓プロジェクトはリスクが高すぎるとＬＯＫＩが判断して取り消したんだとしたら、やつらを信用してる組織がどうしてこの計画に同行したりするのかな？」

ボズが肩をすくめる。

「こっちを見ないでよ、いとこ殿。あたしにもさっぱり見当がつかないんだから」

「まさしくそのために、ぼくらはもっとよく知る必要がある」ラヴィはきっぱりといった。

「ぼくらが知ってることを公表はできない。それは意味がない」

「あんたはどこまでも機関士なんだね、そのことを自分でもわかってる？ 意味がある必要なんてないんだよ。単にそれが真実でないといけないだけ」ボズの唇からいらだちとともに紫煙が吹き出された。「それに、これ以上知る必要はない。知りえる情報はすべて手にしたんだから。くそったれな士官連中からさらに盗み出すのでもなければね。そしてそのための唯一の手段は、あたしたちがすでに知ってることを連中に突きつけてやること、できればヴァスコンセロスを可能なかぎり狼狽させるようなやり方で。あのくそったれなろくでなし連中の誰かが何かを知ってるはずで、それを吐き出させる唯一の手段は、すべてをニュースフィードにぶちまけて、やつらを揺さぶって口を割らせることだね」

ラヴィのぼんやりした不安が、ある現実的なものへと結晶化した。

「それで、もしきみが連中を揺さぶって、何か別のものが出てくることになったら？」と彼は尋ねた。

「たとえば、どんな？」

「リサイクラー処分とか」彼は身体の震えを隠すため、ポケットに手を突っこんだ。あのときの船内警備隊(シップセク)の詰所のことを思い出していた。「ヴァスコンセロスはすっかりきみを堆肥にする準備ができてる。夜サイクルのあいだにドライヴ機関が点火されたことをぼくがいいふらすのをやめなかったら、きっとそうなってたはずだ。だとすれば、あいつがこれにどう対処すると思う? やつはトランジスタの切り替えひとつで、きみを〝死の重し(デッド・ウェイト)〟に降格させるだろう」

「聴聞会を開くことなしに、あたしには何も手出しできないとジェイデンがいってたって、この前あんたはいってたじゃんか」とボズが指摘した。「それにあたしは、ニコ・イボリがまさに望んでるとおりにしてる。だから、すべては順調だよ」

「それで、ニコ・イボリが嘘をついてるとしたら? もしもヴァスコンセロスが航法長をそそのかして、そうさせてるんだとしたら?」

「そんなことないって!」

「きみ自身の分子をそれに賭けたいとまで思うかい?」

ボズは考えこむように手もとのタバコをじっと見つめていたが、指で握りつぶした。

「もう少し考えてみるよ」と彼女が、明らかにためらいながらいった。

「よし。とにかく、あわてて何か行動しないこと、わかったかい?」

ボズは唇の端に皮肉な笑みを浮かべた。

「あたしが？　あわてて何か行動するだって？　誰か別の娘と間違ってるんだと思うけど」

何よりもまずはほっとして、ラヴィはエクアドル輪に戻っていった。自室のドアを開ける。疲労のため、身体は引きずるように重たい。彼は室内に一歩入ったところで足を止めた。かすかに焦げたようなにおいがする。

《明かりを》と彼はコードで命じた。

室内のようすはいつもと変わらないように見えた。ベッドは壁に折りたたんである。シャワー室はからからに乾いているし、汚れひとつない。デスクと椅子はきれいに整頓されている。彼の収納箱は……

原因を解明するのに一分かかった。箱のふたは閉じていて、鍵がかかっているし、見たところ荒らされてはいない。

焦げたにおいのほかに、箱の片面に丸い穴があいていた。心臓が激しく打つなか、ラヴィは箱のふたをむしり取るようにして開け、数少ない自分の服や所持品を左右にほうり出して、箱の底へと急いだ。

装甲製の小箱はまだそこにあった。鍵もまだかかっている。だが、それにも側面に穴があいていて、穴のふちはギザギザしたところがまったくなく、鏡面のようになめらかだった。

偽のボズボール、船外で見つけた彼の暗い小さな秘密がなくなっていた。

24.0

皿とその色鮮やかな装飾が混じりあってゆがみ、不均等な緑の三角形になり、折り紙のようにたたまれていたのが開いていって、巨大な、毒性のある芝生になり、丈の長いコートにバックルで留めた靴、そしてやたらと大きな白い鬘(かつら)という姿の娘がどういうわけかそれを雑草に変えた。

彼は浴槽のなかに浸かっている。王様の身代金になりそうなほどなみなみと注がれたお湯は、暗く、深く、珐瑯(ほうろう)の浴槽のふちからあふれかけている。そしていま、娘は浴槽のわきに立ち、身を屈めて彼に顔を近づけている。見慣れた、かすかにゆがんだ八重歯が唇のあいだからのぞく笑みを浮かべながら。彼女の奇妙なアクセントは明白だった。

「あなたの助けが必要なの」と彼女がいった。

「どうして？」彼は自分がしゃべれるのを聞いて驚いた。

娘の目ははっとするほど青く、そして少し悲しげであることに彼は気づいた。彼女はお湯の表面に指をはしらせ、彼の肌をかるく撫でた。ただし、それはもう娘ではなかった。あの男だ。アイザック・ニュートンにそっくりな男だ。眼力のある、射貫くような視線が太陽光のように彼を焼き焦がす。

「わたしはおまえのもとに向かう」と男が娘に代わって告げた。「そしてたどり着いたら、おまえを殺す」

「船長のところに行って打ち明けてくるよ」とラヴィはいった。「もうこれは、ぼくの手には負えない」

彼の目はまだ充血していた。二人は〈アンシモフの店〉のまんなかのテーブルにすわっている。ふちの欠けたダイニングテーブルの表面に指を強く押しあてて、手の震えを抑えようとしていた。店内はがらんとしているが、まだかなり早い時間であることを考えれば驚くほどでもない。昼サイクルがはじまったばかりだ。

遅れて清掃に取りかかったメンテ用ボットが、割り当てられた仕事をこなすためにせわしなく駆けまわり、疵のついた床を回復の見こみもなく磨いている。

《頭がおかしくなったの？》とボズがコードを送ってよこした。どちらかといえば、彼女のほうがひどい状態に見えた。髪の毛はブラッシングもせずにぐしゃぐしゃだし、肌は蠟のような青白さで、目のまわりに黒いくまが浮かんでいる。とはいえ、彼女のインプラントは正常に機能していた。《悪夢を見たっていうだけで、罪を自白するっていうの？ そんなのは頭がおかしいだけじゃない、自殺行為だよ》

《これがただの悪夢じゃないってことは、ぼくと同じくらいきみもよくわかってるだろ》とラヴィがコードを返し、テーブルごしに身を乗り出した。給仕ドローンが一リットルぶんの冷たい氷水とこの日最初の朝食を運んでくると、彼はいったん会話を中断した。

「あんたのおごりだからね」とボズが低くもらす。「少なくとも、それくらいはしてもらわないと。あたしは最低でも、まだあと二時間は起きる必要がなかったんだから」

ラヴィはいとこにかすかに苦い顔を向けたが、まばたきして支払いを転送した。ドローンがレシートを転送し、調理室のほうに戻っていく。ラヴィはドローンが離れるまで待ってから、今度は声に切り替えていった。

「誰か、それとも何かが、夢のなかでぼくにメッセージを送ってくるんだ。その何かは、あの黒くて小さなLOKIがどこで見つかるか示した。それがいまは行方知れずだ。そしてその何かがぼくらを〈ニュートン〉へといざなった。そしていま、アイザック・ニュートンそっくりな男がぼくを殺すと脅してきた。これは忌々しいほど重大な事態だよ」

「ああ、確かにね」とボズがフルーツと豆腐を口いっぱいに頬ばりながら同意する。「けどさ、ヴァスコンセロスになんていうつもり？　夢のなかの男に脅されて困ってますって？　あいつがそれを信じると思う？」

「信じるさ、あのＬＯＫＩや〈ニュートン〉について、ぼくらが知ってることをすべて打ち明ければ。そうすれば、ぼくを信じないわけにいかなくなる」

「あいつが何を信じるようになるかっていうとね、いとこ殿（カズ）、あんたのチップセットにはいくつかインプラントが足りてないってことだよ。妄想性の精神病で、本格的なＬＯＫＩ恐怖症の兆候をあらわしてて、ＬＯＫＩがこの船やあたしたちみんなを破壊しようと決意してると思いこんでる」ボズがテーブルごしに身を乗り出し、彼の手首をつかんだ。「あんたがあいつに打ち明けたら、次の三つのうちのどれかが起きるだろうね」彼女は指を折って数え上げていき、そのあいだに彼の剝き出しの皮膚にきつく指をくいこませた。「ひとつ、医師があんたを精神障害者と認定する。ふたつ、監察官があんたを破壊工作活動により有罪と宣告する。三つ、あんたは破壊工作活動により有罪を宣告され、さらに精神障害者と認定される」彼女の声がささやきにまでひそめられた。「その次に何が起こると思う？」

　ラヴィは口のなかがからからになった。その規則は第二世代当時に制定されたもので、とても明快だった。第二世代は宇宙空間で生まれた最初の世代で、彼らの前にはミッション以外に何もなく、あらゆる点で明敏かつ冷酷な集団だった。船内の全員の命がひも一本でかろうじてぶら下がっているときに、感傷的になる余地などありはしない。クルーが精神の病をわずらうことと、それによって犯罪を犯す——つまり、船にとっての脅威となる——ことはまったく別の話だ。精神障害により罪を犯した者は〝死の重し（デッド・ウェイト）〟処分とする。破壊工作者も同様だ。

「けど、船についてはどうなるんだい？」と彼は尋ねた。「何も報告しなかったら、みんなが死ぬことにもなりかねない、ぼくだけじゃなくて」

ボズが彼に奇妙な表情を向けてきた。尊敬の念、だろうか？　しぶしぶながらの称賛？　それがなんであるにしても、その受け手になると、どうにも居心地の悪さを感じた。一方のボズは、もう一度フォークにたっぷり朝食を載せて口に運んだ。

「連中はあんたをリサイクル処分にするよ」と彼女が何げない口調でいった。フルーツと豆腐（トーフ）がどんどん皿の上から消えていく。「おばけ（ブギーマン）か何かがやってきてあたしたちをつけ狙ってる、なんていう話を連中は信じたりしないよ。あんたが何をいおうと〝船を救う〟ことにはならない。だから、なんの目的もないまま殉死者になるのはやめようよ、いい？」

ラヴィの朝食は、ほとんど手つかずのまま皿に載っている。彼はそれをときおりつついて、区切りの片方からもう一方へと移すだけだった。認めるのは嫌でたまらないが、ボズの指摘はもっともだった。

「たぶん、ソフィアに話したら……」

「彼女もイボリ家の一員なんだよ、ラヴィ。士官であることは、そう、彼女の一族のDNAに組みこまれてる。あんたが最後まで話す前に、彼女はあんたを密告するだろうね。それに、彼女が大おじさんにぺらぺらしゃべっちゃったことをもう忘れたの？」

ラヴィはごくりと唾を呑みこんだ。いとこがいったことは間違っていない。彼はすでにヴァスコンセロスからにらまれている。あの小部屋や、脅し文句のことを彼は思い出した。彼が何をしでかしたのか、ソフィアがおじさんに告げ口でもしたら……

彼は懸命に身体の震えを押さえようとした。

「オーケイ」と彼はついにいった。「どうしたらいいか、何か提案は？」

「何もないね」とボズがいって、朝食の最後の残りを片づけた。「いまのところは。もしあたしの考えが正しいとすれば――そしてあたしはいつも正しいんだけど――あんたが見た夢は〈ニュートン〉からのメッセージだね。だから、あたしたちはその船がまだこの辺にいるのか調べてみる必要がある。もしそれを証明できれば、少なくとも、船長にそれなりの報告ができる。あんたの分子が堆肥にならずに済むような話が」彼女の目が、まだ手つかずのままのラヴィの皿にとまった。「それ、食べる？」

「ご自由に」彼は四角い食器をテーブルの向こう側に押しやった。

「百三十二年間も姿を隠しつづけてきた船を、いったいどうやって見つけるつもりなんだい？」と彼は尋ねた。自分の声に疑念が這い寄っているのを感じとれた。「もしかしたら、この辺にはいないのかも」ハンガリー輪で目にした〈出航の日〉のビデオ映像が彼の頭を満たした。巨大な居住区輪を十個も擁した船を。「あれは大きな船だった」

「ここではそうでもないだろ。宇宙は大きい。それに比べたら、ほかのものなんてみんな針先ほどの大きさにもならないよ。とりわけ、誰もよく見てないとすれば」彼女の目が急なひらめきに見開かれた。「あんたの上流階級の航法部のお友だちは、あんたを連れてメイン航法室を案内してまわることができると思う？」

「たぶんね。どうして？」

「これ以上質問はなし、そうすればあんたに嘘をつかなくて済むから。けど、あんたはこれをいっしょに連れていく必要がある」

彼女はポケットに手を入れて、取り出したものをテーブルに置いた。

ボズボールだった。

ソフィアが彼をしげしげと見つめた。

「どうして雑嚢を持ってきたの？」

「習慣だよ」とラヴィは嘘をついた。「シフトを終えるのが遅くなって、置いてくるのを忘れたんだ」

そういったとき、彼の喉の奥に何かが詰まるような感覚があった。ほとんどボズボールと同じくらいの大きさに感じられた。くだんの玉は雑嚢の底におさまっている。注意を集めるようなことをこいつが何かしでかしませんように、と彼は〈アーキー〉に祈った。ソフィアが見ていないと確信がもてると、彼はそっと〈ハイヴ〉を調べ、不法行為の兆候はないかとさぐった。彼にいえるかぎり、ボズボールはまだ休眠中だ。

「オーケイ」とソフィアがいった。彼女はそのことをおもしろがっているようだった。「入ってちょうだい。メイン航法室にようこそ」彼女はドアの前から立ちのいて、腕を広げて彼を室内へといざなった。

ラヴィは息を呑んだ。メイン航法室は巨大で、まるで洞窟のように見えた。すべてが夜サイクルにあわせて暗かった。壁に並んでいるスクリーンやモニター、あるいは独立したワークステーションに浮かび上がる光を読みとるにはこのほうが都合がいい。遅い時間であるため、いまはほぼ人けがなく、がらんとしている。若者が二人、何かの数値をめぐって頭を突きあわせているし、年配の士官が一人、片隅を行ったり来たりしている。そのまわりで、コード化された大量の計算結果がとび交っていた。小惑星の軌道予測だろうとラヴィは推測したが、あまり近づいて詮索したくはなかった。代わりに彼が目を転じたのはメイン・スクリーンで、横幅が五メートルほどもあり、室内全体を圧倒している。いまその画面は、巨大なぼんやりした円盤を映しており、斑点のある陰影のほかに詳細はほぼ何もわからない。ふたつの小さな白い円が片側に浮かんでいる。

「あれがそうなのかな？」と彼は尋ねた。「目標世界（デスティネーション・ワールド）？　それと、その衛星？」

ソフィアがうなずく。

「衛星のうちのふたつね。ほかのはいまのところ隠れてる。まだ、ほとんどは推測の域でしかないんだけど」と彼女がいって、惑星自体を指さした。「わたしたちはあれが海だと考えてる。ホーム・ワールドの地中海よりも大きくて、大西洋よりは小さい。そして、あれは衝突クレーターかもしれない。直径二百キロ、もしかしたら三百キロあるかも。もちろん、これがクレーターか、そうじゃないのかでたくさん議論されてきたけれど、わたしとしてはそれが本物だと推測してる」

ソフィアが〈ハイヴ〉に手を伸ばしてディスプレイを操作していくあいだに、彼はうなじがちくちくする感覚がしてボズボールが目覚めたことがわかった。不規則なコードの流れに気づいてソフィアが警戒するのではないかと心配になり、確かめずにいられなくなった。追跡装置（トレーサー）の細い撚（よ）り糸がソフィアの転送したコードに付着して、メイン航法室のプログラムにアクセスするキーを盗みとっていく。さらにクモの巣のように航法室の構造物全体に広がっていき、この区画のすべての人間や装置から情報やアクセスコードを罠にかけて捕らえていったため、ラヴィは不安になった。

「これは最近できたものかな？」と彼は必死にソフィアの注意をそらそうとして尋ねた。「クレーターのことだけど」

ソフィアが肩をすくめる。

「〝最近〟という言葉の定義によるわね。すっかり浸食されてない程度には最近のものということもできるし、惑星がまだ荒廃した状態のままであるほど最近というわけでもない。数十万年から数百万年前、といったところね」

ラヴィは安堵のため息をついた。

「昨日（イエスタ＝ソル）とかそのくらいに起きたのかと思ったよ」この言葉を聞いたソフィアが無知な者を憐れむようなまなざしをちらっと向けると、彼はつけ加えずにいられなくなった。「この星系はちりで汚れてるってみんながいってるもんだから。ぼくらが新たな故郷にしようという星に、何度もばかでかい岩がぶつかってくるんじゃないかって心配しても、誰も責められはしないだろ」

彼女の顔から見くだしたような表情が消えたことに彼はうれしくなった。

「リスクはゼロじゃない」と彼女も認めた。「そして、あなたのいうとおりよ。この星系は確かに汚れてる。だけど、すべては比較的という意味よ。わたしたちが今後千年のあいだに小惑星の爆撃をくらう可能性はほぼゼロに近い。それに、わたしたちには自分の身を守るだけの技術があるんだから、直撃でもくらわないかぎりは大丈夫よ」彼女がにこっと笑みをのぞかせた。「わたしたちは宇宙で第七世代まで生き延びてきたのよ、ラヴィ。核の冬くらいなんとかできると思う」

ラヴィはぼんやりとうなずいた。なおも不鮮明な円盤を見つめている。自分も船内の安全な暮らしを捨ててあれの上に降り立たないといけないと考えて、彼は胃がむかむかしてきた。宇宙による破壊行為から彼を守ってくれる唯一の防御シールドが、薄皮程度の無色透明なガスの層だけであるような場所で暮らすというのはひどく異常なことのように感じられた。唐突に、ある考えが浮かんだ。

「ぼくらがあそこで暮らすようになったら」と彼はささやいた。「床は上じゃなくて下の方向に湾曲してるのかな？」

ソフィアがくすくすと笑う。

「気がつくほど極端にじゃないわよ、ばかね。あそこの床はとても広いから、たいらに見えるでしょうね」

「だろうね。だけど、それでも地平線があるはず。何キロも先に見えるとしても。その向こうまで行けば、下から姿が見えなくなる、上からじゃなくて。だよね？」彼は驚嘆のあまり、当惑して首を振った。「奇妙だな」

「これのすべてが奇妙なのよ」

ソフィアが彼の肘にやわらかな手を添えて、彼をそっと片隅のほうに連れていった。いつしか二人は隔壁の陰になった静かな空間に入りこんでいた。何かの自動システムがたてるチッチッチッという音が、近くのコンソールからかすかにささやきかけてくる。ソフィアが顔を寄せ、彼女の口が彼の耳からほんの数センチまで近づいた。息が彼の皮膚をくすぐる。

「あのね」と彼女がささやく。「わたし、自分に絶えずこういい聞かせてるの。まだ手遅れじゃないんじゃないかって」かるい指先が彼の手首に触れて震えている。「わたしたちは……減速しなくてもいい。このまま進みつづけて、こうしたすべてを忘れるの」

彼女が一歩さがって彼を見上げた。目がきらきらと輝いている。ラヴィの胃袋がひとりでによじれ、奇妙にきゅっとすぼまった。彼はうなずいて同意しかけた。うなずいて同意したかった。

だが、それでも。

「それはできないよ。たとえそうしたくても、それはできない」彼は自分があまりに真剣な顔になっているのがわかっていたが、どうしても彼女に理解してほしかった。「船はどれも古い、ソフィア。いろんなものが、ほとんど修繕するより先に壊れていく。いまでさえ、〈ボーア〉はかろうじて自給できている状態だし、船団全体で水が枯渇しはじめてる。あと一世代もこれがつづけば、ぼくらは宇宙をさまよう幽霊船の群れになるだろう」彼はムードをかるくしようとつとめた。「もしかしたら、数十万年後に、どこかのエイリアンの考古学者がぼくらの凍りついた残骸を見つけて、ハンガリー輪にかけて、いったいどこからぼくらがやってきたんだろうかと頭を悩ますことになるかもね」

陽気にふるまおうという彼の試みは、まったくの失敗に終わった。

「船内の人口を制限することもできるわ」とソフィアがどうやら真剣に提案した。「資源を節約して、もっと効率的な仕組みにするの。あなたは機関士でしょ」と彼女が励ますような笑みとともにつけ加えた。「あなたならきっとできる」

ラヴィは首を横に振った。

「けっしてうまくいかないよ。たとえうまくいったとしても、いずれは避けられなくなる事態を一、二世代先延ばしにするだけだ」ラヴィは自分が彼女のことを奇妙な顔で見てい

ると気づいていた。「きみもわかってるはずだろ。ソフィア、これはボン・ヴォイがする
ような話だ」
「そうね」ソフィアが自身にびっくりしたようにいった。「いまいったことは忘れて。本
気でいったんじゃないの。本当に」彼女は身を震わせて、長いため息をもらした。「ただ
……奇妙に思えるの、それだけ。〈減速の日〉。大きな岩の玉の外側で暮らす、それも永
遠に。そのことが、ときどき頭から離れなくなって」彼女の目に涙が浮かんだのを見てラ
ヴィはびっくりしたが、彼女は無理にも笑顔になった。「最後はすべてうまくいく。わた
しはそう確信してる」
暗闇から影がぬうっとあらわれた。行ったり来たりしていた士官だ。ラヴィのことをし
げしげと見つめている。
「きみの友人はどちらさんかな？」と士官がソフィアに尋ねた。あいさつとしてラヴィに
手を差し出す。
「こちらはラヴィ・マクラウドです、大尉。わたしたち、クラスメートで」
「本当かね？」彼の名字を聞いて、航法士は差し出した手を引っこめた。男が急に批判的
になり、全身をじろじろ観察しているのをラヴィは感じた。着古した作業服から、すり減
った標準支給のブーツまで。

「ふうむ、彼をあまり長い時間ここにとどめておかぬように。何も紛失したくはないからな、大切ないまは――ハッキングされたくもない」

一瞬、心臓が打つのをやめ、トレーサーのことを航法士に気づかれたかとラヴィは思った。

だが、士官はそのままつかつかと離れていき、ラヴィはその場に足が根を張ったように残された。困惑と怒り、そして少なからぬ罪悪感からなる有害な混合物が彼の体内にわき起こった。

「いいやつだな」しばらくして、彼は食いしばった歯のあいだからもらした。

少なくともソフィアは、動揺したふりをする礼儀をもちあわせていた。

「航法部のみんながあんなふうじゃないのよ、ほら。あいつはまったくのろくでなしなんだから」彼女がラヴィにすまなそうな顔を向けた。「それでも……」

「ああ、わかってるよ」と彼はいったが、意図した以上に辛辣な口ぶりになった。「そろそろ、きみたちの大切な仕事場からお暇するとしようか。これ以上はごたごたを起こしたくないからね」

ラヴィはくるりと踵を返し、ソフィアがそれ以上何かいう機会を与えずにその場をあとにした。

彼はすごい剣幕でいちばん近いスポークを目指した。なんとしても、いますぐエクアドル輪に戻りたかった。さっきの航法士官の偏見か、それともあの男の意見が正しいという事実か、どちらがより問題なのか自分でもよくわからなかった。

「必要なものはそろってるのかい？」とラヴィが不安げに尋ねた。

「うん」ボズの顔はぼんやりしていて、目は焦点を結んでいないが、声ははっきりといらだっていた。「あんたさ、さっきから別の答えを期待してるみたいな質問ばっかりしてるよ。ちょっと黙って、ドアにでも気をくばっときなよ」

ラヴィはいわれたとおりにした。ただし、彼が気をくばるべきドアというのは物理的なものではなく、〈ハイヴ〉のなかにある。ラヴィのソフトウェアが見張りに立ち、詮索する目から彼らを守っている。それには意味があって、彼がボズとやっていることは間違いなく詮索するだけの価値があった。

ソフィアのアクセス・コードのおかげで、データは航法部のサーバーから漏れ出て、〈ハイヴ〉内をうねうねと回り道して、フィジー輪の高い階層にあるうち捨てられた制御室に、誰にも見られることなくするりと入りこんでいく。到着したデータはばらばらの断片で、しかも暗号化されたままだが、とにかくたどり着いた。それをボズが忙しくかき混ぜて、何か役に立つものに変換していく。彼女はコードやカウンター＝コード、そしてハッキング・ボットとの渦を巻く乱闘（ドッグファイト）に巻きこまれ、その代償を負って明らかに疲弊していた。額には汗が浮かび、呼吸は浅く不規則で、顔色は蠟のように青白い。

だが彼女は勝利しようとしていた。顔にゆっくりと笑みが広がる。

「見つけた」と彼女が告げて、ラヴィのチップセットにキーをほうった。「入っておいでよ」

ラヴィはインプラントをリンクして、いとこの思考のふちにすべりこんだ。彼は星の海に浮かんでいた。

「ぼくはいったい何を目にしてるのかな？」

「センサー・ログを編集したもの」とボズが説明する。「五年ぶんのね」その光景が変わりはじめた。「あそこのあれが〈ボーア〉と〈チャンドラ〉。目標星（デスティネーション・スター）はもちろんあそこの光で、反対方向にあるのがホーム・スター」

ラヴィは一度もホーム・スターを見たことがなかった。というか、はっきりと認識できたことはなかった。目標星（デスティネーション・スター）は簡単に見てとれる。空のてっぺんの、冷たく光るサーチライトのようなものだ。触れたものすべてを光と影に染めていく。だが、ホーム・スターは違う。そうではないからだ。ほかの星と同じだった。宇宙服のバイザーごしに輝く、数知れない星のひとつだ。きつくて危険な船外作業のときに目にする、名もなき背景幕でしかない。船内の星図でなら、見つけるのは簡単だ。ホーム・スターは、ボウオウティーズ、すなわち牛飼い座のちょうどまんなかに見える。牛飼い座アルファ星のアークトゥルスを見つけなさい、そうすれば間違うことはないから、と授業で教わったものだ。ホーム・スターは実質的にその隣にある。

だが、船外で目にする星は地図のように単純ではない。あたりには銀河がまるごと広がっている。無数の星が、それぞれに宇宙のなかで自分の存在する位置を求めて争い、天文学者の単純なパターンを破り、まっすぐな線を無限のかすみへと分解する。インプラントのナビの助けがあったとしても、それを正しく見つけられるか彼には確信がなかった。

だが、いまはそうではない。明るく輝く小さな星が船尾方向から彼をまっすぐに見つめ返している。そのすばやく動く光はわずか十二年前のものだ。彼は何かを感じとろうとした。あのぬくもりのただなかに隠れている数十億の人々を、ＬＯＫＩを、都市を、惑星間のあわただしい移動を想像してみる。うまくいかなかった。どこにでもあるただの星でしかなく……

講堂はしだいに人の数が減っていったが、講演者はまだ壇上にあって、質問に答えている。ラヴィは片方の手をもう一方の手でさすりながら、緊張して順番を待っていた。講演者の背後には、実物よりも大きな女性のホログラム像が赤ん坊と笏(しゃく)を胸に抱き、上から彼らをにらみつけている。このホログラム像はΕιρήνηと表記されていた。

「なんて書いてあるの?」彼はようやく講演者の注意を惹くと尋ねた。「読めないよ」ひそかに彼は自分の臆病さを呪った。まっすぐ問題と向きあわずに、すでに自分でも答えを知っていることを尋ねたからだ。

「地球の古い言語で〝エイレーネー〟という意味なんだよ」と講演者がいって、笑みを浮かべた。「それで、エイレーネーというのは何かな?」

「平和」ラヴィはためらうことなくいった。「それはわれわれにとって、復讐をあきらめることを意味してる」

「ちゃんと話を聞いてくれたようでうれしいよ」講演者が鋭い目で彼を見た。「きみは前にもわれわれのミーティングに参加していたね、確か。何度か」

少しためらったうえで、ラヴィはこくりとうなずいた。

「それで、ほかに何か手伝ってあげられることはあるかな?」

ラヴィは胸のうちで心臓がトクンと打つのを感じとれた。一度大きく息を吸いこんでから、思いきって切り出した。

「本当のところ、こっちがあなたを手伝ってあげられると思う……」

「ホーム・ワールドよりラヴィへ。お入りください、ラヴィ」

ボズが彼の顔の前で手を振っている。

ラヴィはごくりと唾を呑みこみ、混乱を振り払おうとした。

「ごめん、いとこ殿。ぼうっとしてたみたいだ」深呼吸をひとつ。「はじめよう」

ボズが時間を戻していくにつれて、センサー・ログの光景がわずかながら変化していく。

「オーケイ」と彼女がいう。「これが四六、五七一日の〇一三〇時。何か見るべきものがあるか確かめてみようよ」

二人はリンクしていたにもかかわらず、作業はひどくくたびれるものになった。少し進めてはまた戻り、以前からそこにあったものはすべて除外して、さまざまなものをカットしていく。はじめのうちは簡単な作業だったが、しだいに難しくなっていった。〈ボーア〉と〈チャンドラセカール〉が姿を消し、星や銀河も消えていく。環境放射線とガンマ線バーストも消されていった。ラヴィは自分の頭がふたつに割れてしまいそうに感じられた。

《もう何も残ってないよ》とボズががっかりしつつコードを送った。

二人は自分たちがつくり出した、形のない虚空に浮かんでいた。彼らは時間を先に進め、四七、四三二日に跳んだ。ボズがタバコに火をつけたことがにおいによってラヴィにもわかったが、生物学的な目を開けるのに充分な処理能力は残っていなかった。焼け残った椅子が身体に食いこむ痛みを感じられる。もう何時間も動いていないように思えた。

《最後までやってみよう》と彼は元気に聞こえるようにつとめて応じた。《もしかしたら……》

虚空に何か小さな閃光がはしった。

《待った！》と彼がシグナルを送る。《戻って！》

《なんでもないよ。ただのプログラミングの異常だって。これから――》

《戻れってば！》

かすかなため息のこだまが彼の耳にもどうにか届いた。ボズが時間を戻していく。

星がひとつ、ぱっとあらわれた。暗く、明るくなり、そして消えた。

《ほらね？》とボズがいう。《ただの星だって。取りのぞいたときに一フレームか二フレームとばしたに違いないよ》

暗くなった星を目にしてラヴィの心臓が強く打ったが、コードを一定にたもつようにつ

とめた。《診断プログラムを実行するんだ。きみが何をしたのか確かめてみよう》

彼女がそのとおりに実行するあいだ、彼は息をひそめすぎないように気をつけた。

《何も問題は見つからないよ》とボズが困惑していった。

《それは問題がないからだ》とラヴィは応じて、ほっとすると同時に興奮した。《プログラミングに関してはね、とにかく。さっきのあのフレームに星が見えたのは、本来そうあるべきだったからだ》と彼は説明した。《ぼくらは異常値を目にしたんだ》

《異常値？》

ラヴィはなんとか目を開けるだけの力を見つけ、そうして顔をしかめた。すべてがあまりにもまぶしすぎる。ボズが興味ぶかげに彼を見つめ、答えを待っている。

《そうだとも》彼はできるかぎり彼女と視線をあわせて答えた。《これはまったく正常なG型主系列星だ。こういうのは突然暗くなったりしない、ただし――》

《何かがその前を通り過ぎたんじゃなければ！》

《そのとおり》とラヴィは同意して、少し計算してみた。《そしてその恒星の惑星のパターンとはまったく違ってる。恒星をさえぎったのがなんであるにしても、恒星よりもずっと近いところにいた。ぼくらが見てとるには小さすぎるにしても、星が暗くなる程度には

大きなものが》

《たとえば、星間宇宙船みたいなものが》とボズがいった。

ボズが彼の参照している座標軸をねじると、ラヴィの胃袋がぐいっと揺さぶられた。彼はもう一度目を閉じて、吐き気にあらがった。形のない虚無が戻った。たったひとつ星がある以外はからっぽだ。

《オーケイ》と彼女がいった。彼女のコード化された声が、急に熱狂的に頭蓋内に響きわたる。《こうしてどの方角を見ればいいのかがわかったわけだから、何が見えるか確かめてみようよ》

それまで以上にラヴィの頭痛が増していた。ボズがソフトウェアを調整するのに彼のチップセットを酷使しているからだ。彼は歯を食いしばり、なんとかつづけられるように全力を尽くした。

そうして得られた結果は、頭蓋に打ちつける痛みをやわらげる効果はなかった。そこには確かに何かがある。その何かは〈ボーア〉とほぼ同じ方向だが、それよりもはるか遠くにある。〈ボーア〉にスコープを向けると、いきなり拡大されて、宇宙船の小さな模型のように見えた。その居住区輪が、天鵞絨（ビロード）のようにやわらかな、地獄（ステュクス）のごとき陰鬱な闇を背景に回転している。だが、メイン航法室の誰かは船内最大のスコープをまさしくボズとラヴィが見ている方向に向けたものの、何も見えなかった。ログはじつに明確だった。メイン航法室のその誰かは、スコープを同じ方向に、毎日、一年以上も向けつづけていたが、成果はなかった。

「連中はあれがあそこにいることを知ってるんだよ」とボズが今度は声に出していった。「忌々しい（サーディング）ことに、知ってるんだ！　でなけりゃ、どうしてそっちばかり探してるわけ？」

ラヴィは反論しようとさえしなかった。

だが、何も見えないとしても、異常は存在している。しっかりと覆い隠されたドライヴ機関から漏れ出ているかもしれない、エネルギーの放射。あるいは、無線信号かもしれない、突発的な電磁波。そしてレーザーの可能性がある、一、二度の光の軌跡。

そして、そのすべてが同じ方向から発していた。すべてが〈ボーア〉のさらに向こうのどこかからだった。ラヴィは口のなかがからからになった。

彼らはさらにログを進めていった。四八、三一一日（ソル）、ほんの数週間前だ。

「止めて」とラヴィがかすれ声でいった。

エネルギーのかすかなささやきがあった。かろうじて気づく程度のものが。だがそれは確かにそこにあり、可干渉性（コヒーレント）の、一定の同じパターンで戻ってきつづけた。

「コードだよ」とボズがいった。「確かに、超複雑なやつだけど、それでもコードには違いない」彼女は少しのあいだ黙りこんだ。考えをめぐらしているのだろう。「事情をよくわかってなけりゃ、ハッキングだと思いこむところだね」

「ハッキングだよ」ラヴィの喉はあまりにからからで、しゃべるのもやっとだ。「これはチェン・ライにいわれてエンジン室に行った日だ。ぼくが奇妙な頭痛を感じるようになった日だ」

彼はボズに航法ログの日時(タイムスタンプ)を示した。パターンがとりわけ激しい時点と一致している。

「わかったかい?」彼は返事を待とうともしなかった。「これはぼくが最初にあの娘を目にしたときだ」

訳者略歴　1969年生，1992年明治大学商学部商学科卒，英米文学翻訳家　訳書『量子魔術師』クンスケン，『暗黒の艦隊』ダルゼル，『ミストボーン─霧の落とし子─』サンダースン（以上早川書房刊）他多数

HM=Hayakawa Mystery
SF=Science Fiction
JA=Japanese Author
NV=Novel
NF=Nonfiction
FT=Fantasy

ブレーキング・デイ
─減速の日─
〔上〕

〈SF2411〉

二〇二三年六月十日　印刷
二〇二三年六月十五日　発行

（定価はカバーに表示してあります）

著者　アダム・オイェバンジ
訳者　金子（かねこ）　司（つかさ）
発行者　早川　浩
発行所　株式会社　早川書房

郵便番号　一〇一 - 〇〇四六
東京都千代田区神田多町二ノ二
電話　〇三 - 三二五二 - 三一一一
振替　〇〇一六〇 - 三 - 四七七九九
https://www.hayakawa-online.co.jp

印刷・三松堂株式会社　製本・株式会社フォーネット社
Printed and bound in Japan
ISBN978-4-15-012411-3 C0197

本書は活字が大きく読みやすい〈トールサイズ〉です。